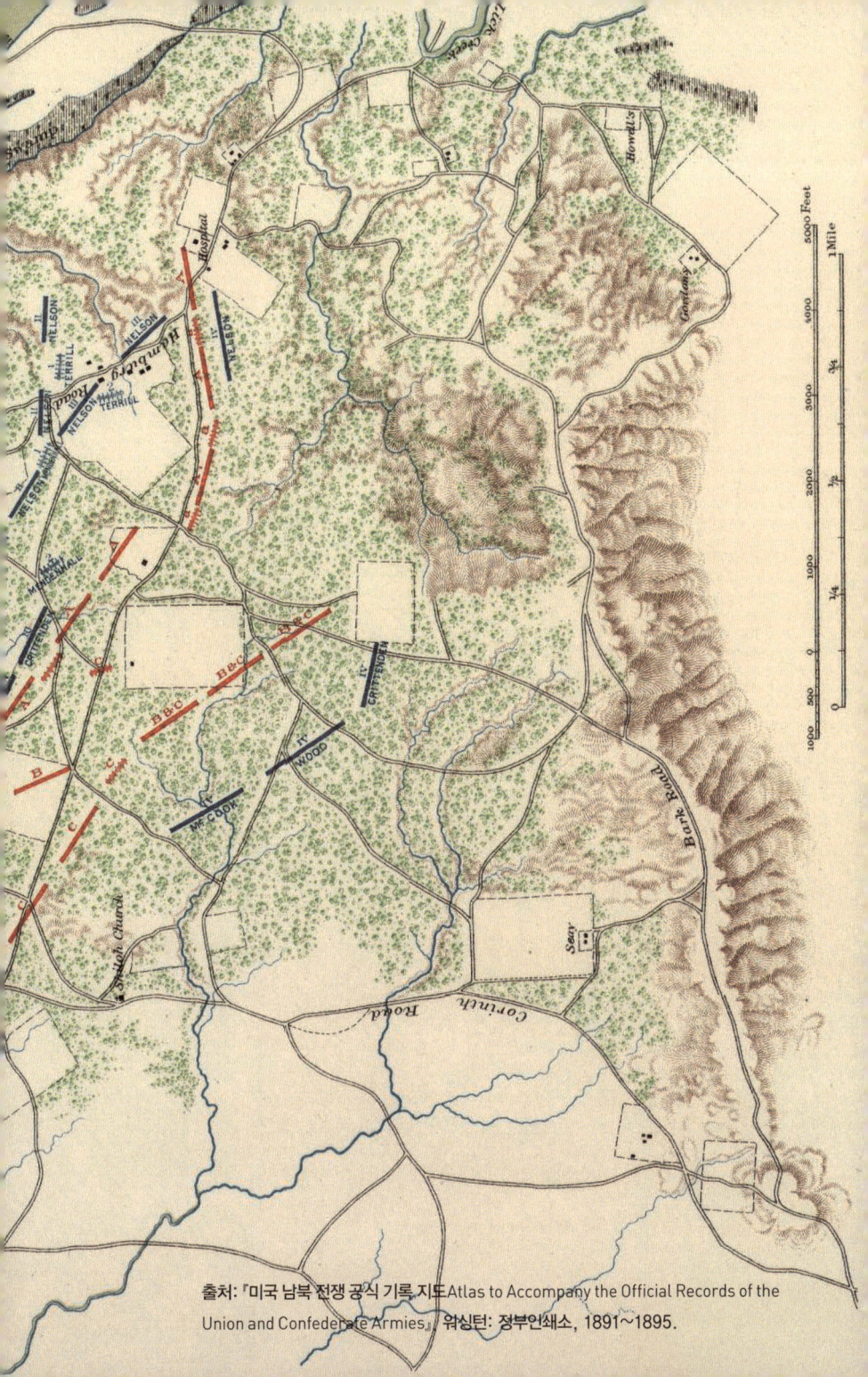

출처: 『미국 남북 전쟁 공식 기록 지도Atlas to Accompany the Official Records of the Union and Confederate Armies』, 워싱턴: 정부인쇄소, 1891~1895.

내가 샤일로에서 본 것

세계문학 2
내가 샤일로에서 본 것

초판 1쇄 펴낸 날 2013년 6월 20일

지은이 앰브로즈 비어스
옮긴이 정탄
펴낸이 김삼수
펴낸곳 아모르문디
편 집 김소라·신중식

등 록 제313-2005-00087호
주 소 서울시 마포구 서교동 449-43 국일빌딩 503호
전 화 0505-306-3336 **팩 스** 0505-303-3334
이메일 amormundi1@daum.net
홈페이지 www.facebook.com/amormundibook

ⓒ 정탄, 2013

ISBN 978-89-92448-19-2 04840
ISBN 978-89-92448-17-8(세트)

** 이 도서의 국립중앙도서관 출판시도서목록(CIP)은
 e-CIP 홈페이지(http://www.nl.go.kr/ecip)에서 이용할 수 있습니다.
 (CIP제어번호: CIP2013007666)

세계문학 2

내가 샤일로에서 본 것

앰브로즈 비어스 지음 | 정탄 옮김

아모르문디

차례

내가 샤일로에서 본 것 • 7

조지 서스턴 • 36

주피터 도크 준장 • 44

레사카에서 죽다 • 58

한밤의 격투 • 68

딕시에서의 나흘 • 80

신의 아들 • 94

실종자 중 하나 • 105

온정의 일격 • 122

장교 1, 병사 1 • 131

치카마우가 • 140

콜터 골짜기의 일전 • 150

아울크리크 다리에서 생긴 일 • 164

양심에 관한 이야기 • 178

어느 소령의 이야기 • 189

앵무새 • 200

창공의 기수 • 209

철학자, 파커 애더슨 • 219

어떤 장교 • 230

전초지에서 생긴 일 • 246

두 목숨의 사나이 • 262

두 건의 군대 처형 • 267

실패한 매복 • 272

또 다른 투숙객들 • 276

3+1=1 • 281

되찾은 정체성 • 286

작가에 대하여 • 296

작가 연보 • 304

내가 샤일로에서 본 것

1

이것은 단순한 전쟁담이다.* 작가가 아닌 병사가, 병사가 아닌 독자를 위해 썼다고 해도 좋을 그런 이야기다.

일요일이었던 1862년 4월 6일 아침은 화창하고도 포근했다. 긴 행군으로 지친 기병대가 하루 휴식을 취하기로 한 날이어서 기상나팔도 평소보다 늦게 울렸다. 병사들은 야영지의 타다 남은 모닥불 주위를 한가로이 어슬렁거렸다. 아침 식사를 준비하는 병사들도 있

---

* 테네시 주 남서부 샤일로 예배당 근처에서 벌어진 샤일로 전투는 미국 남북 전쟁에서 가장 치열했던 전투 중 하나이다. 율리시스 S. 그랜트 장군이 이끄는 북군의 승리로 끝났지만 양쪽 모두 각각 1만 명이 넘는 사상자가 발생했다. 이 작품은 남북 전쟁을 소재로 한 비어스의 첫 번째 작품이자 자전적 수기로 1882년에 발표되었다.

었고, 정기 점검에 대비해 무기와 이런저런 장비의 상태를 대충 확인해 보는 병사들도 있었다. 한쪽에서는 삼삼오오 모여 좀처럼 끝나지 않을 화제, 요컨대 작전의 목적과 결과에 대해 저마다 독단적인 의견을 주거니 받거니 하면서 이야기꽃을 피웠다. 보초병들은 평소라면 용납되지 않을 느슨한 태도와 걸음걸이로 혼잡한 전선을 오갔다. 몇 명은 발에 물집이 잡혔다는 이유로 군인답지 않게 절룩거리기도 했다. 조금 떨어진 곳에는 걸어총을 해 둔 소총들 뒤로 군막이 있었는데, 간간이 나른한 기색의 장교들이 지저분한 머리를 막사 밖으로 내밀고 하인들에게 세숫대야를 가져오라거나 외투의 먼지를 털라거나 기병도를 윤나게 닦으라고 지시했다. 말쑥한 복장을 한 젊은 연락병들은 그리 중요하지 않은 문건을 전달하기 위해 동료들의 짓궂은 농담과 상급병들의 장난에도 아랑곳없이 병사들 사이를 헤치며 이리저리 께느른한 군마를 몰았다. 지위와 역할이 분명치 않은 흑인들은 그들이 방심한 사이 백인들이 무슨 장난질을 쳤는지 알지 못한 채 배를 깔고 엎드려 햇빛 아래 길쭉한 맨발을 차거나 태평하게 졸고 있었다.

본부 막사 앞 깃대에 힘없이 축 늘어져 있던 깃발이 저절로 솟구쳐 나부끼기 시작했다. 그와 동시에 마치 거대한 동물이 땅 밑에서 거친 숨을 토해 내듯 멀리서 둔중한 소리가 들려왔다. 깃발이 그 소리를 들으려는 듯 더욱 높이 솟구쳤다. 웅성거리던 병사들 사이에 일순 침묵이 내려앉았다. 그런데 깃발이 축 늘어지는가 싶더니, 침묵의 순간도 끝이 났다. 전보다 많은 수백의 병사들이 일어섰고 수천의 심장이 더 빠르게 고동쳤다.

또다시 경고 신호처럼 깃발이 솟구치자 쇳덩어리의 길고 깊은 한숨 소리가 미풍에 실려 왔다. 병사들은 긴박한 명령을 받은 것처럼 자리를 박차고 일어나 부동자세를 취했다. 흑인들까지 일어섰다. 나는 예전에 그와 비슷한 지진의 효과를 목격한 적이 있었으나, 이번에도 땅이 흔들리고 있는 것인지는 확신이 서지 않았다. 다급해진 취사병들은 나름의 직감에 따라 끓고 있던 솥을 불가에서 들어 옮긴 후 여차하면 내던질 준비를 마쳤다. 말을 탄 연락병들의 모습은 보이지 않았다. 장교들이 웅크리고 있던 군막에서 나와 자기들끼리 모였다. 본부 막사는 벌집처럼 들끓었다.

묵직한 포성이 규칙적으로 들려오기 시작했다. 전투의 열기를 담은 강렬한 박동이 전해졌다. 깃발이 줄과 별 문양을 눈부시게 흔들어 대면서 격렬히 나부꼈다. 모여 있는 장교들 쪽으로 마치 먼지구름에 휩싸여 땅속에서 튀어나온 양 어딘가에서 말을 탄 전속 부관이 나타났고, 날카롭고 또렷한 나팔 소리가 울려 퍼졌다. 기다렸다는 듯 다른 나팔들이 꼬리를 물더니 갈색 들판 건너 저 멀리 산등성이로 이어진 숲과 그 너머 보이지 않는 골짜기까지 '소리의 말'을 전했다. 멀리서 희미해지던 나팔 소리는 병사들이 걸어총한 소총 뒤로 모여들면서 내지르는 함성에 묻혔다. 그것은 전처럼 피곤하고 지루한 일과가 아니라, 포도주처럼 심장을 들썩이게 하고 아름다운 여인의 키스처럼 피를 끓게 만드는 열광의 '집합' 신호였다. 포성을 뚫고 들려오는 나팔 소리의 강렬한 흥분을 그 어떤 병사가 잊을 수 있으랴?

2

켄터키와 테네시의 남군은 내슈빌 전투의 패배를 기점으로 연패의 늪에 빠져 있었다. 타격은 심각했다. 중요한 전략적 요충지와 더불어 막대한 군수 물자가 북군의 수중에 송두리째 넘어갔기 때문이다. 남군의 존스턴 장군은 뷰리가드의 군대를 미시시피 주 북쪽 코린스*로 후퇴시켰다. 이곳에서 병사를 모집해 어느 정도 훈련을 시킨 후 빼앗긴 지역을 되찾겠다고 별렀던 것이다.

코린스는 늪지로 이루어진 황량한 지역이었다. 코린스에서 테네시 강 서쪽까지는 행군으로 꼬박 이틀이 걸리고, 거기서 다시 오하이오 강으로 접어드는 북쪽의 퍼두커까지는 대략 240킬로미터 거리였다. 이 지점, 다시 말해 피츠버그랜딩까지는 배가 다닐 수 있었다. 코린스에서 피츠버그랜딩까지는 협곡과 늪 같은 내포(內浦)들이 얼기설기 이어진 울창한 숲 지대를 관통하는 낡은 도로가 나 있었다. 어디서 시작되는지 알 수 없는 협곡과 내포들은 스페인 이끼**로 뒤덮인 숲 아래에서 강으로 흘러 들어갔다. 코린스 도로는 계절에 따라 테네시 강의 지류로 변했고, 그 초입이 피츠버그랜딩이었다. 1862년에 이곳에는 약간의 경작지와 한두 채의 집이 있었다. 지금은 국립묘지와 기타 시설들이 자리 잡고 있다.

---

* 코린스는 철도역이 있는 교통 요충지로, 남북 전쟁 당시 중요한 전략적 거점이었다.
** 주로 나무에 붙어서 자라는 이끼.

이 피츠버그랜딩에 북군 그랜트 장군의 군대가 주둔하고 있었다. 군대는 배수진을 치고 두 척의 작은 기선을 동쪽과의 연락선으로 이용했다. 동쪽 방향에서는 뷰얼 장군이 그랜트와 합류하기 위해 3만 명의 병력을 이끌고 내슈빌을 떠나 진군해 오고 있었다. 이 대목은 늘 논란을 불러왔다. 요컨대, 그랜트 장군은 무슨 이유로 뷰얼과 합류하기 전에 미리 적의 점령지에 들어가 강력한 적군과 대치했던 것일까? 뷰얼이 도착하려면 참으로 먼 길을 와야 했기에 그랜트는 아마도 기다림에 지쳤을 터이다. 존스턴은 확실히 그랬다. 4월 6일 어스레한 여명 속에 뷰얼의 선봉대가 사바나라는 작은 마을에서 13~16킬로미터쯤 떨어진 지점에 도착했을 때, 이틀 전 코린스를 떠나 진격해 오던 존스턴의 남군이 그랜트의 전위대를 괴멸해 버렸기 때문이다. 사바나에 있던 그랜트는 부랴부랴 피츠버그랜딩으로 이동했지만 진지는 이미 적의 수중에 넘어간 뒤였고, 패잔병들은 강에 가로막혀 속수무책이었다. 이 사건이 사바나에 있던 우리에게 어떻게 전해졌는가는 앞에서 이미 말했다. 바람에 실려 왔다고. 물론 바람이라는 전령이 자세한 내막까지 전해 주지는 않았지만.

3

피츠버그랜딩을 마주 보는 테네시 강 동안(東岸)에는 수풀이 듬성듬성하고 야트막한 산들이 있었는데, 일부는 숲으로 둘러싸여 있었다. 4월 6일 해 질 무렵 강 맞은편에서 바라본 이 탁 트인 지대는(실제로 무수한 눈길이 이곳을 향해 있었다) 해가 완전히 지기 한참 전부터 이미 어둠에 물들고 있었다. 끊임없이 이어진 병사들이 길고 어두운 대열을 이루어 이곳을 수놓았기 때문이다. 그들은 사바나 방면에서 끝없는 늪지와 길 없는 강 지대를 뚫고 무성한 수풀 속을 헤치고 온 뷰얼의 선봉대였다. 병사들은 숨을 몰아쉬었고 발병 때문에 고통스러웠으며 굶주림에 정신을 잃기 직전이었다. 지독한 행군이었다. 행군의 피로 때문에 병사의 삼분의 일을 잃은 부대도 있었다. 병사들은 충격을 당한 듯 쓰러졌고, 쉬는 과정에서 회복하거나 죽거나 둘 중 하나였다. 이 광경에서 육체의 피로를 다스리는 정신력의 힘 따위는 느껴지지 않았다. 사실 허공에는 요란한 포성이 가득했고, 발밑의 땅은 계속 흔들리고 있었다. 에너지의 변환 이론이 사실이라면, 이 병사들은 온몸에 전해지는 파동의 충격으로부터 힘을 축적하고 있는 셈이었다. 차라리 이 이론으로 전투에서 병사들이 보여 주는 엄청난 인내력을 설명하는 편이 나을 듯싶다. 그러나 병사들의 눈에 보이는 것은 오로지 절망뿐이었다.

우리 앞에는 포탄 세례에 더욱 요동치는 강물이 거세게 흐르고 있었다. 강 이곳저곳은 낮게 깔린 파란 포연에 가려 보이지 않았다. 두 척의 작은 기선이 주어진 임무를 훌륭하게 수행하고 있었다. 기선들은 빈 채로 왔다가 우리 병사들을 가득 싣고 금방이라도 뒤집힐 듯 위태롭게 물살을 갈랐다. 강 먼 곳은 볼 수 없었다. 기선들은 어딘지 모를 곳에서 불쑥 나타나 병사들을 싣고 어둠 속으로 사라졌다. 그러나 공중에서만큼은 분명 전투의 열기가 고조되고 있었다.

수천 개의 불빛이 번뜩였다가 순식간에 사라졌다. 검은 나뭇가지를 배경으로 넓은 범위까지 하늘에 섬광이 일었다. 곳곳에서 하나씩 혹은 수십 개씩 불길이 치솟았다. 포탄은 마치 환영사처럼 우리를 향해 쏟아졌다. 눈부신 섬광이 되어 사라지는 불꽃, 매캐한 연기, 독특한 금속성의 폭음, 그리고 파편들이 땅 곳곳에 떨어지면서 내는 콧노래 같은 흥얼거림에 우리는 눈살을 찌푸렸지만 그리 큰 타격을 입지는 않았다.

대기는 소음으로 가득했다. 좌우에서 소총들이 산뜻하고 성마른 소리를 냈다. 반면에 정면에서 들려오는 총성은 한숨과 성난 투덜거림 같았다. 노련한 병사들은 이런 소리로 미루어 사선(死線)이 강을 따라 호를 그리듯 형성되어 있다는 것을 알아차렸다. 깊고 위협적인 폭음과 강한 진동이 이어졌다. 산발적인 총알의 속삭임과 원뿔형 포탄의 묵직한 굉음, 구형 포탄이 쇄도하는 소리. 일시적인 혹은 부분적인 승리를 알리는 종잡을 수 없는 함성들. 섬광이 스칠 때 간간이 나무 뒤로 드러나는 검은 형체들은 또렷하면서도 엄지만 한 크기로밖에는 보이지 않았다. 내 눈에 비친 그들의 모습은 지옥을 그린 낡은 우화집에 나오는 악마들처럼 익살맞았다.

병사들과 군수 물자를 파괴하는 데 적에게는 낮 한 시간이면 충분했다. 그 경우 증기선들은 더 많은 희생자를 적에게 공급하는 결과를 낳을 터였다. 다행히 늦게 도착한 우리는 무기력한 분노 속에서 이를 갈아야 했다. 아니, 적군이 승리하는 데 반드시 해가 비춰야 할 필요는 없었다. 강을 향해 무차별 공격을 퍼붓다 보면 그중 한 발은 기선의 엔진실에 명중될 테니까. 기선에서 강물로 뛰어드는 전우들을 보면서 우리가 얼마나 애를 끓였을지는 누구라도 상상이 갈 것이다.

그러나 어둠 외에도 우리를 지원하는 것이 두 가지 더 있었다. 적군이 우측 진영을 강 쪽으로 밀어붙이는 지점이 바로 넓은 내포의 초입이었고, 그곳에 두 척의 아군 포함이 대기하고 있었다. 포함이라고 해 봐야 볼품없기는 마찬가지여서, 철도 자재로 만들었거나 그것도 아니면 양은 따위로 얽어 만든 것 같았다. 각각 두 문가량의 중포를 싣고 기우뚱거리고 있었다. 내포 때문에 강의 높은 둑 안쪽에 탁 트인 공간이 생겼다. 둑은 흉벽 구실을 했고, 그 너머에 웅크린 포함들이 총안을 통해 쏘듯 내포 위로 포 사격을 가하고 있었다. 이것이 적군에게 불리했다. 적군은 함포 사격에 노출된 상태에서 이동할 수밖에 없었고, 자칫 포탄이 그들에게 떨어질 경우 8백 미터 반경이 쑥대밭이 될 위험에 처해 있었다. 이것은 스무 명쯤 되는 적군의 포병들에게도 상당한 골칫거리였을 것이다. 궤도에서 벗어난 굼뜬 포탄들이 아무 곳에나 떨어지기 일쑤였으니 말이다. 이렇듯 전투에는 예기치 못한 결과를 가져오는 요소들이 있기 마련이다.

구경거리로는 꽤 괜찮았다. 우리는 검은 포함을 간신히 구별할 수 있었는데, 흡사 거북이를 연상케 했다. 그러나 대포를 발사할 때는 이만저만한 사태가 아니었다. 강이 부르르 떨면서 피범벅이 된 부상병들을 휘감고 급히 흘러갔다. 1.5킬로미터 밖에서 한 마리 뱀처럼 우리 눈을 향해 날아온 포탄이 먹잇감 앞에서 작렬했다. 포성에 머리가 깨질 것 같았지만, 우리는 목청껏 욕설을 퍼부었다. 곧이어 허공을 찢어 대는 엄청난 굉음이 연이어 들려오더니 멀리서 잠잠해졌다. 그리고 놀라우리만큼 오랜 시간이 흐른 후에 둔중하고 희미한 폭음과 함께 일순 소총 소리가 뚝 그침으로써 무슨 일이 벌어졌는지를 저절로 알려 주었다.

4

내가 기억하는 한, 그날 밤 우리를 실어 나른 배에 코끼리는 없었다. 물론 하마도 없었다. 그런 것이 있을 리 없으니 말이다. 그러나 여인이 한 명 있었다. 배 어딘가에 아기가 있었는지는 모르겠다. 그녀는 아름다웠다. 누군가의 아내였다. 스스로도 잘 알고 있었듯 그녀의 임무는 낙담한 영혼에게 용기를 북돋는 것이었다. 이윽고 그녀가 나를 선택했을 때, 나는 그 호의에 우쭐하기보다는 여인의 통찰력에 흠칫 놀랐다. 어떻게 알았을까?

그녀는 아름다운 얼굴을 전투의 붉은 광휘로 물들이고 두 눈엔 무수한 소총의 번뜩임을 담은 채 상갑판에 서 있었다. 대포 소리가 요란하게 울리는 가운데 여인은 손잡이를 상아로 만든 작은 권총을 보여 주면서 최악의 상황이 온다면 자신도 남자처럼 의무를 다하겠노라 말했다. 나는 그 작은 바보에게 모자를 벗어 경의를 표했던 것을 떠올릴 때마다 자랑스러워진다.

5

강둑과 강물 사이에 숨겨진 좁고 기다란 해변에 온갖 인간 군상이 모여 있었다. 족히 수천은 되어 보였다. 대부분 무장을 하지 않았고, 상당수는 부상자였다. 이미 죽은 사람도 있었다. 군막을 따라다니는 부류는 모두 있었는데, 하나같이 겁쟁이였다. 몇몇은 장교였다. 그들 중에서 자신의 소속 부대가 어디 있는지 아는 사람은 한 명도 없었다. 아예 소속이 없는 이들도 부지기수였다. 다들 낙심하고 지친 데다 겁에 질려 있었다. 의무에는 무관심하고 수치를 모르는 사람들이었다. 이보다 더 분별없이 패배한 부대의 후방으로 기어드는 무리는 없었다. 이들은 고집스레 제자리에 버티고 섰다가 헌병 사령관 경비대의 총에 쓰러지곤 했다. 그러나 그들을 강둑 위로 보내는 것은 불가능했다. 군에서 가장 용감한 병사들은 가장 비겁한 자들이다. 그들은 적의 손에 죽지 않으려다 한 번 움찔해 보지도 못한 채 자기편 장교의 손에 죽을 것이다.

기선이 도착할 때마다 이 혐오스러운 무리들을 배에서 떼어 놓느라 총검을 휘둘러야 했다. 배가 다시 떠날 때는 막무가내로 올라탄 사람들을 강물로 떠밀어 버렸다. 그들은 줄줄이 물에 빠져 죽을 고생을 했다. 배에서 내려 뭍에 오른 병사들은 그들을 향해 욕설을 퍼붓고 밀치고 때렸다. 그러면 그들은 우리가 적에게 대패하고 말 거라는 저주로 응수했다.

내가 소속된 부대가 그 강둑에 도착했을 무렵, 어둠 때문에 전투는 끝나 가고 있었다. 맥 빠진 함성에 이어 간헐적으로 총성이 들려왔다. 이따금씩 멀리서 포탄이 날아와 윙 하는 점강음과 함께 떨어지거나 밤새의 날갯짓처럼 작은 소리를 내며 우리 머리 위를 훌쩍 지나 강물에 처박혔다. 그러나 아군의 포함은 적군의 심기를 건드리고 잠을 방해하기 위해 밤새 일정한 간격을 두고 쉼 없이 대포를 뿜어 댔다.

우리는 쉬지 않았다. 어디로 가는지도 모른 채, 한 발 한 발 어두운 들판을 헤치며 나아갔다. 주위는 온통 병사들로 가득했으나, 모닥불은 없었다. 불을 피우는 것은 미친 짓이었다. 병사 중에는 낯선 부대에 소속된 이들도 있었다. 그들은 처음 들어 보는 장군들의 이름을 이야기했고, 길가에 모여서 초조하게 우리의 소속을 물었으며, 그날의 음울한 사건들을 화제로 삼았다. 어느 사려 깊은 장교가 지나가다가 빽 소리를 질러 그들의 입을 막았다. 그런가 하면 다음에 지나가던 현명한 장교는 씁쓸한 이야기를 마음껏 되뇌도록 격려하기도 했다.

무성한 가시나무 뒤 움푹 들어간 분지에 숨겨진 커다란 막사들이 촛불로 희미하게 불을 밝히고 있었는데, 보기에는 아늑했다. 병사들이 짝을 이루어 들것을 들고 드나드는 모습과 막사 안에서 들려오는 낮은 신음, 얼굴을 가린 채 막사 밖에 길게 늘어놓은 전사자들의 시체가 그 아늑함의 의미를 말해 주었다. 막사들은 계속해서 부상자들을 받았지만 아직 꽉 차지는 않았다. 또한 밖으로 계속 죽은 자들을 내보냈지만 텅 비지도 않았다. 마치 무기력한 사람들이 막사로 실려 와 내일 쓰러질 병사들에게 걸림돌이 되지 않기 위해 살해당하는 것 같았다.

밤은 이제 칠흑처럼 어두웠다. 전투 후에 찾아오는 밤이 대개 그렇듯 비가 내리기 시작했다. 그래도 우리는 계속 이동했다. 누군가 우리가 이탈하지 않게 이끌고 있었다. 우리는 서로의 발걸음을 따라 조금씩 나아갔다. 작은 소리로 명령이 전달되었다. 하지만 대개는 아무런 명령도 하달되지 않았다. 병사들이 지나치게 밀집하여 더 전진할 수 없을 땐 모두 부동자세로 서 있었다. 서로의 우비와 소총이 뒤엉킨 상황에서 상당수의 병사들이 선 채로 잠이 들었다. 그러다 갑자기 맨 앞줄이 움직이기 시작하면 병사들은 다시 한 번 밀집된 상황이 되기를 바라면서 허겁지겁 따라 움직였다. 선봉대의 지휘관은 지면 상태를 확신할 수 없어 뱀처럼 느리게 병사들을 인솔하고 있음이 분명했다. 전사자의 시체에 발부리가 걸리는 경우가 잦았다. 아직 목숨이 붙은 채 신음을 토하는 전우들의 몸뚱이에 발이 걸리는 경우는 더 많았다. 이들은 조심스럽게 부축을 받아 한쪽으로 옮겨진 후 버려졌다. 물을 달라고 애원할 정도로 정신이 있는 병사들도 적지 않았다. 얼마나 황당한가! 그들은 군복이며 머리칼까지 흠뻑 젖어 있었고, 어렴풋이 드러난 하얀 얼굴은 끈적끈적하고 차가웠다. 그건 그렇고, 우리 중에 물을 가지고 있는 이는 없었다. 그래도 물은 차고 넘쳤다. 자정이 되기 전, 몹시도 거센 폭우가 몰아쳤기 때문이다. 몇 시간 동안 지루하게 내리던 가랑비는 장대비로 변해 우리를 질식시킬 듯 퍼부었다. 발목까지 차오르는 빗속에서 행군은 계속되었다. 스페인 이끼로 두껍게 '장식된' 거목들의 숲을 지나는 중이었고, 적군이 번뜩이는 번갯불에 노출되어 총구를 겨누기 어려운 상황이어서 그나마 다행이었다. 실제로 우리는 끊임없는 번개 덕분에 주위를 살필 수 있었고, 수적인 우위를 드러냄으로써 힘을 얻었다. 나무 밑을 기어가는 거대한 뱀처럼 검고 구불구불한 우리의 행군은 끝이 없어 보였을 것이다. 솔직히 상스러운 병사들 사이에서 전우애를 발견하고서 내가 얼마나 감격했던지, 지금 생각하면 계면쩍을 정도다.

그렇게 기나긴 밤이 지나고 숲 속으로 여명이 스며들 즈음, 우리는 어느새 평지에 도달해 있었다. 그러나 거기가 어디란 말인가? 그곳엔 전쟁의 흔적이 없었다. 박살 나 뒹구는 나무도, 흠집이 생긴 나무도 없었다. 휩쓸리거나 짓밟힌 수풀도 없었고, 땅에는 우리 발자국이 전부였다. 마치 영원한 침묵을 향해 열려 있는 신성한 빈터에 침입한 듯한 기분이었다. 매끈한 표범이 우리 발치로 뛰어든다고 해도, 우윳빛 사슴이 사람의 눈망울로 우리를 쳐다본다고 해도 전혀 놀랍거나 이상할 것 같지 않았다.

보이지 않는 지휘관으로부터 잘 들리지 않는 몇 마디 말로 전투 대형을 갖추라는 명령이 전달되었다. 그러나 적이 어디에 있단 말인가? 그리고 우리가 구하러 온, 곤경에 처한 아군은 어디에 있는가? 우리를 지원하기 위해 다른 부대가 밤새 강을 건너온 것일까? 아니면 고작 5천 명의 병력으로 승리에 도취해 있는 적군과 싸우라는 말인가? 우리의 우측은 누가 엄호할 것인가? 누가 좌측에서 우리의 공격을 지원할 것인가? 전방에 적군이든 뭐든 있기는 있단 말인가?

설익은 아침 공기 속에 길고 기묘한 나팔 소리가 들려왔다. 바로 앞쪽이었다. 낮고 또렷하고 신중한 나팔 소리는 종달새의 지저귐처럼 잿빛 하늘에 떠도는 것 같았다. 북군이나 남군이나 나팔 소리가 전달하는 명령은 같았다. "집합!" 나팔 소리가 잦아드는 동안, 나는 대기에 생긴 변화를 알아챘다. 폭풍이 지나간 뒤의 평온 속에서 어딘지 팽팽한 긴장감이 감지되었다. 물집 잡힌 발이 간질간질했다. 멍든 근육과 겹질린 관절, 무거운 군낭에 뻐근해진 어깨, 수면 부족으로 무거워진 눈꺼풀. 모두가 미묘한 기운을 느꼈고, 모두가 육체의 고단함을 잊었다. 병사들은 고개를 내밀고 눈을 치켜뜨면서 이를 악물었다. 끈에 묶여 끌려가듯 숨을 몰아쉬었다. 수염이나 머리에 손을 댔다가는 금세 팍하고 불꽃이 일 것만 같았다.

6

내가 짐작하기에, 코린스와 피츠버그랜딩 사이에 있는 그 지역은 악어 외에 이렇다 할 거주자가 별로 없었다. 전쟁으로 뿔뿔이 흩어지거나 아니면 전멸되었으리라는 점 말고 내가 그곳의 거주자에 대해 말할 수 있는 것은 없다. 아마도 어느 정도 확실한 특성을 바탕으로 말한다면, 나아가 자기를 모르는 사람들을 상대로 자기가 모르는 사람들의 특징에 대해 늘어놓는 작가 특유의 막연한 느낌을 빼고 말한다면, 그들이 도마뱀류는 아니라는 분류 정도는 가능하다.

그러나 나는 무엇보다 이 늪지의 거주자들을 함부로 단정함으로써 모욕하고 싶지는 않다. 그들은 신성한 존재였다. 그들이 숭배하는 대상이 무엇이었는지, 이집트인들처럼 악어를 숭배했는지 어떤 미국인들처럼 스스로를 숭배했는지에 대해서는 짐작이 가지 않는다. 그러나 그 대상이 누구든, 무엇이든 간에 그들은 그를 위해 혹은 그것을 위해 신전을 세웠다. 고독의 한복판에 자리 잡은, 숲 까마귀가 접근하기 쉬운 이 소박한 건물에 '실로'*예배당이라는 기독교식 명칭이 붙었고, 여기서 이번 전투의 명칭도 유래했다. 기독교인에 의해 기독교인이 대량 살육된 현장에 기독교식(이것이 교회가 맞다고 가정한다면) 명칭이 붙었다는 사실에 대해 여기서 논할 필요는 없다. 그런 일은 인류 역사에 너무도 빈번하게 일어났기에, 차라리 덜 빈번했더라면 품었을 도덕적 관심마저 경감시키고 만다.

7

어둠과 폭풍 그리고 길이 없다는 이유 때문에 피츠버그랜딩 근처의 공터로부터 포병대를 이동시키기란 불가능했다. 결핍감은 물질적인 측면보다 정신적인 측면에서 더 극심했다. 모름지기 보병이란 적

---

* '샤일로'는 '실로'의 영어식 발음이다. 실로는 기원전 12~13세기경 주요한 성지였던 가나안의 도시로 이스라엘이 가나안을 정복한 뒤 성막과 언약궤를 보관하는 곳이었으나 나중에 파괴되었다고 한다.

을 약화시키는 실제적인 성과를 이루었을 때 무거운 팔에 설명할 수 없는 자신감이 실리는 것을 느끼는 법이다. 전방에 대포가 작렬하는 가운데 마치 "저를 보내 주십시오!"라고 말하듯 오십 혹은 백 명의 병사가 한쪽으로 몰려나오면 어딘가 모르게 자신감이 고취되기 마련이다. 그러고 나서 보병대는 어깨를 똑바로 펴고 침착하게 등 근육을 풀면서 발을 구르다가 조용한 소동을 멈춘다. 이것은 '여기서 한 발짝도 물러서지 않겠다'는 뜻을 최대한 명확하게 전달한다. 이 완강하고 오만한 태도에는 멋진 냉소가 깃들어 있다. 물론 생각만큼 적에게 위협감을 주는 것 같지는 않지만.

우리 포병 중대는 어딘가에서 퍽 고단한 행군을 하고 있을 터였다. 우리는 그저 아군 포병대가 도착하기 전까지 적군이 공격을 지연해 주기만을 바라고 있었다. "놈들은 얼마든지 늦출 수 있을걸." 금언을 즐겨 쓰는 젊은 장교가 정말로 그랬으면 하고 바라는 병사들을 향해 말했다. 그는 사태를 정확히 읽고 있었다. 그가 그렇게 말한 순간, 산만한 전선에서 여단장 주변에 모여 있던 참모진들이 소용돌이에 흩어지듯 다급히 각 연대장을 향해 말을 몰았다. 잠시 혼란스럽게 설왕설래하더니 적은 병력의 전위대가 전선에서 이탈하여 전진하기 시작했다. 그 뒤를 따라 반으로 줄어든 각 중대 병력이 이동했는데, 그중 한 소대가 나의 지휘하에 있었다. 전위대가 힘겹게 4백 미터쯤 전진했을 때, 누군가 "저기, 여자다!"라고 말하는 소리가 들렸다. 사실이었다. 근사한 옷차림의 여자가 꼿꼿한 자세로 겹겹이 예비 병력의 호위를 받으며 이동하고 있었다. 적에게 알리는 악기 소리도, 적을 즐겁게 하는 횡적과 북소리도 없었다. 화려한 깃발의 허세도, 엉뚱한 그 어떤 것도 없었다. 더없이 진지했다.

잠시 후 우리는 전쟁의 파괴에서 용케 벗어나 있던 그 녹지를 빠져나왔다. 드디어 전날의 전투가 어떤 결과를 가져왔는지 눈앞에 확연히 드러났다. 땅은 제법 평평한 편이었고, 숲은 그리 울창하지 않았다. 덤불도 거의 없었고, 간간이 작은 초원과 이어진 빈터들이 눈에 띄었다. 여기저기 피가 스며든 작은 빗물 웅덩이가 있었다. 포탄에 갈가리 찢긴 나무줄기에서는 으깨진 가지가 튀어나와 있었다. 마치 위와 아래의 상처가 한데 뒤엉킨 손과 손가락 같았다. 커다란 가지들은 잘려 나갔고, 녹색의 나무 윗부분은 서로 뒤얽혀 해먹처럼 위태롭게 흔들거렸다. 아예 송두리째 잘린 나무들도 많아서 빽빽한 잎사귀 때문에 행군하는 데 큰 어려움을 겪었다. 이런 나무줄기들은 뿌리에서 3미터 내지 6미터 높이까지 총탄과 포도탄*의 호된 공격을 받아 손바닥만 한 넓이에만 여러 개의 총구멍이 나 있었다. 성한 나무가 없을 정도였다. 이처럼 빗발치는 총알 속에서도 사람이 살아남는 이유는 잠깐씩 노출이 되기 때문일 터이다. 하지만 이 거대한 고목들은 비가 오나 눈이 오나 늘 한곳에만 있어야 한다. 진흙이 묻은 들쭉날쭉한 날카로운 쇳조각들은 폭발 지점이 어디였는가를 알려 주었다. 군낭, 수통, 물에 젖어 부푼 건빵을 토해 내는 식

---

* 조그만 구슬이 여러 개 뭉쳐 있는 포탄으로, 발사되면 구슬이 흩어지면서 날아가 목표물을 타격한다.

량 자루, 흙탕물로 얼룩진 담요, 총열이 휘어지거나 총자루가 부서진 소총, 허리띠, 군모, 그리고 어디에서나 눈에 띄는 정어리 통조림. 이 전쟁의 파편들은 여전히 눈에 보이는 곳이면 어디든 축축한 땅을 어지럽히고 있었다. 죽은 말도 사방에 널브러져 있었다. 부서진 몇 개의 포차가 한쪽으로 기울어져 있었고, 탄약차는 너덧 마리의 널브러진 노새 뒤에 쓸쓸히 서 있었다. 사람은? 물론 많았다. 한 명만 빼곤 모두 전사자였다. 유일한 생존자는 내가 행군 속도를 맞추기 위해 소대를 정지시킨 곳 근처에 누워 있었다. 그는 한창때 기골이 장대했을 북군 하사관으로, 여러 군데 부상을 입은 상태였다. 얼굴을 위로 향한 채 경련을 일으키며 힘겹게 숨을 쉬고 있었다. 거친 콧김과 함께 우윳빛 거품이 튀어나와 뺨과 목과 귓가를 덮었다. 총알이 관자놀이 위쪽으로 머리를 관통하여, 드러난 두개골에서 뇌수가 떨어지고 있었다. 이런 끔찍한 상태로 아직 살아 있다는 것이 믿기지 않았다. 소대원 중 평소 여성스러운 편이던 한 병사가 총검으로 부상자의 목숨을 끊어야 하지 않겠냐고 물었다. 나는 그 냉혹한 제안에 표현하기 힘든 충격을 받았고, 그러지 않는 것이 좋겠다고 말했다. 보기 드문 상황이었고, 많은 병사들이 지켜보고 있었다.

8

적군이 코린스로 후퇴했음이 분명했다. 아군의 새로운 지원군이 도착해 강을 건너는 데 성공하자 전의를 상실한 것이다. 전방의 언덕 위 나무 사이에서 회색 군복의 전초 기병 서너 명이 움직이다가 우리 전초대에서 가한 총격을 피해 쏜살처럼 시야에서 사라졌다. 그래서 더더욱 적이 후퇴했다는 추측에 힘이 실렸다. 적과 대치 중일 때에는 정찰을 위해 기병을 이용하지 않기 때문이다. 그들이 적군의 참모진이었을 확률도 있었다. 언덕의 정상에 올라보니, 폭 8백 미터 가량의 개활지가 나타났다. 그곳 너머 완만한 경사지에 어린 떡갈나무들이 자라고 있었지만, 그리 근사한 풍경은 아니었다. 우리는 평지로 계속 이동했는데, 갑자기 선봉대가 가장자리에서 멈춰 섰다. 우리 소대도 멈춰 섰다. 그러나 곧 계속 전진하라는 명령이 떨어졌다. 나는 소대원에게 뛰라고 명령했다. 숲에서 3,40미터쯤 떨어져 있는 선봉대를 따라잡아 병력을 보충하기 위해서였다. 그 순간, 형용하기 힘든 상황이 벌어졌다. 거대한 파도가 해변에 부딪치듯 요란한 굉음이 나는가 싶더니 — 뜨거운 쇳소리에 이어 쇳덩어리로 살을 때리듯 메스꺼운 퍽하는 소리가 들렸다 — 숲 전체가 순식간에 불타 없어진 것 같았다. 용감한 소대원 십여 명이 볼링 핀처럼 나뒹굴었다. 몇 명은 일어서려다 쓰러졌고, 연거푸 몸을 일으키며 버둥거렸다. 연기가 피어오르는 덤불을 향해 총격을 가하던 소대원들이 몸을 웅크리며 후퇴했다. 내가 소대원을 전진시키면서 예상했던 것은 기껏해야 우리 정도의 적군 전초대가 있을 것이고, 기습 공격으로 얼마든지 제압할 수 있으리란 것이었다. 그런데 적군은 우리가 아주 가까이 다가갈 때까지 냉정하게 사격을 억제하고 있었던 것이다. 평지를 가로질러 후퇴하는 것 외에 달리 방법이 없었다. 쏟아지는 총알에 사방에서 흙이 튀어오르는 가운데 우리는 후퇴했다. 전진하다 돌아온 병력 중에 젊은 장교가 있었는데, 그가 보여 준 어이없는 행동은 앞으로도 잊지 못할 것이다. 그는 후방에서 침착하고 무감각한 방관자처럼 사태를 지켜보던 대령에게 다가가 심각한 어조로 이렇게 보고했던 것이다. "적군이 저 평지 바로 뒤에 있습니다."

9

제목에서 드러나는 이 글의 목적에서 벗어나지 않기 위해, 여기에 언급하는 사건들은 나 자신을 중심으로 꼭 필요한 사람들과 결부된 것이다. 이미 언급한 개활지에서 몇 시간 동안 격렬한 교전이 벌어졌는데, 독자들이 이 상황의 지리적 전략적 특징을 기억해 둘 필요가 있다. 이 평지의 한쪽을 우리 여단의 전위대가 점령하고 있었고, 야포대를 배치할 수 있게 적절한 간격을 유지하면서 2개 연대 길이로 대오를 갖춘 상황이었다. 적군은 전투 내내 수풀이 울창하고 완만한 경사지를 점령하고 있었다. 평지의 좌우측 수 킬로미터까지 땅이 울퉁불퉁하고 숲이 무성했다. 지형 때문에 극히 적은 몇몇 지점을 제외하고 상당 부분에 포병대의 진입이 어려웠다. 그 결과 양측 포병대는 곧장 접근이 용이한 평지 양쪽에 마주 보며 포를 배치한 뒤 꽤 위협적인 포격을 맹렬히 주고받기 시작했다. 매복한 측면 부대가 확실한 유인 전략을 구사할 수 있는 상황이라면 보병대가 양쪽에서 공격을 감행하지 않는 것은 당연했다. 게다가 나는 그날 이 '중립 지대'에 있는 병력이라고는 난사당한 채 쓰러진 불운한 우리 전위대뿐이라고 생각하고 있었다. 그러나 우리의 바로 후방에서 죽음의 그림자가 점점 옥죄어 왔고, 적군도 우리와 비슷한 상황에 처해 있음이 분명했다.

지형의 특성상 우리가 숨을 곳은 없었다. 이제는 쓸모없는 울타리로 변한 가시나무 덤불을 차단막 삼아 납작 엎드려 있는 수밖에 없었다. 그러나 적군의 포도탄은 그들의 시력보다 예리했다. 적군 포병들이 표적을 확인하지 못하고 마구잡이로 포를 쏜다고 해서 결코 위안이 되지 않았다. 그들이 포를 쏘고 있는 것 자체가 문제였다. 아군의 포격에서 전해지는 충격은 거의 귀청을 찢을 듯했는데, 뜻밖에도 잠시 후에 어두운 숲가 양쪽에서 전투의 함성이 들려오기 시작했다. 아군이 연기 나는 숲 속으로 연달아 돌진해 들어가고 있었다. 우리도 저 용맹하고 절망적인 작전에 속히 합류해야 하지 않는가! 그러나 우리는 치욕스럽게도 쏟아지는 유탄 아래 포도탄이 수평으로 일으키는 돌풍에 몸을 사린 채 이를 악물었고, 아군의 대포가 무심한 하늘로 치솟을 때는 몸을 움츠렸다. 참 오싹했다! "거기, 엎드려!" 연대장이 고함을 치더니, 자신의 명령에 복종하는지 확인하려고 일어섰다. "연대장님, 피하십시오!" 이번에는 대대장이 소리를 지르면서 가장 노출이 쉬운 곳만 잘도 찾아서 뛰어다녔다.

아, 빌어먹을 대포! 적의 대포가 아니었다. 아군의 것이었다. 아군의 포격이 없었더라면 우리는 남자답게 죽을 수도 있었다. 물론 포격은 필요했다. 그러나 무기력하게 뻐기기만 하면서 소리 한번 요란하구나! 아군의 대포가 자기편에게 하는 만큼 적군에게 타격을 주고 있는지 전혀 확신이 서지 않았다. 그저 남군의 포 사격에 질세라 '한낮의 구름'을 일으키는 데만 혈안이 되어 있는 것 같았다. 포격은 사기를 끌어올리는 대신 불안감만 조장했다. 적군의 포탄에 박살이 나는 아군의 폭약차를 보면서 은근히 고소할 정도였다.

10

울창함의 차이는 있을지언정 숲은 남북 전쟁 기간에 무수한 전투가 벌어진 전장이었다. 매년 가을이 되면 낙엽과 죽은 나뭇가지들이 두껍게 쌓이고, 이것이 썩어서 놀라우리만큼 깊고 풍부한 토양을 형성한다. 건조한 기후에 위쪽의 지층은 부싯깃처럼 타기 좋다. 일단 불이 붙으면 조건이 맞는 곳까지 더디고 끈질기게 번져 가다가 몇 년 동안 덧쌓인 아래층의 연소성이 덜한 지층에 불씨를 남겨 놓는다. 이 불씨는 빗줄기에 꺼질 때까지 계속 연기를 내뿜기 마련이다. 낙엽에 불이 붙어서 쓰러진 부상자가 타 죽는 경우도 많았다. 샤일로에서도 전투 첫날 넓은 지역에 이런 식으로 불이 붙었고 회복할 수 있었던 부상자 수십 명이 더딘 불 고문 속에 죽어 갔다. 앞에서 말한 평지 뒤쪽 좌측에서 가까운 지점에 깊은 협곡이 있었다. 그곳에서 포위당한 일리노이 주둔군 일부가 완강히 항복을 거부하다가 용감하고도 무기력한 광기 속에 전멸당하고 말았다. 우리 부대는 마침내 포격이 주춤해진 틈을 타 별다른 목적 없이 협곡 정상으로 이동했다. 나는 그 죽음의 협곡에 내려가도 좋다는 허가를 받은 후 꽤 씁쓸한 호기심을 채울 수 있었다.

어디를 봐도 무시무시했다. 계곡의 바닥 면은 모조리 불에 탔고, 걸음을 옮길 때마다 발목까지 재 속에 잠겼다. 원래 협곡에는 묘목들이 무성했지만 전부 총알에 잘려 나갔고, 위쪽의 잎들은 나중에 타 들어가거나 그루터기까지 검게 그을렸다. 죽음이 이 덤불을 난도질하고 불이 깔끔하게 뒤처리를 한 셈이었다. 그리 깊게 파이지 않은 곳에, 협곡의 정상에서 양쪽으로 똑같은 거리까지 시체들이 재 속에 파묻혀 있었다. 불시에 충격을 받아서인지 느슨하고 볼썽사나운 자세를 취한 시체들도 있었으나, 대부분은 고통스러운 불길 속에서 처절히 죽어 갔음을 뒤틀린 모습으로 말해 주고 있었다. 군복 절반은 불에 타 없어졌고, 머리칼과 수염은 완전히 타 버렸다. 비라도 일찍 내렸더라면 그나마 손톱이라도 남았을 터였다. 어떤 시체는 몸집이 두 배로 부풀어 있었다. 반면 난쟁이처럼 오그라든 시체들도 있었다. 불길에 노출된 정도에 따라 얼굴들은 제각각 부풀어 오르기도 하고 검게 그을리거나 누렇게 오그라지기도 했다. 근육이 오그라들면서 손은 집게발처럼 변했고, 표정은 섬뜩하게 일그러졌다. 허! 과연 그 무엇이 이들을 홀려 전쟁에 자원하게 만들었는지, 알 길이 없었다.

11

　오후 3시 정각, 비가 내리고 있었다. 15시간 동안 우리는 비를 고스란히 맞았다. 추위와 졸음과 굶주림 그리고 절망 — 이러지도 저러지도 못하는 치욕적인 상황에서 비롯된 깊은 자괴감 — 속에서 우리 부대원들은 끈질기게 할 수 있는 것을 다 했다. 전의를 상실한 지 오래였다. 나무 사이를 떠돌며 산 중턱에 내려앉았던 파란 화약 연기는 빗줄기에 씻겨 사라졌고, 대신 공기 중에 특유의 매캐한 냄새를 남겨 놓았다. 그러나 우리는 그 냄새에도 익숙해졌다. 좌우 수 킬로미터 범위 안에서 전투의 거친 소음이 들려왔다. 때때로 섬뜩하리만큼 또렷하게 가까이서 들려오다가 아득한 웅얼거림이 되어 잦아들기도 했다. 어떤 소리도 더는 우리의 주의를 끌지 못했다.
　우리는 다시 포병대 뒤쪽으로 이동했지만, 아군과 적군의 포병 둘 다 서로의 공방에 지쳤는지 눈에 띄게 포격의 빈도가 줄어들었다. 부대의 우측이 평지를 약간 지난 지점까지 뻗어 있었다. 전선이 확장된 것은 또 다른 부대, 즉 예비 병력이 가세한 결과였다. 5백 미터쯤 떨어진 후방에서는 어디 소속인지 모를 병사들이 부상병들을 돌보고 있었다. 평지의 이쪽 끝을 에워싼 숲의 전선은 아군의 우측부터 적진인지 아닌지 분간이 가지 않는 곳까지 벽처럼 똑바로 펼쳐져 있었다. 이 벽을 따라, 전방으로 2백 미터 남짓한 거리에 갑자기 회색 군복을 입은 십여 명의 병사들이 오른쪽 어깨총을 하고 나타났다. 그리고 다섯 명 정도가 50미터가량 간격을 두고 뒤따르고 있었다. 그런데 이 보무당당한 행렬을 멀리서 지원하고 있는 병력이라고는 딱 한 사람뿐이었다! 설령 좌측에 숲을 끼고 엄호를 받고 있다 해도, 내게 이 소수의 전위대는 믿기지 않을 만큼 멍청해 보였다. 물론 지금은 그때만큼 인상 깊지는 않다. 이들은 8백 미터 길이의 보병 전선에서 측면으로 노출된 병력이었다. 곧바로 아군의 포가 불을 뿜자, 그들의 반이 공중으로 치솟았다. 이때부터 아군의 포가 쏟아붓듯 숲 속으로 날아들었다. 적의 대규모 보병이 공격해 오기 시작했다. 벽처럼 늘어선 우리 아군은 사격 준비 상태에서 아직 총검을 장착하지 않은 상태였다. 아군의 우측 병력이 적의 공격에 대처하기 위해 약간 뒤쪽으로 포진했다. 후방에서 우왕좌왕하던 병력들도 저절로 전열을 갖추기 시작했다.

곧 폭풍이 일었다. 숲에서 튀어나온 거대한 회색 구름이 우리 앞으로 쇄도하는 것 같았고, 그 거센 움직임에 나뭇잎들이 떨어졌다. 적군은 죽은 전우들의 시체 앞에서 잠시 멈칫하는 듯싶더니 다시 진격했다. 포연 속에 반짝이는 그들의 눈동자에서 총검이 번뜩였다. 그때까지도 아무런 움직임 없이 대기 중이던 북군은 금방이라도 적의 총칼에 쓰러지기 직전이었다. 대체 왜들 저러고 있는가? 왜 총검도 장착하지 않고 있단 말인가? 자기편이 퍼붓는 일제 사격에 놀라 얼이 빠진 것인가? 그들이 왜 가만히 있는지, 정말로 미칠 노릇이었다! 또 한 차례 엄청난 굉음이 일었다! 적군의 후방에 포격이 가해지고 있었다. 흩어졌던 남군이 10여 미터 뒤에서 다시 대오를 갖추고 그리 위협적이지 않은 총격을 가하기 시작했다. 총이 칼을 이기고, 영웅은 평범함에 좌절하는 법이다. 물론 종종 그 반대라고 말하는 사람들도 있긴 하지만.

이 모든 일은 고작 1분 동안에 벌어졌다. 이제 남군 2진이 총격을 퍼부으며 쇄도해 왔다. 파란색의 북군 전선이 휘청거리며 무너졌다. 양측의 오싹한 일제 사격은 병사들의 혼을 다 빼 놓는 것 같았다. 후방에서 전열을 가다듬은 아군의 예비 병력들이 빠르게 지원에 나서고 있었다. 지옥 같은 아비규환 속에서 청각은 이미 제 기능을 상실했기에, 소리 없이 발사되는 총알을 보고 있자니 정말이지 놀라웠다. 이 무시무시한 광경이 바로 오십 보 앞에서 벌어지고 있었지만, 우리는 그 자리에 뿌리박은 나무처럼 꼼짝도 하지 않았다. 그때였다. 부대장이 드디어 뒤에서 말을 타고 뛰쳐나오더니, 마치 "먼저 가십시오"라고 하듯 정중하게 수신호를 보냈다. 그와 동시에 우리는 거의 들리지 않는 함성을 내지르며 전선으로 뛰어들었다. 연기 자욱한 전선에서 남군이 다시 후퇴를 거듭했고, 적군의 제3진이 엄폐하고 있던 나뭇잎 속에서 나와 총검을 앞세우고 전사자와 부상자를 넘어 전진해 왔다. 수의 우세가 얼마나 중요한지를 그만큼 증명해 준 전투는 다시없을 것이다. 폭 3백 미터, 세로 50미터 안에 최소 6개 연대 이상이 포진해 있었으니 말이다. 어느 쪽이든 즉각적인 병력 보충이 없다면 전세는 금세 한쪽으로 기울고 말 터였다.

일진일퇴의 상황이었고, 우리가 언제까지 버틸지는 아무도 알 수 없었다. 그런데 느닷없이 적군의 좌측에 문제가 생긴 것 같았다. 아군이 그쪽을 상당 부분 파고든 상태였다. 잠시 후 적의 선봉이 한꺼번에 무너졌고, 우리는 총검을 휘두르며 적군을 원래의 주둔지까지 밀어붙였다. 그곳, 어제만 해도 그랜트의 병력이 패퇴했던 그 적진에서 우리 병사들은 혼란스럽게 뒤엉켜 승리의 도취감에 빠졌다. 그리고 여세를 몰아 수적으로 열세인 적군을 맹렬하게 몰아쳤다. 총검이 부딪칠 때마다 오싹한 쇳소리가 귀청을 찢었고, 반동에 발이 휘청거렸다. 그런데 또다시 우리 측면을 향해 적군의 매서운 공격이 가해졌고, 우리는 바로 뒤쪽을 향해 총격을 가하면서 후퇴했다. 인정사정없이 우리를 몰아붙이던 적군도 얼마 전에 자기편 선봉이 무너졌던 곳과 똑같은 지점에서 역시 수세에 몰리기 시작했다.

포대 뒤에서 전열을 가다듬던 우리는 눈에 띄게 줄어든 아군의 병력에 어리둥절해졌다. 우리는 극심한 피로를 달래고 요동치는 심장을 가라앉히면서, 전우의 행방에 대해 서로 숨죽이고 묻다가 그 대답에 히스테리하게 웃음을 터뜨렸다. 바로 그때, 칼 꽂은 소총을 어깨총한 병사들이 긴 행렬로 우리를 휩쓸 듯 지나 평지로 들어섰다. 일개 연대 병력, 아니 둘, 셋, 넷! 빌어먹을! 대체 이 많은 병력이 어디서 온 것이며, 왜 일찍 오지 않았는가? 냉혹한 암초를 향해 연달아 돌진하는 파란 물결, 아 얼마나 자신만만하고 웅장했던가! 앉아 있던 우리의 지친 발에 저절로 힘이 들어갔다. 용맹한 아군이 저 섬뜩한 평지를 가로질러 후퇴해 온다면 그들을 지원하기 위해 언제든지 뛰어나가 우리의 뛰는 가슴을 내밀 각오였다. 전장을 갈가리 찢어 대는 대규모 포격 속에 우리는 여전히 숨을 죽이고 있었다. 시시각각 시간이 흘렀고 아무런 소리도 들려오지 않았다. 그토록 완전한 침묵은 그때가 처음이었다. 우리가 아주 귀머거리라도 된 것인가? 아니, 저기 들것과 군의관들을 보라! 세상에! 군목까지!
전투는 끝났다.

12

이것은 아주 오래전의 일이다! 어렴풋하고 단속적이지만 마법과도 같은 힘으로 떠오르는 젊은 군인 시절의 기억! 나는 다시금 아득한 나팔 소리를 듣곤 한다. 이상한 나라*의 희미한 계곡에서 솟구치던 높고 푸른 연기를 또다시 보곤 한다. 매복지의 소나무에서 풍기던 냄새가 유령처럼 감각 속에 스며든다. 알 수 없는 운명의 진지를 휘감던 아침 안개가 얼굴에 와 닿는 것을 느낀다. 고독한 초소에서 총성을 들었을 때처럼 피가 끓어오른다. 햇빛에 빛나거나 빗속에 음울해진 낯선 풍광들이 기억을 재촉하면서 꼬리를 물고 스쳐 간다. 시들어 버린 너른 들녘, 이곳에 정체 모를 불길한 예감과 함께 타다 만 불꽃이 일렁인다. 그 황량함과 오싹한 침묵을 떠올릴 때마다 전율이 인다. 어디였을까? 죽음의 기괴한 불협화음, 눈에 보이는 그 전주곡은 어디부터였는가?
온 세상이 아름답고 낯선 시절이었다. 남쪽 밤하늘엔 낯선 별들이 반짝이고, 앵무새가 달빛 머금은 목련 속에서 목청껏 울던 때였

---

* 루이스 캐럴의 『이상한 나라의 앨리스』에 나오는 곳을 말한다.

다. 새로운 태양 아래 새로운 뭔가가 있던 시절……. 우리의 아련한 기억들은 더 안정적이고 나약한 삶의 추함을 들춰냄으로써 계속하여 지금 이 세상의 더 가혹한 면들을 선명히 보여 주지 않는가? 피로 얼룩진 시절의 유령들이 그토록 고결한 기품과 부드러운 눈길을 지니고 있다니 이상하지 않은가? 떠올리기 쉽지 않은 그 시절의 위기와 죽음과 공포, 이 모든 것들이 절로 우아하고 아름다워지다니 말이다. 아, 젊음이여, 그대와 같은 마법사는 없어라! 그대의 예술적인 손길로 이 시대의 무료한 화폭을 한 번만 어루만져 다오. 단 한순간만이라도 오늘의 이 황량하고 음울한 풍경에 빛을 던져 다오. 그렇게만 해 준다면 샤일로에서 버렸어야 했던 이 목숨, 기꺼이 바치리.

조지 서스턴

한 남자에게 일어난 세 가지 사건

　조지 서스턴 중위는 북군 소속의 한 여단을 맡고 있는 브로 대령의 전속 부관이었다.* 원래의 여단장이 중상을 입고 치료 중이라 브로 대령이 임시로 여단을 지휘하게 되었다. 나는 서스턴 중위가 본디 브로 대령 부대 소속으로, 우리 여단장이 복귀할 때까지 대령과 함께 파견된 것이라고 생각했다. 서스턴이 맡은 부관 보직도 당사자의 전사로 인해 공석이었다. 우리들 사이에서 서스턴의 출현은 지휘관의 교체에 따른 참모진 인력의 자연스러운 변화에 불과했다. 우리는 그를 좋아하지 않았다. 그는 무뚝뚝했다. 그러나 이런 면은 나보다는 다른 전우들이 더 많이 목격했다. 본부에 있든 행진 중이든 막사나 야영지 그 어디서든, 지형 전문가의 임무를 맡은 나는 늘 비

---

* 이 작품은 1883년에 발표되었다.

버처럼 분주했다. 하루 종일 말을 타고, 밤의 절반은 제도용 탁자에서 도면을 작성했다. 그것은 위험한 임무였다. 적진에 가까이 접근할수록 아군에게 보다 유리한 정보와 지도를 확보할 수 있었다. 길 하나를 찾아내고 다리 하나를 그려 낼 수 있다면 사람의 목숨 따위는 중요하지 않은 임무였다. 공격과 후퇴의 짧은 막간을 이용해 개울의 수심을 측정하고 교차로의 정확한 지점을 살피기 위해 기병대 전체가 적군의 맹렬한 사격을 뚫고 전초 기지까지 출동하는 일도 적지 않았다.

잉글랜드와 웨일스의 벽지에는 교구의 '경계를 조사하는' 오랜 관습이 남아 있다. 1년에 한 번씩 특정한 날에 사람들이 전부 나와서 이쪽 경계선에서 저쪽 경계선까지 행렬을 이루어 걷는다. 그리고 제일 중요한 지점에서 젊은이들이 막대로 흠씬 두들겨 맞는데, 이렇게 하면 내세에도 그 위치를 기억할 수 있다고 믿기 때문이다. 이런 관습은 전통이 되었다. 남군 전초 기지, 척후병, 정찰대와의 빈번한 교전을 통해 우리도 비슷한 교훈을 얻었다. 교전을 벌였던 지역의 특징들이 총성과 칼의 부딪침 그리고 어지러운 말발굽 소리와 더불어 잊히지 않을 만큼 생생하게 뇌리에 남아서, 종종 확보하기 어려운 정확한 지형 보고서를 대신하기도 한다. 이처럼 치열한 교전은 희생을 담보로 하는 관측 방법이기도 했다.

어느 날 아침, 평소보다 더 위험한 정찰 업무를 나가려는데 말을 탄 서스턴 중위가 내게 다가와 여단장의 허락을 얻었다면서 혹시 함께 가도 괜찮은지 물었다.

"상관없어."

내가 좀 퉁명스럽게 말했다.

"그런데 어떤 역할을 맡지? 너는 지형 담당도 아니고, 벌링 대위를 호위하는 건 내 임무잖아."

"참관자로 가는 거야."

그는 이렇게 말하고는 칼과 권총을 뽑아 자신의 하인에게 건네며 본부로 가져가라고 지시했다. 내가 무례했다는 것을 깨달았지만, 딱히 사과할 방법도 마땅찮아서 그냥 아무 말 하지 않았다.

그날 오후, 우리는 적의 기병대와 맞닥뜨렸다. 우리가 접근하던 도로를 따라 1킬로미터 넘게 야포가 배치되어 있었다. 아군 호위대가 숲에서 치열한 전투를 벌이는 동안, 서스턴은 몇 초 간격으로 포도탄과 산탄이 빗발치는 길 한복판에 그대로 있었다. 그는 말고삐를 놓고 팔짱을 낀 채 안장에 똑바로 앉아 있었다. 얼마 못 가서 그는 쓰러졌고 그의 말은 갈가리 찢기고 말았다. 길 한쪽에 있던 나는 연필과 측량 노트를 버려둔 채 임무마저 잊고서 그를 바라보았다. 그는 찢긴 말의 잔해에서 빠져나와 천천히 일어섰다. 그 순간 포격이 멈추는가 싶더니, 건장한 남군 기병 한 명이 기병도를 빼 들고 쏜살같이 말을 몰아 왔다. 서스턴은 자신을 향해 질주하는 기병을 보고는 몸을 꼿꼿이 세우더니 또 팔짱을 끼었다. 그는 도망치기에는 너무 용감했고, 내가 무례한 말을 하는 바람에 무기까지 놔두고 온 상황이었다. 그는 참관자였다. 곧 고등어처럼 난도질당할 운명이었다. 그런데 축복처럼 총알이 날아들어 기병을 먼지 자욱한 도로에 고꾸라뜨렸다. 질주의 추진력 때문에 퉁겨진 기병의 시체가 서스턴의 발치까지 데굴데굴 굴러 올 정도로 가까운 거리였다. 그날 저녁 서둘러 정찰 보고서를 작성하는 동안, 사과할 수 있는 적당한 기회가 생겼다. 나는 투박하고 무뚝뚝한 어조로, 적개심을 갖고 바보처럼 대해서 미안하다고 서스턴에게 말했다.

그로부터 몇 주 후, 우리는 적의 좌측을 공격했다. 정확하지 않은 위치와 낯선 지형을 감안한 공격이었는데, 선봉이 우리 여단이었다. 지형이 몹시 험하고 덤불이 빽빽해서 여단장과 그 부관을 포함해 모두가 말에서 내려 전투를 벌여야 했다. 치열한 전투가 거듭되는 동안, 서스턴이 우리 부대에서 이탈했다. 우리는 적의 마지막 방어선을 무너뜨린 후에야 중상을 입고 쓰러져 있는 그를 발견했다. 그는 테네시 주 내슈빌에 있는 병원에 몇 달간 입원했지만 결국 무사히 복귀했다. 그는 당황하여 적진을 헤매다가 총격을 당했다는 얘기 말고는 그날 겪었던 불운에 대해 말을 아꼈다. 그러나 우리는 포로로 잡은 적군의 입을 통해 사건의 전말을 알게 되었다.

"그자는 우리 방어선 오른쪽으로 곧바로 걸어왔습니다."

포로가 말했다.

"우리는 전부 뛰쳐나가 그자의 가슴에 총을 겨누었습니다. 몇몇은 그자와 닿을 정도로 가까이 있었죠. '칼을 버리고 항복해, 이 염병할 북군 새끼야!' 장교 중 한 명이 그렇게 소리쳤습니다. 그 친구는 오른손에 기병도를 그대로 쥔 상태로 팔짱을 끼더니 총구를 쭉 훑어봤습니다. 그리고 침착하게 이렇게 말하더군요. '항복하지 않겠다.' 우리가 전부 총격을 가했다면, 그자의 몸은 너덜너덜해졌을 겁니다. 우리 중에는 방아쇠를 당기지 않은 병사들이 있었습니다. 저도 쏘지 않았습니다. 도저히 그럴 수 없었습니다."

차분하게 죽음을 마주할 뿐 아무런 애원도 하지 않는 사람이 있다면, 그 사람에게 좋은 감정을 느끼기 마련이다. 서스턴의 뻣뻣한 태도와 팔짱 낀 자세에서 그런 감정이 느껴진 건 아닐까. 그러나 나는 확신이 서지 않았다. 그러던 어느 날, 식당에서 서스턴이 없을 때 보급 장교가 또 다른 의견을 내놓았다. 포도주가 한잔 들어가면 심하게 말을 더듬는 그가 이렇게 말했다.

"그, 그 녀석은 하, 하, 합법적으로 도, 도망치는 바, 바, 방법을 터, 터득한 거야."

"뭐라고!"

나는 화가 치밀어 올라 발끈했다.

"너 지금 서스턴이 겁쟁이라고 말하고 싶은 거냐, 그것도 본인이 없는 자리에서?"

"거, 겁쟁이라면 그, 그런 바, 방법을 터, 터득하려고 하, 하지도 아, 않겠지. 녀, 녀석이 여, 여기 있었다면 내가 이, 이런 말을 하, 하지도 아, 않았을 거고."

그는 한결 누그러진 기색으로 대답했다.

이처럼 두려움을 모르던 남자 조지 서스턴은 헛된 죽음을 맞았다. 거목이 우거진 숲 속에 우리 여단이 주둔했을 때였다. 대담한 병사 한 명이 우람한 나무에 올라가 위쪽 가지에 밧줄을 걸어 30미터

길이의 그네를 만들었다. 그네에서 땅까지는 15미터였는데, 긴 호를 그리며 높이 올라간 그네는 숨 막힐 듯 한순간 멈추는가 싶더니 다시 아찔한 속도로 떨어졌다. 웬만해선 그걸 타고 즐길 만한 사람이 있을지 의문이 들 정도였다. 어느 날, 자신의 막사에서 나온 서스턴이 나무에 묘하게 걸려 있는 밧줄이 뭐냐고 물었다. 기병대 중에 뛰어올라 걸터앉는 방법을 모르는 사람은 없었다. 그는 금세 그네 타는 방법을 터득한 후, 가장 능숙한 병사보다도 더 높이 올라가기 시작했다. 우리는 그 섬뜩한 곡예를 보면서 몸서리를 쳤다.

"머, 멈추라고 해."

보급 장교가 식당 막사에서 점심 식사를 끝내고 굼벵이처럼 느릿느릿 나오면서 말했다.

"그, 그네가 바, 바람을 타, 타면 어, 어떻게 되, 될지 저 녀, 녀석은 모, 모른다고."

힘센 남자가 자신을 대포알처럼 허공으로 쏘아 올린 채로 점점 더 넓은 호를 그리며 가속이 붙자, 그네에 서 있는 모습이 거의 수평에 가까워졌다. 밧줄이 묶여 있는 높이보다 더 올라가기라도 한다면 목숨을 잃을 판이었다. 밧줄이 느슨해지면서 수직으로 떨어지다가 어느 지점에서 갑자기 다시 팽팽해지면 그는 곧바로 튕겨 나갈 터였다. 누가 봐도 위험했다. 모두 그에게 그만두라고 고함을 치면서 손짓 발짓까지 해 댔지만, 오싹한 흔들림과 함께 밑으로 내려와 우리를 스쳐 대포알처럼 솟구칠 때마다 생기는 소음 때문에 제대로 들리지 않는 모양이었다. 조금 떨어진 거리에서 그 모습을 본 한 여자가 정신을 잃고 쓰러졌다. 가까운 연대 본부에서 나온 병사들이 소리를 지르며 우르르 달려왔다. 그런데 서스턴이 위로 솟구치는 순간, 고함 소리가 일제히 멈추었다.

서스턴과 그녀가 서로 분리되었다. 알 수 있는 것은 그것뿐이었다. 두 손 모두 밧줄을 놓쳤다. 가벼워진 그녀가 원심력에 따라 다시 호를 그렸다. 서스턴은 그 자신의 원심력 때문에 거의 직립한 자세로 위쪽 전방으로 튀어 나갔다. 이번에는 호가 아니라 바깥쪽으로 곡선을 그리며 날아갔다. 삽시간에 벌어진 일일 수도 있으나, 아주 오랫동안 지속된 듯한 느낌도 들었다. 나는 소리를 질렀다. 아니 그런 것 같았다.

"맙소사! 끝까지 날아오를 셈인가?"

그는 나뭇가지를 스치며 날아올랐다. 나뭇가지를 붙잡고 살겠구나, 나는 그렇게 생각하면서 환희를 느꼈다. 나뭇가지가 그의 몸무게를 지탱할 수 있을지도 모른다고 생각했다. 그는 나뭇가지를 지나 더 높이 솟구쳤고, 그때부터 내 시야는 새파란 하늘로 채워졌다. 오랜 세월이 흐른 지금도 나는 공중에 뜬 남자의 모습을 생생하게 기억할 수 있다. 두 발을 착 붙이고, 두 손은…… 그의 두 손은 보이지 않았다. 그러다 너무도 갑작스럽게 방향이 아래쪽으로 바뀌었다. 누군가 자기도 모르게 비명을 질렀다. 남자는 그저 빙빙 도는 물체 같았고, 다리만 보였다. 이윽고 도저히 말로는 표현할 수 없는 소리가 들려왔다. 땅을 뒤흔드는 충격음이 들렸고, 가장 끔찍한 형태의 죽음에 익숙한 병사들마저 메스꺼움을 참지 못했다. 사고 현장에 갔던 병사들이 비틀거리며 돌아섰다. 몸을 지탱하기 위해 나무에 기대거나 밑동에 주저앉는 병사들도 있었다. 죽음은 부당하게도 불시에 찾아왔다. 그는 낯선 무기에 당했다. 그는 새롭고도 불안한 전술을 실행했다. 우리는 그가 그토록 무시무시한 수단을, 그토록 오싹한 공포의 가능성을 지니고 있었는지 알지 못했다.

서스턴의 시체는 땅에 등을 대고 누워 있었다. 아래로 구부러진 한쪽 다리는 무릎 위가 부러져 튀어나온 뼈가 땅속에 박혀 있었다. 복부가 터져 내장이 흘러나왔다. 목이 부러졌다.

그리고 두 팔은 가슴에 대고 단단히 팔짱을 낀 채였다.

주피터 도크 준장

육군성 장관이 일리노이 주 포지 카운티 하드팬의 주피터 도크 장군에게
워싱턴, 1861년 11월 3일

대통령은 귀하의 우국충정과 능력을 믿고 귀하를 의용군 준장으로 임명하고자 합니다. 귀하의 의견을 알려 주십시오.*

주피터 도크 준장이 육군성 장관에게
일리노이 주 하드팬, 1861년 11월 9일

제 생애에서 가장 영광스러운 순간입니다. 공직이란 얻으려 해서도 안 되고 거절해서도 안 되는 것입니다. 나라에 대한 충성심에는 동서남북의 구분이 없습니다. '내 조국, 전체이고 하나인 내 조국'만

---

* 이 작품의 원제는 「역사를 위한 기록」이며 1885년에 발표되었다.

이 있을 뿐입니다. 공정하고 현명한 분들이 제게 주신 막중한 책임을 받아들이겠습니다. 그리고 자유주의 원칙에 대한 확고한 믿음과 누구보다 현명하신 대통령님의 영도력 아래 저의 정치적 신념에 오점을 남기지 않도록 최선을 다하겠습니다. 영원한 워싱턴 대통령의 계승자이고 저의 임명권자이며, 최대 다수의 최대 행복과 공화제의 안정 그리고 공화당의 선거 승리를 위해 헌신하시는 대통령님께 약속하겠습니다. 저는 대통령님의 뜻을 이루는 데 목숨과 재산과 신성한 명예를 전부 바치겠습니다. 저의 지명을 공식화할 위원회의 의장 연설에 대비해 즉시 수락 연설을 준비하겠습니다. 수락 연설을 통해 대통령님뿐 아니라 국민의 마음속에서 깊은 공감대를 끌어내겠습니다.

육군성 장관이 이스턴 켄터키 육군본부 사령관 블라운트 워도그 소장에게
워싱턴, 1861년 11월 14일

 귀관의 부대는 주피터 도크 준장의 지휘를 받게 될 것이고, 도크 준장은 곧 리틀버터밀크 강변의 디스틸러리빌로 이동할 것이오. 그 시점에서 도크 준장이 지휘권을 넘겨받을 예정인데, 필요한 절차에 대해서는 곧 귀관에게 서한으로 알리겠소. 귀관의 최근 보고에 따르면 코빙턴에서 블루그래스, 오퍼섬코너스와 호스케이브를 경유하는 경로에 남군 게릴라병이 많다고 했는데, 지금도 그렇소? 내게 놈들을 물리칠 복안이 있소만.

블라운트 워도그 소장이 육군성 장관에게

켄터키 주 루이빌, 1861년 11월 20일

도크 준장의 이름과 군 경력에 대해서는 아는 바가 없지만, 그의 뛰어난 지도력에 의지할 수 있다니 기쁘기 그지없습니다. 코빙턴에서 오포섬코너스와 호스케이브를 경유하여 디스틸러리빌까지 오는 경로는 제가 부득이하게 적에게 내줄 수밖에 없었지만, 지금은 적의 게릴라 전술 때문에 오히려 많은 병력의 지원 없이도 충분히 통과 가능합니다. 디스틸러리빌에 주둔 중인 여단은 현재 리틀버터밀크 강의 증기선을 통해서 보급 물자를 받고 있습니다.

육군성 장관이 일리노이 주 하드팬의 주피터 도크 준장에게

워싱턴, 1861년 11월 26일

귀하의 수락 서한을 받기도 전에 먼저 위임장을 우편으로 보내게 되어 큰 유감입니다. 위원회의 공식적인 지명 절차를 거치지 않고 임명 건을 처리할 수밖에 없습니다. 귀하가 서한으로 전하신 고귀하고 애국적인 마음에 대통령님이 아주 흡족해하십니다. 그래서 귀하가 즉시 켄터키 주 디스틸러리빌로 이동해 지휘권을 행사하라고 지시하셨습니다. 그곳에 도착하면, 필요한 절차는 워도그 소장에게 서한으로 통지될 겁니다. 코빙턴을 통과할 때까지 귀하가 지휘하는 부대의 이동은 극비 사항입니다. 귀하가 적군과의 거리를 3일 이내로 좁힐 때까지는 적군이 디스틸러리빌 전선에 계속 남아 있어야 합니다. 그다음에 귀하의 접근 소식이 알려지면 적의 우측을 압박하여 좌측, 즉 현재 테네시 주 멤피스에 주둔 중인 군대와 합류하도록 유도할 것입니다. 그것이 우리가 원하는 겁니다. 블루그래스, 오퍼섬코너스와 호스케이브를 경유하십시오. 모든 장교들은 전선으로 이동하는 도중에 완전 군장을 갖춰야 할 겁니다.

주피터 도크 준장이 육군성 장관에게
1861년 12월 7일, 켄터키 주 코빙턴

예정지에 어제 도착하여 제 아내의 처가 쪽 사람인 조엘 브릴러 씨에게 위임장을 주었습니다. 조엘 브릴러 씨는 충실한 공화당원이며, 다방면에서 포지 카운티를 대표하기에 충분한 인물입니다. 법적으로 오점이 될 만한 기록이 전혀 없고, 공화당의 근본 신념에 깊이 공감하는 인물입니다. 그는 하드팬에서 시민과 종교의 자유를 위해 의용병으로 헌신해 오면서 하드팬의 패트릭 헨리*로 불렸습니다. 브릴러 씨는 어젯밤에 디스틸러리빌로 떠났습니다. 저는 여기 남아서 극히 중요한 문제를 논하는 지역 토론회에서 대중을 상대로 연설을 해 달라는 요청을 받았습니다. 그 요청을 수락함으로써 저는 격렬한 논란의 한복판으로 직접 뛰어들어가 배수진을 치고 쏟아지는 십자 포화를 감당해야 할 겁니다. 저는 이 서한을 통해 대통령님께 제 아들 자베즈 레오니다스 도크를 하드팬의 우체국장으로 임명해 주십사 부탁드립니다. 아들의 임명 건이 개혁의 일환임을 밝혀 주시고

---

* 미국 독립 혁명의 지도자.

확실하게 구두 승인을 해 주신다면 참으로 감사히 생각하겠습니다. 그리고 제가 지금 군대에서 맡고 있는 보직에 대해 어떤 식으로 급료가 책정되었는지, 이를테면 봉급인지 아니면 사례금 방식인지 알려 주시면 감사하겠습니다. 혹시 상여금이 따로 있는지요? 제가 이동하면서 지출한 경비에 대해서는 다달이 별건으로 청구서를 보내겠습니다.

주피터 도크 준장이 블라운트 워도그 소장에게
켄터키 주 디스틸러리빌, 1862년 1월 12일

어제 기선을 타고 진지에 도착했습니다. 최근의 태풍 때문에 이 일대와 행정 구역 대부분이 홍수 피해를 본 것 같습니다. 저는 지금 일리노이 주 포지 카운티의 저명한 시민이자 저의 위임장을 받은 탁월한 안목의 정치가로 한 달 전만 해도 분리주의자들 앞에서 천둥과도 같은 연설을 토하던 조엘 브릴러 씨를 백방으로 수소문하고 있지만, 행방을 찾을 수 없으니 필시 나라를 위해 희생된 것이 분명합니다. 우리 미국민은 조엘 브릴러 한 사람이 아니라 그와 함께 자유의 보루까지 잃게 된 것이지요. 장군께 정중히 부탁건대, 그를 추모하는 위원회를 소집하고 소속 부대원 전원에게 한 달간 애도의 상장(喪章)을 달도록 조치해 주십시오. 저는 이곳에서 직접 장례 준비를 할 것이며, 장군이 우리 공화국의 법 집행을 위해 보다 좋은 의견을 제시한다면 언제든 환영하겠습니다. 강 건너편에서 대치 중인 호전적인 민주당원들은 극단적인 방법을 생각하고 있는 모양입니다. 이쪽을 향해 두 문의 중포를 배치한 상태이고, 어제 아침 보고받은 바에 따르면 적군 일부가 강가까지 내려와 교대로 흑색선전을 떠들어대고 있다고 합니다.

주피터 도크 준장이 켄터키 주 디스틸러리빌에서 기록한 일기

1862년 1월 12일

어제 헨리 클레이 호텔(탁월한 정치가를 기리기 위해 붙인 명칭이다)에 도착한 뒤, 여단 지휘관의 위임을 받은 세 명의 대령으로 구성된 파견단의 보필을 받고 있다. 이는 미국 정치사에 길이 남을 기념비적인 일이다. 당대의 기록으로 널리 남을 연설문 복사본을 포지에 소재한 「매버릭」지에 보냈다. 파견단원들은 예외 없이 국가 통일과 공화당을 위해 헌신하겠다고 거듭 맹세했다. 이들에게서 정치적 역량과 고결한 명예를 발견하고 참으로 흡족했다. 이어진 연회에서도 고귀한 애국심이 유감없이 고취되었다. 루이빌의 워도그 씨에게 몇 가지 지시 사항을 적어 보냈다.

1862년 1월 13일

1년 기한으로 저명한 저택(전 주인은 국가를 배신하고 적군에 가담했다)을 임대했다. 곧바로 도크 준장 부인을 위해 몇 가지 중요한 사안들에 관한(자베즈 레오니다스 건은 제외하고) 서한을 작성했다. 적진에서는 그릇된 길로 인도된 3천 명의 젊은이들이 자유의 나무 밑동에 도끼질을 하고 있다. 저들이 수적으로 분명 우세한데, 우리 병사들 상당수는 허가 없이 자신의 선거구로 돌아가고 있는 형편이다. 우리는 2천 표 이상 되지 않을 것 같다. 휘하 연대장들에게 병사들이 소속 부대를 이탈하지 않도록 적극 설득하라고 지시해 두었다.

1862년 1월 14일

대통령님께 서한을 올려, 처남 편으로 무기와 보급품을 제공하는 계약을 부탁드렸다. 이는 이 나라 제조업의 이익과도 직결된 문제다. 포병대가 우리와 합류하기 위해 이곳에서 5킬로미터 거리인 제이호크에 도착했다. 그들을 호위하기 위해 여단 전체를 제이호크로 이동시켰으나, 포병대가 우리를 적군으로 오인하고 포격을 가했다. 엄청난 포성에(그 정도일 줄은 미처 몰랐다!) 내가 탄 말이 크게 놀라는 바람에 교전 상황이 아닌데도 낙마를 하고 말았다. 혼란으로 인해 포병대와의 회합을 미루고 진지로 돌아와 보니, 우리가 없는 틈을 타 적군 파견대가 강을 건너와 보급 물자를 약탈했다. 대통령님께 서한을 올려 아이다호 주지사 자리를 부탁드렸다.

일리노이 주 포지 소재 「매버릭」에 실린 1862년 1월 20일 사설

다른 난에 실린 디스틸러리빌 전투에 관한 도크 준장의 긴박한 설명은 애국심 가득한 모든 일리노이 주민의 가슴을 벅차게 만들기에 충분하다. 이 뛰어난 위업은 군의 역사에 한 획을 긋고, 도크 준장의 말처럼 "미합중국 군대의 용맹성에 굳건한 토대를 마련하는"

일이다. 그 어떤 군대도 교전을 벌이지 않는 상황에서 오로지 포지 카운티 출신의 이 용맹한 지휘관인 필자 자신(일당백의 용사)만이 홀로 전략을 구사했다. 그가 더 중요한 사건은 제쳐 두고 본지의 귀중한 지면에 오직 전사자의 명단만 게재해야 한다고 생각한 것도 당연하다. 그러나 진지를 포기하는 척 위장함으로써 적군을 유인한 교묘한 전술(이 배신자 무리는 진지에 남아 있던 아군 부상병들을 살해할 목적으로 침입했다), 제이호크에서 일어난 뜻하지 않은 불행한 사건, 성공의 예감에 들떠 있다 독 안에 든 쥐 신세가 된 적군을 덮쳐 겁에 질린 그들의 군대를 추격도 불가능하리만큼 험준한 강 너머로 몰아붙여 패주케 한 일 등 그가 맹렬한 필치로 설명한 이 모든 "수륙 양공 작전"은 기막힌 무용담의 모든 요소를 갖추고 있다.

진정, 진실은 허구보다 낯설고 펜은 검보다 강하다. 이토록 영광스러운 사건들을 마치 우리의 눈앞에서 벌어지듯 온갖 기교로 생생하게 묘사한 글을 대하고 보니, 역사를 기록하고 만들기까지 한 이 위대한 장군을 본지의 수많은 독자들을 위해 필자로 모시고자 한「매버릭」의 노력 따위는 보잘것없게 느껴질 지경이다. 1864년 대선에서 (공화당 전당 대회의 추대를 받아) 일리노이 주의 주피터 도크 준장이 승리하기를 기원하며!

블라운트 워도그 소장이 주피터 도크 준장에게
루이빌, 1862년 1월 22일

디스틸러리빌에 도착했다는 장군의 서한이 지체되어 방금 전에

야, 그것도 남군 측 사령관과의 휴전 협정 덕분에 받아 볼 수 있었소. 남군 측 사령관은 장군을 곤경에 빠뜨리는 것이 잔인한 행위라고 여기고 있으며, 본인 또한 그렇게 생각하오. 그러나 남군 측은 위협적인 상황을 유지하면서 (적어도) 후퇴를 압박하고 있소. 장군은 현재 불필요한 전선에 주둔하고 있소.

블라운트 워도그 소장이 육군성 장관에게
루이빌, 1862년 1월 23일

적군의 전체 병력 2만 명이 리틀버터밀크로 집결하고 있다는 확실한 정보를 입수했습니다. 장관님의 지시에 따라, 도크 장군의 미숙한 소규모 여단이 적과 대치 중입니다. 리틀버터밀크에서 적과 전투를 벌이는 것은 저의 계획이 아니며, 저는 도크 장군에게 지휘권이 있는 한 그 여단을 위해 후방 지원에 나설 수 없습니다. 제가 판단하건대, 도크 장군은 멍청입니다.

육군성 장관이 블라운트 워도그 소장에게
워싱턴, 1862년 2월 1일

대통령님은 도크 장군을 크게 신뢰하고 있소. 하지만 장군에 대한 귀관의 판단이 옳다면, 또 귀관이 목적한 바를 이루기 위해 상당한 희생을 감수할 결심이라면, 도크 장군의 현재 위치가 오히려 전화위복이 될 것 같소.

주피터 도크 준장이 블라운트 워도그 소장에게

디스틸러리빌, 1862년 2월 1일

귀하가 지난달 22일자 서한에서 불리하다고 예상한 전세를 타개하고자 내일 제이호크로 본부를 옮겨야겠습니다. 퇴각 위원회를 구성했는데, 그 첫 모임에서 오간 자세한 사항은 귀하에게 곧 전달하겠습니다. 위원회가 위원장과 사무장을 선출하고 제가 직접 발의한 결의문을 채택하는 등 적법하게 구성되었다는 점을 귀하도 알게 될 겁니다. 강 건너편의 적들이 또다시 반역을 획책할 경우, 우리 여단은 전부 노새에 올라타 신속하게 루이빌과 북부로 이동할 것입니다. 이런 위기 상황에 대비하기 위해 민주당원 주민으로부터 노새를 차출하는 데 상당한 시간이 걸렸습니다. 현재 제이호크 들판에 2천 3백 마리의 노새를 확보해 둔 상태입니다. 값진 자유를 얻기 위하여 긴장을 늦추지 말아야 합니다!

남부 연합군 깁슨 J. 벅스터 소장이 남부 연합 육군성 장관에게

켄터키 주 병 주둔지, 1862년 2월 4일

지난 2일 밤 2만 5천 명의 병력과 야포 32문으로 구성된 우리 전병력이 심슨 B. 플러드 소장의 지휘하에 여울을 건너 디스틸러리빌로부터 5킬로미터 지점의 리틀버터밀크 강 북쪽까지 진격했습니다. 이후 제이호크의 코빙턴 도로를 점령하기 위해 강에서 대각선 방향으로 남하했습니다. 아시다시피, 우리 목표는 코빙턴을 점령한 뒤 신시내티를 공격하고 오하이오밸리를 차지하는 겁니다. 최근 몇 달 동안 대치 중인 적군은 오합지졸의 소규모 여단으로 지휘관조차 없는 것 같은데, 설령 있다고 해도 오히려 우리 아군에 도움이 되는 인물입니다. 아군이 그들을 공격하지 않음으로써 취약점을 지닌 것처럼 위장할 수 있었기 때문입니다. 그러나 적군이 제이호크로 이동함으로써 아군이 고립되는 상황에 처하여, 저는 앨라배마 연대를 파견하여 고립된 아군을 구출해 낼 생각이었습니다. 그런데 갑자기 지진과도 같은 진동과 소음이 일더니, 이 지역에서 유명하다는 토네이도가 우리 군의 전위를 덮치고 말았습니다. 제가 판단하건대, 토네이도가 코빙턴 도로에서 여울까지 역방향으로 거세게 불어닥쳐 아군 병력을 분산하거나 괴멸한 것으로 보입니다. 그러나 제가 토네이도에 휘말려 정신을 잃고 강 남쪽까지 휩쓸려 갔기 때문에 정확한 상황 파악에는 어려움이 있습니다. 밤새 북쪽에서 총격전이 벌어졌고, 여울을 다시 건너 퇴각한 아군의 보고에 따르면 북군이 아군 부상병들까지 괴멸해 버린 것이 확실합니다. 아군은 심각한 타격을 입었습니다. 제 휘하 보병 1만 5천 명 중에서 전사자, 부상자, 포로 및 실종자를 포함한 손실이 1만 4,994명입니다. 돌리버 빌로 장군이 이끄는 정예 부대원 1만 1,200명의 경우 현재 확인된 인원은 장교 2명과 흑인 요리사 1명이 전부입니다. 포병대 8백 명은 생존자가 파악되지 않고 있습니다. 플러드 장군은 전사했습니다. 제가 원정대를 지휘하고 있으나, 심각한 손실 때문에 가능한 신속히 보급선을 단축하는 것이 바람직합니다. 내일 아침 일찍 남쪽으로 진격해야 합니다. 아직은 섣부른 판단일 수 있으나, 이런 상황에서도 이번 작전의 목적은 일부 완수되었습니다.

남부 연합군 돌리버 빌로 소장이 남부 연합 육군성 장관에게
켄터키 주 뷰핵, 1862년 2월 5일

……그러나 지난 2일 적군은 비밀리에 5만 명의 기병대를 증원했고, 스파이를 통해 우리의 이동 경로를 파악한 뒤 밤을 틈타 제이호크에 대규모 병력을 집결시켰습니다. 밤 11시경 아군의 전위대가 제이호크에 도착했을 때, 적군의 맹렬한 기습 공격으로 벅스터 장군의 사단이 전멸하고 말았습니다. 후방에 있던 바움섄크 장군의 포병 여단은 무사히 탈출한 것으로 보입니다. 그러나 그것을 확인할 시간이 없어서 우선 저희 사단 병력을 여울에서 수 킬로미터 떨어진 강 상류로 후퇴시켰습니다. 그리고 날이 밝은 후 서둘러 뗏목을 만들어 강을 건넜습니다. 정예 부대원 1만 1,200명 중 1만 1,199명을 잃었습니다. 벅스터 장군은 전사했습니다. 저는 전략 기지를 앨라배마 주 모빌로 변경하고자 합니다.

남부 연합군 스키네데커 바움섄크 준장이 남부 연합 육군성 장관에게
켄터키 주 아이오딘, 1862년 2월 6일

……확신할 수는 없지만, 중대한 일이 버러진 것 가씀니다. 이 어둠 속에서 저는 말도 병사도 업시 혼자 남아 이씀니다. 부디 저를 해임해 주십시오. 여긴 아무 희망이 업스며 전세 파악도 부가능합니다.

1862년 2월 15일 의회 결의안

의결 사항. 본 의회는 주피터 도크 장군과 그의 휘하 용감한 장병들에게 치하를 전한다. 이들은 고작 2천 명의 정예 부대로 적군 2만 5천 명의 병력과 맞서 싸워 섬멸하는 전무후무한 용맹을 떨쳤다. 적군 전사자 5,327명, 포로 1만 9,003명(이 중 절반 이상이 부상자), 대포 32문, 소총 2만 정(다시 말해 적군의 모든 장비) 확보라는 전과를 세웠다.

의결 사항. 이 유례없는 승리를 기리기 위해 대통령은 하루를 감사의 날로 지정하고, 많은 교회에서 종교적 기념 의식을 열도록 요청한다.

의결 사항. 이 위업을 더 깊이 되새기고 미합중국 군대에 불멸의 영광을 더한 장병들의 용기에 보답하기 위해, 의회의 권고와 동의하에 다음과 같이 특진을 요청한다: 소장 1명.

켄터키 주 제이호크에서 한니발 알카자 페이턴 씨의 진술

칠흑가치 어두운 밤, 이 늘근이의 눈에 보이는 것은 업서지만, 시끄룬 소리를 드를 수 있어서요. 웅얼거리는 목소리를 드꼬 잇자니, 강 건너 적들과 가튼 편 가탔어요. 그래서 부리나케 집 안으로 뛰어 드르가 도크 쥔님을 캐우고 말해서요. "바까테, 쥔님 목숨이 위허매요." 그런데 아뿔싸! 쥔님은 셔추 바람으로 우앙자앙하다가 노새들을 푸러노은 울타리로 달려가자나요! 이천 마리 노새들이 보기엔 쥔님은 나긴 찍는 인두를 들고 덤비는 앙마 가탔을 거에요. 그러다 보니 놀란 노새들이 한거번에 지진을 일으키듯 울타리를 빠저나와 도로를 미친드시 달려가써요. 그런데 도로 끄테서 끄까지 남군들이 가드카지 멉니까!……

레사카에서 죽다

　우리 가운데 가장 훌륭한 군인은 두 명의 부관 중 한 명인 허먼 브레일 중위였다.* 장군이 어디서 그를 차출해 왔는지는 기억이 나지 않는다. 오하이오의 어느 연대지 싶다. 우리 중에 전부터 그를 알고 있던 사람은 없었다. 같은 주는 물론이고 가까운 주 출신도 아니기 때문에 모르는 게 당연했다. 장군은 자신의 참모를 임명할 때 당파적 질시를 일으키지 않고 나아가 국가의 통합을 해치지 않는 지극히 공평한 방법으로 해야 한다고 생각한 모양이었다. 심지어 참모를 지명할 때 직접 명령을 내리지 않고 각기 다른 부대 출신들이 모여 있는 본부에서 일종의 제비뽑기로 결정했다. 상황이 이렇다 보니,

---

* 이 작품은 1887년에 발표되었다. 레사카는 조지아 주 서북부의 도시로 남북 전쟁의 격전지인 치카마우가 남쪽에 있다.

그가 군대에서 맡은 임무도 가족이나 친구들이 아는 것과는 사뭇 달랐다. 아무튼 이 쾌남아에 대해 말들이 많았다.

브레일 중위는 180센티미터가 넘는 키에 다부진 체격이었으며, 담색 머리칼과 잿빛이 도는 눈을 지녔고, 보통은 아주 용기 있는 사람들에게 발견되는 재능을 겸비했다. 대부분의 장교들이 그리 화려하지 않은 복장에 만족하는 반면, 그는 평상시나 특히 전투 중에 완전 군장을 했는데, 이때 그의 모습은 아주 인상적이고 이채로웠다. 다른 사람들의 눈에 비친 그는 신사의 예절과 학자의 두뇌, 그리고 사자의 심장을 지닌 인물이었다. 나이는 서른 살쯤이었다.

머잖아 우리 모두는 브레일을 존경하고 좋아하게 되었다. 그렇다 보니, 그가 합류한 이후 맞은 첫 번째 전투인 스톤 강 전투에서 그에게 몹시 불쾌하고 군인답지 못한 일면이 있음을 발견했을 때 우리는 진심으로 걱정했다. 그 일면이란 바로 용기를 과시하는 것이었다. 시시각각 전황이 변하는 치열한 전투에서 우리 군대가 지형지물 없는 목화밭이나 삼나무 숲 혹은 철둑 뒤에서 교전을 벌이는 동안, 그는 장군의 엄한 명령이 내려진 경우를 제외하고는 단 한 번도 몸을 숨기지 않았다.(장군의 입장에서는 대개 자신의 참모나 부하들의 목숨 외에도 신경 쓸 일이 많기 마련이지만.)

그 후의 모든 전투에서 그는 똑같은 행동을 보여 주었다. 노출이 가장 쉬운 위치에서 — 임무상 가야 하거나 남아 있어야 하는 곳이면 어디서든 — 총알과 포탄이 퍼붓는 가운데 기마상처럼 말에 앉아 있곤 했다. 물론 위험이 덜한 대신 명성에는 확실히 득이 되는 상황, 요컨대 교전이 잠시 중단된 막간에는 신변의 안전을 어느 정도 보장받을 수 있었다.

부득이한 상황이거나, 말을 타지 않은 사령관이나 상관에게 예를 갖추기 위해 말에서 내려와 있는 경우에도 그의 행동은 똑같았다. 장교들과 병사들이 모두 몸을 숨기고 있을 때, 그는 노출된 공간에 바위처럼 버티고 있었다. 그보다 나이도 많고 복무 기간도 긴 사람들, 계급이 높고 누가 봐도 용맹한 사람들이 산등성이 뒤에 숨어서 조국에 더없이 소중한 목숨을 부지하는 동안, 이 친구는 산 정상에서 태연하게 맹렬한 십자 포화를 마주 보고 서 있는 것이었다.

탁 트인 공간에서 전투가 지속될 때, 양쪽 군대가 아주 가까운 거리에서 땅바닥이 애인인 양 바짝 달라붙은 채 몇 시간씩 대치하는 경우가 종종 있다. 병과 장교들도 각자 위치에서 납작 엎드려 있고, 말이 죽거나 후방으로 보내진 야전 장교들 또한 지옥의 하늘을 수놓듯 빗발치는 포탄과 총알 아래 개인의 품위 따위는 아랑곳없이 몸을 웅크리고 있기 마련이다.

이런 상황이라면 여단의 참모 장교라는 직위는 분명 '불행한' 것이다. 임무의 불확실함과 무기력증을 일으킬 정도의 심한 감정 기복 때문이다. 참모 장교라는 것이 일반인의 눈에는 탈영하는 게 '놀라운 일'로 비춰질 만큼 비교적 안전한 자리지만, 언제든 명령에 따라 최전선으로 파견될 수도 있다. 전투에 몰입한 최전선의 병사들 사이에서, 더구나 질문과 답변이 모두 수신호로 이루어져야 하는 혼란의 틈바구니에서 일개 개인은 눈에 띄지도 않을뿐더러 찾아내기도 어렵다. 이런 상황에서는 무수한 명사수들의 목표물이 된 채로 가능한 한 머리를 숙이고 필사적으로 달리는 것이 관행이다. 그리고 후퇴할 때는…… 그러나 후퇴하는 것은 관행이 아니다.

브레일의 관행은 달랐다. 그는 말을 — 무척 아끼는 자신의 말을 — 연락병에게 맡기고 위험한 임무를 수행하기 위해 조용히 걸어갔다. 군복 덕에 당당한 체구가 더욱 돋보이고 두 눈이 묘한 매력을 풍겼다. 그는 걸어가는 내내 한 번도 웅크리지 않았다. 우리는 심장이 터질 듯 숨죽인 채 그를 지켜보았다. 긴장하면 말을 더듬는 동료 한 명이 감정을 이기지 못하고 내게 소리쳤다.

"이, 이 달러 거, 걸겠어. 저 차, 참호까지 가, 가기 전에 초, 총에 맞는다에!"

나는 그 잔인한 내기를 받아들이지 않았다. 나도 그가 곧 쓰러질 거라고 생각했다.

이 용감한 남자를 좀 더 공정하게 추억해야겠다. 그가 쓸데없이 자신을 노출했던 건 사실이지만 거기에는 일말의 허세나 허언도 없었다. 우리 중 몇 명이 그나마 문제로 삼았던 극히 드문 예로 브레일이 상냥한 미소를 머금고 뭔가 가벼운 대답을 했던 일을 들 수 있지만, 이 또한 자세히 언급할 만한 수준은 아니었다. 한번은 그가 이렇게 말한 적이 있다.

"대위님, 제가 대위님의 충고를 듣지 않아서 비통한 지경에 처하게 된다면, 마지막 순간만큼은 대위님의 멋진 목소리로 축복의 말을 들으며 눈을 감고 싶습니다. 특히 이렇게 말해 주시면 좋겠습니다. '내가 이렇게 될 거라고 말했잖나.'"

우리는 그때 대위를 보고 웃어 댔는데, 왜 그랬는지는 딱히 모르겠다. 그날 오후 대위가 매복병의 총격을 받아 온몸이 벌집이 되었을 때, 브레일은 포탄과 산탄이 빗발치는 길 한복판에서 한참 동안 불필요하리만큼 정성스레 시신을 수습했다. 그런 행동은 비난하기 쉽고, 따라 하기를 자제하는 것도 어렵지 않지만, 존경하지 않을 수는 없는 노릇이다. 영웅적인 인상을 풍긴다는 결점에도 불구하고 병사들은 브레일을 좋아했다. 우리는 그가 바보가 아니기를 바랐지만 그는 끝까지 그렇게 행동했고, 간혹 중상을 입을 때도 있었지만 언제나 처음처럼 건강한 모습으로 임무에 복귀했다.

물론, 일은 결국 벌어졌다. 적군의 도전을 때론 쉽게 물리칠 수 없다는 점을 브레일이 간과한 것이다. 그 일이 벌어진 곳은 조지아 주 레사카였고, 당시 우리는 애틀랜타 함락 작전을 펼치고 있었다. 우리 여단 정면에 적의 진지선이 낮은 산등성이를 따라 들판을 가로지르고 있었다. 우리는 들판 양끝에서 숲 속까지 적군을 압박하고 있었으나, 시야가 트인 지형이어서 밤이 되기 전까지 적의 진지를 함락하기는 불가능했다. 어둠이 내린 후라야 우리는 두더지처럼 참호를 팔 수 있을 터였다. 이때 우리의 진지는 숲의 가장자리에서 4백 미터 거리에 있었다. 우리 진지는 대략 반원 형태였고, 적의 진지는 원호 형태였다.

"중위, 워드 대령에게 가서 최대한 접근하되 불필요한 총격전으로 총알을 낭비하지 말라고 전하라. 말은 두고 가도 좋다."

장군이 이 명령을 내렸을 때 우리는 숲의 가장자리, 그러니까 적의 원호형 진지에서 오른쪽 끝 부근에 있었다. 워드 대령은 왼쪽 끝에 있었다. 말을 놔두고 가도 좋다는 장군의 말은 분명 브레일에게 좀 더 먼 길을 택해 숲과 적군 사이를 뚫고 가라는 의미였다. 사실 그런 암시는 할 필요도 없었다. 지름길로 갔다간 명령을 전달하기 전에 죽을 것이 뻔했기 때문이다. 하지만 미처 누가 말리기도 전에 브레일은 사뿐하게 들판으로 말을 몰았고, 적진에서는 기다렸다는 듯이 맹공을 퍼부었다.

"저 멍청한 놈을 멈추게 해!"

장군이 소리쳤다.

머리는 모자란데 야망은 지나친 경호병 한 명이 장군의 명령에 따라 곧바로 뛰어나갔으나, 10미터도 못 가서 말과 함께 전사하고 말았다.

브레일은 이미 불러 세우기에는 너무 멀리 가 있었다. 적의 진지와 평행선을 그리며 능란하게 말을 몰아 이미 2백 미터까지 접근해 가고 있었다. 그 모습을 보고 있노라니 한 폭의 그림 같았다! 바람에 날아갔는지 총에 맞았는지 군모는 어디론가 사라지고, 말의 움직임에 따라 기다란 금발이 솟구쳤다 떨어졌다. 그는 안장에 꼿꼿하게 앉아서 왼손으로 가볍게 말고삐를 잡고, 오른손은 옆구리에 아무렇게나 놔두었다. 이쪽저쪽으로 머리를 돌릴 때마다 잘생긴 옆얼굴이 언뜻언뜻 비쳤고, 그가 앞으로 벌어질 일에 대해 천진하리만큼 흥미로워한다는 것을 알 수 있었다.

그림은 아주 극적이었지만 일말의 과장도 없었다. 그가 사정권에 들어가자 적군의 소총이 그를 향해 맹렬하게 불을 뿜었고, 숲 가장자리에 있던 우리 병사들은 총격이 보이고 들리는 곳까지 뛰쳐나가고 말았다. 자신의 목숨도 명령도 상관없이 들판으로 몰려 나간 아군 병사들은 총격으로 번쩍이는 산등성이의 적진을 향해 대응 사격을 퍼붓기 시작했다. 그러자 곧바로 무방비 상태의 아군 병사들을 향해 전면적인 총격이 가해졌고, 그 결과는 치명적이었다. 양 진영에 포병이 합류하자 땅을 뒤흔드는 폭음이 모든 소음을 압도해 버렸고, 포도탄은 날카롭게 대기를 찢어 댔다. 적진에서 날아든 포탄에 쪼개진 나무들과 병사들의 피가 뒤섞여 허공으로 흩어졌고, 아군의 포탄은 흙먼지 구름을 일으키며 적진을 짓눌렀다.

잠시 전면전에 정신이 없었던 나는 양쪽의 짙은 포연 사이 침침한 길을 바라보았다. 이 대학살의 원인을 제공한 브레일, 나는 그를 보았다. 아군과 적군 사이에 끼어 어느 편에서도 보이지 않는 지점에 그가 빗발치는 총알 속에서 가만히 서 있었다. 꽤 먼 거리에 그의 말이 널브러져 있었다. 나는 곧 그가 멈춘 이유를 알아챘다.

지형 전문가로서 나는 예전에 이 지역을 간단히 조사한 적이 있었는데, 브레일이 있는 지점에 깊고 구불구불한 협곡이 있다는 것을 기억해 냈다. 협곡은 적진 쪽에 있는 들판을 반쯤 가로지르고, 전체적으로는 적진에서 오른쪽 직각 방향이었다. 아군의 위치에서는 협곡을 볼 수 없었지만, 브레일은 달랐다. 협곡을 통과하기란 불가능했다. 만약 그가 자기를 위해 전우들이 벌인 기적 같은 일에 이쯤에서 만족하고 협곡 안으로 들어간다면, 가파른 경사가 그에게 완벽한 은신처 역할을 해 줄 터였다. 그는 전진할 수도 없었고 돌아오려고도 하지 않았다. 그는 그렇게 서서 죽음을 기다렸다. 기다림은 오래가지 않았다.

신기한 우연처럼 브레일이 쓰러진 것과 동시에 총격이 멈추었다. 긴 간격을 두고 산발적인 총성이 울렸으나, 그것은 조준 사격이 아니라 그저 침묵을 깨기 위한 것에 불과했다. 마치 아군과 적군 모두 무익한 도발을 갑자기 후회하는 것 같았다. 들것을 든 아군 병사들이 백기를 올린 상사를 따라 들판을 가로질러 브레일의 시체를 가지러 갔고, 그동안 적군은 총격을 가하지 않았다. 몇 명의 남군 장교와 병사들이 비무장 상태로 나와 우리 병사들을 맞이하더니, 신성한 시신을 수습하는 데 도움을 주기까지 했다. 시체가 우리를 향해 다가오는 동안, 적군의 횡적과 나직한 북소리 너머로 장송곡이 울려 퍼졌다. 관대한 적군도 쓰러진 용사에게 경의를 표하고 있었다.

망자의 유품 중에는 흙 묻은 러시아제 가죽 지갑이 있었다. 전우의 유품을 나누어 가지는 과정에서 장군은 그 지갑을 나더러 간직하라고 했다.

전쟁이 끝나고 1년 뒤, 나는 캘리포니아로 가는 길에 무심히 그 지갑을 열어 보았다. 전에 보지 못했던 한쪽 칸에서 봉투도 주소도 없는 편지 한 통이 떨어졌다. 사랑의 말로 시작하는 여성의 필체였으나, 이름은 없었다.

날짜 기입란에 이런 글이 적혀 있었다.

"캘리포니아 샌프란시스코에서 1862년 7월 9일."

서명은 인용 부호와 함께 "사랑하는 사람"이라고 되어 있었다. 편지 본문에서 알게 된 이 여성의 이름은 메리언 멘덴홀이었다.

편지로 미루어 그 여성은 교양 있고 예의 바른 사람이었다. 그러나 그것은 평범한 연애편지였다. 물론 연애편지가 평범할 수 있다면 그렇다는 얘기다. 편지에 많은 내용이 담겨 있진 않았지만, 뭔가 특별한 것이 있었다. 이런 글귀가 그랬다.

"내가 싫어할 수밖에 없는 윈터스 씨가 자기가 부상을 입었던 버지니아의 어느 전투 얘기를 하면서 당신이 나무 뒤에 숨어 있는 걸 봤다지 뭐예요. 내가 그 얘기를 믿게 해서 당신을 모욕하려는 것 같았어요. 난 사랑하는 군인의 죽음은 감당할 수 있어도 비겁함은 견딜 수 없답니다."

멀리서 온 이 편지가 그 화창한 오후에 그토록 많은 사람들을 죽음으로 내몰았다니! 여자가 나약하다고?

어느 날 저녁, 나는 편지를 돌려주기 위해 멘덴홀 양을 방문했다. 편지뿐 아니라 그녀가 무슨 짓을 저질렀는지 — 물론 그녀가 직접 저지른 일은 아니지만 — 말해 줄 생각이었다. 그녀가 사는 곳은 링컨힐에 있는 근사한 저택이었다. 그녀는 아름다웠고 얌전했다. 한마디로 매력적인 아가씨였다.

"허먼 브레일 중위를 아시죠?"

내가 다짜고짜 말했다.

"전사했다는 소식도 알고 계실 겁니다. 중위의 유품 중에 아가씨한테서 온 편지가 있더군요. 제가 여기 온 이유는 이 편지를 돌려드리기 위해서입니다."

그녀는 무표정하게 편지를 받아 들고는 점차 홍조 띤 얼굴로 편지를 쭉 훑어보더니, 미소를 머금고 말했다.

"이러실 필요까지는 없는데, 아무튼 정말 고마워요."

그녀가 갑자기 정색을 했다.

"이 얼룩, 설마 아니겠죠……."

그녀가 말했다.

"아가씨, 안된 얘기지만 그건 세상에서 가장 진실하고 용감했던 남자의 피가 맞습니다."

내가 말했다.

그녀는 이글거리는 석탄 더미에 편지를 황급히 내던졌다.

"아! 피를 보는 건 못하겠어요!"

그녀가 말했다.

"그분은 어떻게 죽었죠?"

그때 나는 무심결에 그 신성한 편지를 구해 내려고 일어서 그녀를 약간 등지고 서 있었다. 그녀는 마지막 질문을 하면서 얼굴을 돌리고 약간 위쪽을 바라보았다. 불타는 편지의 불빛이 그녀의 눈에 어렸고, 편지에 묻은 얼룩과 같은 심홍색으로 뺨을 물들였다. 나는 난생처음으로 혐오스러운 여인에게서 더없는 아름다움을 보았다.

"중위는 뱀에 물려 죽었습니다."

내가 대답했다.

한밤의 격투

　1861년 어느 가을밤, 한 남자가 버지니아 주 서부 숲 속에 홀로 앉아 있었다.* 가장 험준한 곳 중 하나인 치트 산 지역이었다.** 그렇다고 인근에 사람이 없는 것은 아니었다. 남자가 앉아 있는 곳에서 1.5킬로미터쯤 떨어진 거리에 북군 여단이 주둔 중이었다. 그리고 주변 어딘가, 아마도 꽤 가까운 거리에 규모를 알 수 없는 적군도 있었다. 적군의 수와 배치 상황을 확실히 알 수 없다는 점, 그것이 바로 이 고즈넉한 곳에 남자가 앉아 있는 이유였다. 그는 북군 보병 연대 소속의 젊은 장교였고, 그의 임무는 기습 공격에 대비해 야

---

* 이 작품은 1888년에 발표되었다.
** 치트 산은 웨스트버지니아 주에 있으며, 웨스트버지니아 주가 버지니아 주에서 독립한 것은 1863년이다.

영지에서 잠이 든 전우들을 보호하는 것이었다. 그는 초병으로 구성된 파견대를 지휘하고 있었다. 방금 땅거미가 졌을 때 지형의 특성에 따라 불규칙하게 전초선을 배치했고, 지금은 그가 앉아 있는 곳에서 전방으로 수백 미터에 걸쳐 병사들이 경계 근무를 서고 있었다. 바위와 월계수 덤불 사이를 지나 숲을 관통하는 전초선에서 병사들은 열다섯 내지 스무 보가량의 간격을 두고 몸을 숨긴 채, 침묵과 경계 엄수라는 명령에 따르고 있었다. 앞으로 네 시간 동안 아무 일도 벌어지지 않는다면, 꽤 떨어진 좌측 후방에서 대위의 지휘하에 대기 중인 근무조와 교대하고 쉴 수 있을 터였다. 지금 이 글에서 말하고 있는 이 젊은 장교는 자신이 보고받아야 할 사항이나 일이 생길 경우를 대비해, 병사들을 배치하기 전에 두 명의 상사에게 자기가 어디에 있을지 알려 두었다.

오래된 숲길이 두 갈래로 갈라져 희미한 달빛 아래 구불구불 펼쳐진 — 길 뒤쪽 어딘가에서 두 명의 상사가 근무를 서고 있는 — 그곳은 참 조용했다. 적군의 기습 공격을 받을 경우 초병들은 각자의 위치에서 저항하지 말고 숲길이 갈라지는 지점으로 집결한 뒤 공격 대형을 갖추기로 되어 있었다. 장교 입장에서는 나름대로 괜찮은 전술이었다. 만약 나폴레옹이 워털루에서 그런 영리한 전술을 구사했더라면, 기념비적인 승리를 거두고 권좌를 조금 더 유지했을 터이다.

브레이너드 바이링 소위는 같은 인간을 죽이는 일에 비교적 경험이 많지 않은 청년이었지만, 용감하고 유능한 장교였다. 그는 전쟁 초기에 군사 지식이 전무한 상태에서 사병으로 입대했고, 높은 학력과 성실함 덕택에 중대의 선임 하사관이 되었다. 그리고 남군 총탄에 중대장을 잃는 행운에 힘입어 장교로 임관되었다. 필리피, 리치 산, 캐릭스포드, 그린브라이어 등지에서 몇 차례 전투를 겪으면서 상관의 이목을 끌지 않을 정도의 용맹성을 보여 주었다. 전쟁의 흥분은 마음에 들었으나, 시체를 보는 것은 싫었다. 진흙 묻은 얼굴, 휑한 눈과 빳빳하게 굳은 몸, 오그라들 때는 그리 이상하지 않지만 부풀어 오르면 아주 이상한 시체들의 모습을 그는 늘 견딜 수 없었다. 시체에 대해 육체적, 정신적 혐오감을 품는 것은 인지상정이지만 그는 그 이상의 까닭 모를 반감 같은 것을 느꼈다. 이런 감정은 필시 유난히 예민한 그의 감수성 때문이었다. 아름다움에 대한 예민한 감성은 끔찍한 시체들에 대해서는 분노를 일으켰다. 이유가 무엇이든, 그는 시체를 볼 때마다 분노와도 같은 혐오감을 느껴야 했다. 다른 이들이 죽음의 숭고함이라고 일컬으며 존중하는 감정은 그에게는 없을 뿐 아니라 아예 상상조차 할 수 없었다. 죽음은 마땅히 증오해야 할 대상이었다. 죽음은 아름답지도 않았고, 부드러움과 장엄함과도 거리가 멀었으며, 보여 주고 암시하는 것이라고는 섬뜩함과 황량함이 다였다. 바이어링 소위는 그 누구보다 용감한 남자였다. 누구도 그가 감내하고 있는 공포에 대해 몰랐으니까.

그는 병사들을 배치하고 상사들에게 지시 사항을 전달한 뒤 자기 위치로 돌아와 통나무에 앉아서 잔뜩 긴장한 채 불침번을 서기 시작했다. 칼집을 풀고 묵직한 권총을 바로 옆 통나무에 올려놓자 훨씬 편했다. 그는 무척 편안하게 느끼고 있었지만 자신이 그렇다는 생각조차 떠올리지 않았다. 전방에서 혹시 들려올지 모르는 위협적인 소리 — 외침, 총성 혹은 그에게 중요한 보고를 하기 위해 다가오는 상사들의 발소리 — 를 놓치지 않으려고 집중했다. 보이지 않는 거대한 달빛 바다에서 새어 나온 가는 빛줄기가 뒤엉킨 나뭇가지에 철썩 부딪쳤다가 땅으로 졸졸졸 떨어지는 물줄기처럼 월계수 덤불 사이에 작고 흰 웅덩이를 만들었다. 그러나 이렇게 새어 나온 빛의 양은 아주 적어서 주변의 어둠을 더욱 도드라지게 만들 뿐이었다. 바이어링의 상상은 금세 온갖 생소한 형체와 위협, 섬뜩하고 그로테스크한 것들로 채워졌다.

  드넓은 숲 한복판에서 밤과 고독과 침묵이 합작해 꾸미는 불길한 음모를 처음 접하는 것도 아니기에, 그런 세계에서는 가장 흔하고 익숙한 물체마저도 이상하게 보이기 마련이라는 말을 그에게 해 줄 필요는 없었다. 나무들도 달리 무리를 지었다. 겁에 질린 듯 서로 가까이 모여 있었다. 침묵조차 낮과는 달랐다. 그 속에는 들릴 듯 말 듯한 속삭임이 오래전에 죽은 유령들의 소리처럼 가득했다. 다른 상황이라면 결코 들을 수 없을, 살아 있는 소리도 있었다. 이상한 밤새들의 지저귐, 은밀하게 접근한 포식자와 갑작스레 마주친 작은 짐승들의 울음소리, 들쥐 아니면 표범의 발소리일지도 모르는 낙엽의 부스럭거림……. 저 나뭇가지가 왜 부러진 걸까? 저 새들의 낮고 불안한 지저귐은 무슨 의미일까? 이름 없는 소리와 실체 없는 형체, 눈에 보이지 않는 물체의 암시와 아무런 변화 없는 움직임이 있었다. 아, 햇빛과 가스등에 익숙한 아이들아, 너희들은 이 세상에 대해 얼마나 모르고 있는가!

　멀지 않은 곳에 무장한 전우들이 눈에 불을 켜고 있건만, 바이어링은 철저히 혼자라는 느낌이 들었다. 시공간의 엄숙하고 불가사의한 분위기에 빠져든 나머지, 보이고 들리는 밤의 면면과 양상에 대해서는 잊고 말았다. 숲은 끝이 없었다. 사람과 촌락도 없었다. 우주는 형태와 공간이 없는 원시적인 신비 자체였고, 그는 우주의 영원한 비밀을 알고자 하는 단 한 명의 벙어리 질문자였다. 이런 분위기에 휩쓸려 생각에 골몰하느라, 그는 시간 가는 줄 몰랐다. 한편 드문드문 나무 사이를 비추던 흰 빛은 크기와 형태와 위치에 변화가 생겼다. 그는 가까이 길가를 비추던 빛 속에서 전에 보지 못한 물체를 보았다. 앉아 있는 그와 얼굴이 닿을 듯한 거리였다. 그는 그전에 그것을 보지 못했노라 맹세할 수 있었다. 반쯤 어둠에 잠겨 있었으나, 사람의 형체였다. 그는 본능적으로 칼집을 움켜잡고 권총을 집어 들었다. 암살자의 출현과 함께 전쟁의 세계로 돌아온 것이다.

　사람의 형체는 움직이지 않았다. 그가 권총을 들고 일어서서 다가갔다. 사람은 등을 대고 누운 상태였고, 상체는 어둠에 잠겨 있었다. 그는 누워 있는 사람의 얼굴을 내려다보았고, 시체임을 알아챘다. 그는 메스꺼움과 혐오감에 진저리를 치면서 돌아섰고, 다시 통나무에 앉아 성냥을 켜거나 담뱃불을 붙이지 말라는 불문율마저 까맣게 잊었다. 성냥불이 꺼진 후의 갑작스러운 어둠에 오히려 안도감이 느껴졌다. 혐오스러운 시체가 더는 보이지 않으니 다행이었다. 그런데도 그는 그쪽에서 시선을 거두지 않았고, 마침내 시체가 더욱 또렷한 모습을 띠고 나타났다. 좀 더 가까이 움직인 것 같았다.

"빌어먹을!"

그가 중얼거렸다.

"대체 뭐하자는 거야?"

그것은 오로지 영혼을 원하는 것 같았다.

바이어링은 시선을 돌리고 콧노래를 흥얼거리기 시작했지만, 한 소절을 다 끝내지 못하고 시체를 바라보았다. 누군가 곁에 있으면서 그토록 조용하기도 힘들건만, 그는 그것이 있다는 사실만으로 짜증이 났다. 게다가 생전 처음 느껴 보는, 뭐랄까 모호하고 막연한 느낌이 들었다. 공포라기보다는 초자연적인, 지금까지 그가 믿어 본 적이 없는 어떤 것이었다.

"유전인가 봐."

그가 혼잣말을 했다.

"인간이 이 감정을 극복하기까지 아마 천 년, 아니 만 년은 걸릴 거야. 언제 어디서부터 시작된 걸까? 아주 오래전, 아마 중앙아시아 고원에서 인류가 탄생했을 때부터겠지. 우리의 야만인 조상들에겐 합리적인 신념이었겠지만, 후손에게 전해질 때는 미신이었어. 조상들은 우리로서는 짐작조차 할 수 없는 증거들로 자신의 믿음을 정당화했지. 요컨대, 시체는 모종의 사악하고 기묘한 힘과 어쩌면 그것을 실행에 옮길 의지와 목적까지 부여받은 해로운 존재라는 믿음 말이야. 조상들은 섬뜩한 형태의 종교를 믿었고, 그 제사장들이 가르치는 핵심 교리의 하나가 시체와 관련된 것이었을지도 모르지. 마치 우리의 종교가 영혼의 불멸성을 가르치듯이 말이야. 아리아인이 서서히 이동하면서 카프카스 산맥을 지나 유럽 전역으로 퍼지는 동안, 새로운 생활 조건은 필연적으로 새로운 종교를 만들어 냈어. 시체의 악의에 대한 오랜 믿음은 신조로서, 심지어 전통으로서도 그 효력을 잃었지. 하지만 공포의 유산만큼은 우리의 피와 뼈의 일부처럼 세대를 거치면서도 끝까지 남게 된 거야."

그는 생각에 골몰한 나머지 왜 그런 생각을 하게 됐는지는 까맣게 잊고 있었다. 그러나 결국 그의 눈길은 시체를 향했다. 달빛의 방향이 또 바뀌어 이번에는 시체가 전부 드러났다. 그는 달빛 아래 시체의 선명한 옆얼굴과 턱, 소름 돋도록 새하얀 얼굴 전체를 보았다. 회색 군복의 남군 병사였다. 단추가 풀린 군복 상의와 조끼 자락이 양옆으로 벌어져 흰색 셔츠가 드러났다. 가슴 부위가 이상하리만큼 부풀어 오른 반면 복부는 푹 꺼졌는데, 아래쪽 갈비뼈를 따라 한 곳이 눈에 띄게 튀어나와 있었다. 두 팔은 쭉 뻗고, 왼쪽 무릎은 위로 당겨져 있었다. 소름 끼치는 그 시체는 살펴볼수록 전체적인 자세가 퍽 인상적이었다.

"훙!"

그가 소리쳤다.

"배우가 따로 없네. 시체가 어떻게 보여야 하는지를 잘 아는 친구군."

그는 시체에서 눈길을 거두어 한쪽 길을 따라 앞을 바라보았고, 또다시 철학적인 사색에 빠져들었다.

"중앙아시아의 우리 조상들은 아마도 매장을 하지 않았을 거야. 그렇다면 왜 그토록 시체를 두려워했는지 쉽게 이해할 수 있지. 게다가 시체는 실제로 위협이고 악이었을 거야. 전염병을 퍼뜨리니까. 아이들에게 시체가 있는 곳을 피해 다니라고, 혹시 실수로 가까이 갔을 때는 얼른 도망가라고 가르쳤겠지. 나야말로 저 친구한테서 멀리 떨어지는 게 좋겠군."

그는 시체에서 멀리 떨어지려고 몸을 반쯤 일으켰지만, 전방의 부하들과 후방의 교대조에게 유사시를 대비해 자신이 거기 있겠다고 알려 놓은 사실을 떠올렸다. 게다가 그것은 자존심의 문제이기도 했다. 지금의 위치를 벗어난다면 병사들은 그가 시체를 무서워한다고 생각할 터였다. 그는 절대 겁쟁이가 아니었고, 누구의 웃음거리도 되고 싶지 않았다. 그래서 다시 원래 자리에 앉아서 자신의 용기를 입증하기 위해 시체를 빤히 바라보았다. 시체의 오른손 —그가 볼 때 가장 멀리 있는 시체의 부위— 은 지금 그늘에 가려져 있었다. 좀 전에 봤을 때 월계수 뿌리 쪽에 놓여 있던 그 손이 지금은 간신히 눈에 보일 정도였다. 변한 것은 없었다. 그 사실이 왠지 모르게 큰 안도감을 주었다. 그는 시체에서 눈을 떼지 않았다. 사람들에겐 보고 싶지 않은 것이 있기 마련인데, 그중엔 간혹 묘하게도 거부할 수 없는 매력을 지닌 것들이 있다. 여성이 어떤 대상을 보고 싶지 않아서 두 손으로 눈가를 가리고는 정작 손가락 사이로 쳐다보는 경우도 이와 비슷하다.

바이어링은 갑자기 오른손에 통증을 느껴 적군의 시체에서 눈길을 거두고 자신의 손을 쳐다보았다. 손이 아플 정도로 칼자루를 꽉 움켜쥐고 있었던 것이다. 게다가 그는 자기가 긴장된 자세로 앞쪽으로 잔뜩 웅크리고 있는 것도 알아챘다. 검투사가 적수의 목을 노리면서 웅크리고 있는 것처럼 말이다. 이를 악물고 있어서 숨소리도 거칠었다. 이 문제는 곧 해결되었다. 긴장된 근육을 풀면서 심호흡을 하자니 무척 멋쩍은 생각이 들었다. 그래서 웃음을 터뜨렸다. 어이쿠! 이게 무슨 소리지? 멍청한 악마가 사람 흉내를 내며 불경하게 웃어 대고 있잖아? 그는 웃음소리가 자기 입에서 나온 줄도 모르고 벌떡 일어서서 주위를 둘러보았다.

그는 자신이 겁쟁이라는 쓰디쓴 사실을 더는 숨길 수 없었다. 완전히 겁에 질린 꼴이라니! 그곳에서 도망치려 했지만 발이 떨어지지 않았다. 다리가 풀려서 다시 통나무에 주저앉아 부들부들 떨었다. 얼굴과 온몸이 식은땀으로 흠씬 젖어 있었다. 소리조차 지를 수 없었다. 뒤에서 맹수의 은밀한 발소리 같은 것이 들려왔지만, 돌아볼 엄두가 나지 않았다. 영혼 없는 시체도 모자라 이번엔 영혼 없는 생물까지? 짐승이 맞긴 한 걸까? 아, 그렇다면 안심이지! 하지만 아무리 애를 써도 시체의 얼굴에서 눈을 뗄 수가 없었다.

다시 말하지만, 바이어링 소위는 용감하고 똑똑한 남자였다. 여러분이라면 어땠을까? 밤과 고독과 침묵과 시체라는 기괴한 연합군에 홀로 맞서야 하는 상황이라면 말이다. 게다가 영혼의 귓전에는 비겁한 조언을 쏟아 대는 조상들의 아우성이, 가슴에는 그들의 처량한 장송곡이 들려와 용맹성을 무력하게 만드는 상황이라면? 난점이 너무 많았다. 용기란 그렇게 마구잡이로 쓰라고 있는 것이 아니었다.

이제 단 한 가지 확신이 바이어링을 사로잡고 있었다. 시체가 움직였다. 시체는 달빛이 비치는 조붓한 공간 가장자리까지 다가와 있었다. 틀림없었다. 게다가, 저, 저기, 시체의 두 팔이 움직여 둘 다 그늘 속에 들어가 있지 않은가! 싸늘한 밤공기가 바이어링의 얼굴을 때렸다. 머리 위에선 나뭇가지들이 들썩이며 신음을 토했다. 짙은 어둠이 시체의 얼굴을 스치며 훤히 드러냈다가는 이내 절반을 어둠으로 가려 놓았다. 그 끔찍한 것이 눈에 띌 정도로 움직이고 있었다! 그 순간 전초선 부근에서 한 발의 총성이 울렸다. 거리가 꽤 멀었지만, 사람의 귀에 들리는 그 어떤 소리보다도 쓸쓸하고 요란했다. 총성은 남자를 사로잡고 있던 주문을 깨뜨렸다. 그 소리는 침묵과 고독을 죽이고, 중앙아시아에서 온 방해 세력을 쫓아 버림으로써 그를 현대의 남성으로 되돌려 놓았다. 먹이를 향해 맹렬히 달려드는 커다란 새처럼 그는 소리를 지르면서 맹렬히 앞으로 뛰쳐나갔다!

전방에서 총성이 이어졌다. 고함 소리, 왁자지껄한 목소리, 말발굽 소리와 종잡을 수 없는 환호성이 들려왔다. 멀리 후방의 잠든 야영지에서는 나팔 소리와 북소리가 울리고 있었다. 길 양쪽에서 수풀을 헤치고 북군 초병들이 후퇴하면서 되는대로 총격을 가하고 있었다. 뒤처진 병사 몇 명이 지시받은 대로 길 한쪽을 따라 후퇴하다가 느닷없이 50명가량의 기병들이 쇄도하자 덤불 속으로 뛰어들었다. 이 광기 어린 기병들은 질주하면서 미친 듯이 기병도를 휘둘렀고, 바이어링이 앉아 있는 곳을 쏜살같이 지나갔다. 그들은 고함을 치고 권총을 쏘면서 이내 길을 돌아 사라졌다. 잠시 후에 전방에서 간헐적인 총성에 이어 소총이 요란하게 불을 뿜었다. 이윽고 혼비백산한 기병들이 갔던 길을 되돌아왔는데, 군데군데 안장이 빈 말이 눈에 띄었고 총에 맞은 말들은 콧김을 내뿜으며 고통스럽게 달리고 있었다. '전초지에서 벌어지는 일'이 다 끝난 셈이었다.

전초선은 새로운 병력으로 교체되었고, 후퇴했던 병사들도 다시 대오를 갖추었다. 참모진을 거느린 북군 사령관이 군복을 채 갖춰 입지도 못한 모습으로 현장에 나타나 몇 가지 질문과 함께 재빨리 상황을 둘러본 뒤 사라졌다. 무장을 하고 한 시간 동안 대기 중이던 여단 병사들은 '한두 마디 기도문을 외우고는' 다시 잠자리에 들었다.

다음 날 아침 일찍 대위의 지휘 아래 군의관이 포함된 구조대가 전사자와 부상자 수색에 나섰다. 길이 갈라지는 지점에서 약간 한쪽으로 치우친 곳에 서로 가까이 놓여 있는 두 구의 시체가 발견되었다. 북군 장교 한 명과 남군 병사 한 명이었다. 북군 장교는 칼이 가슴을 관통하여 사망했지만, 맥없이 당한 것이 아니라 적군 병사에게 적어도 다섯 군데 이상의 치명상을 입힌 후에 죽은 것으로 보였다. 전사한 장교는 피 웅덩이에 얼굴을 처박고 있었고, 칼은 가슴을 관통한 상태 그대로였다. 구조대가 장교의 시체를 뒤집어 똑바로 눕히자, 군의관이 시체의 가슴에서 칼을 제거했다.

"허허! 바이어링이잖아!"

대위는 이렇게 말하고 다른 병사들을 흘깃 살펴본 후 덧붙였다.

"격투를 벌인 모양이야."

군의관은 칼을 살피고 있었다. 그것은 북군 보병 장교의 칼로, 대위가 차고 있는 것과 정확히 일치했다. 좀 더 정확히 말해서 바이어링 본인의 칼이었다. 그 밖에 발견된 무기라고는 죽은 장교의 허리띠에서 발견된 발사되지 않은 권총이 다였다.

군의관은 칼을 내려놓은 뒤, 다른 시체 쪽으로 다가갔다. 끔찍하게 난자당했지만 어디에도 출혈의 흔적은 없었다. 군의관은 시체의 왼쪽 다리를 붙잡아 똑바로 펴려고 했다. 그 과정에서 시체의 위치가 바뀌었다. 시체는 다른 곳으로 옮겨지는 것을 원치 않는 것 같았다. 시체는 희미하면서도 구역질 나는 악취로 군의관의 행동에 항의했다. 시체가 놓여 있던 곳에서 구더기 몇 마리가 꿈틀거리며 죽은 장교가 벌인 우둔한 짓을 증명하고 있었다.

군의관과 대위가 말없이 서로를 쳐다보았다.

딕시에서의 나흘

1864년 10월, 셔먼과 후드가 각각 지휘하는 북군과 남군은 애틀 랜타 함락 이후 놀랍고도 무익한 전진과 후퇴를 지속해 오다가 앨라 배마 게일즈빌 인근의 쿠사 강에서 대치 중이었다.* 여기서 병사들 은 며칠간 휴식을 취했다. 적어도 보병과 포병 대부분은 그랬다. 반면, 기병대가 무엇을 하고 있는지에 대해서는 아무도 몰랐고 그리 관심도 없었다. 이때는 양 진영에게 소강상태, 기다림의 시간이었다.

나는 한 보병 여단에서 여단장의 궐석을 대신해 지휘권을 물려받은 매코넬 대령의 참모 장교였다. 매코넬은 훌륭한 사람이었으나, 자

---

* 1864년 10월 비어스는 앨라배마 게일즈빌 근처에서 남군에게 포로로 잡혔다가 탈출하는데, 「딕시에서의 나흘」은 이때의 경험을 다룬 자전적 작품이다. 1888년에 발표되었다.

신의 '군 가족' 중 절반을 차지하는(무슨 업보인지는 몰라도) 불안정하고 무모한 젊은이들을 확실히 통제하지는 못했다. 젊은이들은 대체적으로 자신의 욕구를 따라 움직였고, 그런 욕구는 주로 모험적인 성향을 띠기 마련이었으며 어떤 종류의 모험인지는 그리 중요치 않았다. 모험의 추구라는 이런 방침에 따라, 어느 화창한 일요일 아침 참모 장교인 코브 중위와 나는 소설에나 나올 직한 '근사한 일'을 찾기 위해 말에 올랐다. 우리는 쿠사 강 쪽으로 나 있다는 것 외에는 아는 것이 없는 길을 따라갔다. 그렇게 2킬로미터 남짓 갔을 때, 꽤 커다란 시내가 앞을 가로막았다. 건너거나 아니면 돌아갈 수밖에 없었다. 잠시 상의를 한 끝에 우리는 꿋꿋하게 시내를 건너기로 결심했다. 일단 추진력을 얻게 되면 얇은 얼음 위를 미끄러지는 스케이트 선수처럼 순조롭게 지날 수 있을 거라고 생각했다. 코브는 운 좋게도 그리 젖지 않은 상태로 시내를 건넜지만, 불운한 길동무인 나는 완전히 물에 빠진 생쥐 꼴이었다. 무엇보다 번쩍이는 새 군복을 망쳤다는 것이 큰일이었는데, 아무리 너그럽게 생각해도 마음이 편치 않았다. 아, 멋진 새 군복은 물 건너가 버렸다!

 30분 정도 물에 젖은 군복을 짜고 권총을 말린 뒤 우리는 다시 길을 떠났다. 아치처럼 늘어선 나무들을 따라 30분쯤 느리게 말을 몰아가니 강이 나왔다. 그곳에서 보트 한 척과 우리 여단 소속의 병사 세 명을 발견한 것이 우리에겐 불운이었다. 병사들은 몇 시간 동안 끈질기게 덤불 속에 숨어서 맞은편 강둑을 살피던 참이었다. 부주의한 남군을 향해 총격을 가할 계획이었으나 희생양은 한 명도 눈에 띄지 않았다. 강 맞은편까지는 꽤 먼 거리였고, 그 너머로는 최소한 1.5킬로미터 정도의 옥수수밭이 펼쳐져 있었다. 옥수수밭 너머의 약간 더 높은 지대는 그리 무성하지 않은 숲이었고, 숲이 군데군데 끊기는 곳에 농장들이 자리 잡고 있는 듯했다. 집이나 군대의 야영지는 보이지 않았다. 그곳이 적진이라는 것은 알고 있었지만, 적군이 낮은 지대로 둘러싸인 고지대를 따라 포진해 있는지 아니면 아군처럼 몇 킬로미터 후방의 전략 지점에 배치되어 있는지는 알 길이 없었다. 우리는 호기심 어린 이등병보다 더 아는 것이 없었다. 어찌되었든 맞은편 강둑에 적의 전초지가 배치되어 있거나 정찰이 이루어지고 있을 터였다. 그러나 우리는 미지의 것에 대한 유혹을 물리치지 못했다. 미스터리는 예로부터 뿌리치기 힘든 매혹이었고, 그 아름답고 고요한 일요일 아침에도 너무나 평화롭고 꿈결 같은 강변에서 우리를 향해 손짓하고 있었다. 유혹은 강했고, 우리는 굴복했다. 병사들도 우리처럼 위험에 목말라 있었기에 그 미친 짓거리에 동참하겠다고 기꺼이 자원했다. 대나무 숲에 말을 숨겨 놓은 후, 우리는 보트의 밧줄을 풀고 노를 저어 순조롭게 강을 건넜다.

맞은편 강둑의 선착장 비슷한 곳에 도착했을 때, 우리는 맨 먼저 만일에 대비해 재빨리 돌아갈 수 있도록 보트를 안전하게 숨겨 놓았다. 그런 다음에는 무성한 옥수수 사이로 난 허름한 길을 따라 스프링필드 소총* 세 자루와 콜트 자동 권총 두 자루로 무장한 다섯 명의 막강 용사들이 적진을 향해 들어갔다. 음악과 깃발의 보조까지 바라는 것은 사치였다. 예감이 좋은 원정이라 그런지 성공이 확실해 보였다. 장교의 배치 상황도 훌륭했다. 사병 1.5명당 한 명의 장교였으니까.

1.5킬로미터쯤 가다가 숲의 초입으로 접어들었고, 바퀴자국은 없지만 말발굽 자국은 많은 교차로를 건넜다. 우리는 말발굽 자국을 살펴보면서 어떤 임무가 될지 몰라도 반드시 수행하리라 마음먹었다. 수백 미터를 더 가자, 길 우측에 인접한 농장 하나가 나타났다. 전쟁 당시 남부의 전통적인 형태를 갖춘 농장이었지만, 작물을 재배하지 않아서 가시나무가 무성했다. 길에서 얼마 떨어지지 않은 곳에 크고 흰 집 한 채가 있었다. 여자들과 아이들 그리고 두세 명의 흑인이 보였다. 왼쪽으로는 빈약한 숲이 펼쳐져 있었다. 정면으로는 길이 오르막을 이루어서 뒤에 무엇이 있는지 보이지 않았다.

그런데 그 오르막길 위에 난데없이 회색 군복을 입은 두 명의 기병이 하늘을 배경으로 또렷하게 모습을 드러냈다. 사람과 말 모두 거대해 보였다. 그와 동시에 우리 뒤쪽에서 딸랑딸랑하는 소리와 말발굽 소리가 들려왔다. 그쪽으로 돌아보니, 십여 명의 기병이 속보로 말을 몰아 우리를 향해 다가오고 있었다. 한편 오르막길 위엔 거인들의 수가 기겁할 만큼 많아져 있었다. 우리의 멕시코 만 연안 침투 작전은 실패로 돌아간 셈이었다.

그다음 몇 초 동안 역동적인 일이 벌어졌다. 총격은 묵직하고 빨

---

* 스프링필드 소총은 남북 전쟁 당시 대표적인 개인 화기였다. 여기서는 머스킷 형태의 스프링필드 소총을 일컫는다.

랐으며, 유난히 요란했다. 우리 편에서는 한 발도 발사하지 않았던 것 같다. 코브는 우리의 맨 왼쪽에, 나는 그로부터 두 보 정도 떨어진 거리에 있었다. 그는 곧 숲 속으로 뛰어들었다. 세 명의 병사와 나는 울타리를 넘어 농장을 가로질렀다. 그것은 뛰어난 통찰력에서 비롯된, 의심의 여지없이 확고한 행동이었다. 기병들은 말을 탄 상태로는 즉시 우리를 추격할 수 없었기 때문이다. 우리는 이제 벌집처럼 득시글거리는 농가를 지나 2, 3백 미터쯤 떨어진 늪지로 달려갔다. 나는 숲에 몸을 숨겼고, 나머지 병사들은 패군이 보통 그렇듯이 계속 도주했다. 숨어서 산토끼처럼 숨을 헐떡이고 있자니, 고함과 매서운 말발굽 소리 그리고 산발적인 총성이 들려왔다. 누군가 개를 부르는 소리가 들리기에 나는 사냥개를 풀어놓나 보다 생각했다.

 한 시간 정도 지났다고 생각했을 때(물론 고작 몇 분일 수도 있겠지만), 추격당하고 있지 않다는 것을 확인한 나는 여전히 몸을 숨긴 채 농장이 보이는 곳을 조심스레 찾아보았다. 눈에 보이는 적은 8백 미터쯤 떨어진 오르막길에 있는 한 무리의 기병이 전부였다. 집 주변 사람들이 전부 지켜보는 가운데 그들을 향해 한 여자가 뛰어가고 있었다. 내가 숨은 곳을 발견하고 알리러 가는 것 같았다. 나는 두 손과 무릎으로 최대한 빨리 기어서 가시나무 덤불 속을 헤쳐 갔다. 우리가 맨 처음 적과 마주친 길가로 돌아갈 생각이었다. 나는 길에서 열 걸음 정도 떨어진 가시덤불까지 간 후, 해 질 무렵까지 숨어 있었다. 북군의 두둑한 배짱을 화제로 오가는 이런저런 험담부터, 길을 오가다 혹은 멈춰 서서 아침에 벌어진 사건에 대해 의견을 주고받는 소리가 들렸다. 귀동냥으로 알게 된 사실은, 세 명의 부하들이 도주한 지 10분도 안 되어 붙잡혔다는 것이었다. 그들은 앤더슨 빌로 가려 했던 모양이었다. 물론 일찍 잡히지 않고 더 갔다면 어떻게 됐을지 모를 일이었다. 적들은 나를 찾기 위해 늪지를 샅샅이 뒤지면서 남은 하루를 보냈다.

밤이 되자, 나는 조심스럽게 은신처에서 나와 길 건너 숲으로 들어갔다. 그리고 수 킬로미터의 옥수수밭을 헤치고 강으로 향했다. 옥수수밭! 숲처럼 버티고 선 옥수수들은 머리 위에서 곧바로 떨어지는 별빛 말고는 그 어떤 빛도 차단해 버렸다. 옥수수 열매는 손을 뻗어도 한참 모자랄 정도로 높이 매달려 있었다. 앨라배마의 하천 저지대에 있는 옥수수밭을 한 번도 보지 못한 사람은 자연의 경이로움을 제대로 맛보지 못한 사람이다. 또한 달빛 없는 밤에 이곳을 다녀 보지 않는 한, 진정한 고독을 논하지 못할 터이다.

나는 드디어 나무와 버들과 옥수수로 에워싸인 강둑에 도착했다. 헤엄쳐 강을 건너려고 했으나, 물살이 빠른 데다 접근하기 불가능할 정도로 강물이 어둡고 차가웠다. 강둑 맞은편은 안개에 가려 있었다. 사실 강물은 1, 2미터밖에 눈에 보이질 않았다. 위험하고 무모한 계획을 포기하고, 배를 숨겨 놓은 장소를 찾기 위해 강둑을 따라 조심스럽게 살폈다. 주변에서 적이 경계를 서고 있을 가능성이 컸지만, 만에 하나 그렇지 않다면 보트를 무사히 찾아낼 수 있을 터였다. 코브도 분명히 배를 찾아 나섰을 것이다. 나보다 더 절박한 심정으로 말이다. 인간의 가슴에는 언제나 희망이 샘솟지만, 그것에 닿기 전에 죽을 가능성도 늘 있기 마련이다. 나는 권총을 들고 초조히 배를 찾아다니며 밤 시간의 절반을 허비했다. 그런데 보트는 사라지고 없었다! 나는 또 다른 배를 찾아 강물을 따라 계속 이동했다.

아침에 젖은 군복은 여전히 축축했다. 나는 추위에 이를 덜덜거리면서도 강을 따라 계속 걷다가 옥수수밭이 끝나는 지점에서 숲으로 들어섰다. 조금씩 길을 더듬으며 나아가고 있을 때, 덤불이 갑자기 빈터로 바뀌었다. 연기가 피어오르는 모닥불 주변을 엎드린 사람들이 에워싸고 있었고, 하마터면 그중 한 명을 밟을 뻔했다. 충격을 받은 것으로 보이는 초병 한 명이 꺼져 가는 모닥불가에 앉아 있었는데, 기병총은 무릎에 걸쳐 놓고 머리는 가슴에 닿아 있었다. 그 바로 뒤쪽에 안장이 벗겨진 말 한 무리가 있었다. 병사들은 잠들어 있었다. 초병도, 말들도 잠들어 있었다. 그런데 주변에서 딱히 설명할 수 없는 괴괴한 느낌이 전해졌다. 한순간, 그들이 모두 죽었다는 생각이 들었다. 오하라*의 유명한 시 「망자의 야영지」가 절로 떠올랐다. 그때의 감정은 내가 처한 실제적이고도 급박한 위험 때문이 아니라 초자연적인 분위기에서 비롯된 것이었다. 곧 현실을 깨닫자, 오히려 안도감을 느꼈다. 나는 잠든 병사들을 깨우지 않고 조용히 길을 되돌아 나왔다. 지금도 그 광경이 생생하게 떠오르는 걸 보면 인

---

* 시어도어 오하라(1820~1867). 미국의 시인. 멕시코 전쟁에 장교로 참전했고 남북 전쟁에는 남군으로 참전했다. 대표적인 시 「망자의 야영지」가 남북 전쟁 후에 큰 인기를 끌었다.

간의 기억력이란 참 대단할 때가 있다.

다시금 어려운 상황을 곱씹으며 왼쪽으로 멀리 우회하여 그 전초지에서 벗어나 강 뒤쪽으로 향했다. 이 무모한 과정에서 또 한 명의 초병과 맞닥뜨리고 말았다. 덤불 한복판에 배치된 적의 초병은 주저 없이 내게 총격을 가했다. 쥐 죽은 듯 고요한 밤에 울려 퍼지는 뜻밖의 총성은 군인에게 섬뜩한 의미다. 동료들과 멀리 떨어진 채 보이지 않는 위험에 에워싸여 낯선 땅을 헤매는 내 처지로서는 특히 그런 총격의 섬광과 충격에 깜짝 놀라고 섬뜩해질 수밖에 없었다. 어쨌든 나는 도망쳐야 했고, 그렇게 했다. 그 다급한 상황에서 내가 어느 정도로 신중하게 대처했는지에 대해서는 굳이 기억을 되살려 분석해 보고 싶지 않다. 나는 옥수수밭으로 돌아가 강을 찾은 뒤, 강둑을 따라 멀리까지 되돌아갔다가 작은 나무 위로 올라갔다. 그리고 그곳에서 새벽까지 세상에서 가장 불편한 새처럼 앉아 있었다.

아침의 여명 속에 알게 된 것은, 내가 퍽 기다란 섬의 반대편에 와 있다는 사실이었다. 그 섬은 내가 곧 건널 좁고 얕은 샛강에 의해 본토와 분리되어 있었다. 저지대의 평평한 섬에는 지나가기도 힘들 만큼 빽빽한 등나무와 덩굴이 엉켜 있었다. 등나무 숲을 헤치며 섬 반대편으로 가는 동안, 이 지역의 또 다른 면모를 알게 되었다. 그곳엔 사람들이 보이지 않았다. 숲과 물이 만날 뿐이었다. 그렇다고 내가 포기할 리 없었다. 물이 얼마나 차갑든 이젠 상관없었다. 나는 군화와 외투를 벗어 들고 헤엄칠 준비를 끝냈다. 그런데 그때 기이한 일이, 좀 더 정확하게는 기이한 순간에 익숙한 일이 벌어지고 말았다. 먹구름이 눈앞을 스쳐 가는 것 같았다. 강물, 나무, 하늘 그 모든 것이 깊은 어둠 속에 사라졌다. 커다란 폭포 소리가 들려왔고, 발밑에서 땅이 푹 가라앉는 느낌이 들었다. 이윽고 나는 아무 소리도 듣지 못했고 아무것도 느끼지 못했다.

지난 6월 케네소 산 전투에서 나는 머리에 중상을 입었고, 치료를 위해 석 달 동안 군대를 떠나 있었다. 솔직히 그때부터 이렇다 할 임무를 맡지 못했고, 그 후로도 오랫동안 발작적인 혼수상태에 시달려야 했다. 종종 특정한 이유 없이 그런 일을 겪을 때도 있었으나, 대개는 햇빛에 많이 노출되거나 흥분하거나 지나치게 피곤한 게 원인이었다. 이런 원인들이 한꺼번에 뒤섞여, 그것도 절묘한 시간을 골라 나를 쓰러뜨린 것이었다.

의식을 회복했을 때는 한낮이었다. 아직 현기증이 일었고 시야도 흐릿했다. 물에 들어가는 것은 미친 짓이었다. 뗏목이 필요했다. 나는 섬을 살피다가 가는 통나무로 만든 축사를 발견했다. 무슨 용도로 지었는지 모를, 지붕도 서까래도 없는 낡은 건물이었다. 통나무 몇 개를 오랜 시간에 걸쳐 힘겹게 떼어 내 물가로 가져갔다. 통나무들을 물에 띄우고 덩굴로 엮었다. 뗏목이 완성된 것은 해가 지기 직전이었다. 나는 외투와 군화와 권총을 뗏목에 실었다. 마지막 소지품까지 다 실은 후, 노 대신 쓸 만한 것이 있는지 보려고 다시 등나무 숲으로 들어갔다. 주변을 살피는데 느닷없이 찰칵하는 날카로운 금속성 소리가 들려왔다. 소총의 공이치기를 돌리는 소리였다! 내가 포로가 됐다는 의미였다.

북군 소속의 군인에게 어쩌다 이런 엄청난 재앙이 찾아왔는지, 사실 그 내막은 간단했다. 남군 소속의 '지방 의용대원'이 섬에서 나는 소리를 듣고서 말을 숨긴 뒤 슬그머니 내게 다가온 것이었다. 독자 여러분 중 누군가가 혹시 이와 비슷한 난관에 봉착한다면, 나처럼 좋은 상대를 만나기를 빈다. 그는 포로로 있는 동안 탈출하지 않겠다는 말만 믿고 나를 살려 주었을 뿐 아니라, 나중에 저지른 배은망덕한 행동까지(여기서 자세히 밝힐 수는 없지만) 모른 척 넘어가 주었다. 탈출이라! 당시의 나는 상대가 갓난아기였어도 탈출할 수 없었을 것이다.

그날 저녁, 나를 체포한 사람의 집에서 인근 유지들이 참석하는 환영회가 열렸다. 군화만 빼고(발이 부어서 신을 수 없었기에) 군복을 제대로 차려입은 북군의 모습은 괜찮은 구경거리였다. 조롱하러 왔던 사람들은 그저 물끄러미 나를 쳐다보고만 있었다. 그들이 나를 보며 가장 재미있어한 것은 아마도 먹는 모습이었던 것 같은데, 실제로도 나는 밤늦게까지 줄기차게 먹어 댔다. 물론 그들은 내게 뿔이나 발굽이나 꼬리가 없어서 조금은 실망했지만, 타고난 인내심으로 화를 참아 주었다. 손님 중에는 어제 적과 맞닥뜨린 농장에서 보았던 아름다운 여자도 있었다. 나의 은신처를 고자질하려 했던 바로 그 여자였다. 그런데 알고 보니 내가 오해한 것이었다. 그녀가 기병대를 향해 뛰어간 것은 혹시 자신의 아버지가 부상을 입었는지 알기 위해서였다. 나는 아무런 제약도 받지 않았다. 나를 체포한 사람은 심지어 내가 여자들과 아이들 곁에 있어도 개의치 않았고, 나를 어떻게 처리할지 의논하기 위해 나만 남겨 두고 나가 버렸다. 주인공이 파티 중간에 세상모르고 잠들어 버린 것이 흠이었지만, 어쨌든 그날 저녁의 환영회는 '확실한 성공'이었다. 잠이 든 나는 측은해하는 여자들의 손에(그렇게 믿을 만한 이유는 충분했다) 침대로 옮겨졌다.

다음 날 아침, 나는 중무장한 기병대의 감시를 받으며 후방으로 출발했다. 그들은 강 너머를 급습했다가 붙잡은 또 한 명의 포로를 데리고 있었다. 그 포로는 아주 불쾌한 족속이었다. 혼혈의 외국인이었는데, 자신이 얼마나 자제력이 부족한지를 보여 줄 정도의 영어밖에 구사하지 못했다. 우리는 온종일 이동했고, 간간이 소규모의 기병대와 마주치곤 했다. 텍사스 출신의 한 장교를 제외하고는 모두들 나를 정중히 대해 주었다. 그러나 호송대원의 말에 따르면, 만약 제프 게이트우드와 맞닥뜨리는 날엔 곧바로 나를 끌고 가 제일 가까운 나무에 목매달아 버릴 거라고 했다. 그래서 기병대의 소리가 들리면 호송대원들은 일단 나를 한쪽 덤불 속으로 데려가 숨긴 후, 한 사람은 나를 또 한 사람은 외국인 포로를 감시했다. 그들도 외국인 포로에 대해서는 그리 호의적이지 않은 것 같았고, 차라리 그를 목매달아 주었으면 하는 게 솔직한 내 심정이었다.

제프 게이트우드는 적보다 같은 편 동료에게 더 큰 공포를 선사하는, 인근 게릴라군의 우두머리였다. 호송대원들은 그의 잔혹함과 만행에 대해 거의 믿기 힘든 이야기들을 들려주었다. 그들의 말을 듣고 보니, 일요일 밤에 내가 실수로 들어간 지역이 바로 그의 소굴이었다. 내 다리 상태가 좋지 않은 탓에 25킬로미터밖에 이동하지 못해 그날 밤은 농가에서 보내기로 했다. 그곳에서 간단히 요기를 했고 불가에서 자도 좋다는 주인의 허락까지 받았다. 외국인 포로는 군화를 벗더니 이내 곯아떨어졌다. 나는 무척 피곤했지만 옷을 그대로 입은 채 말똥말똥 깨어 있었다. 호송대원 한 명도 군화와 외투를 벗고 소총을 베개 삼아 곤히 잠들었다. 다른 한 명은 굴뚝 한쪽에 앉아서 보초를 섰다. 그 집은 방 두 칸짜리 통나무 오두막으로, 방 사이에 지붕이 덮인 빈 공간이 자리 잡고 있었다. 이 지역에서 흔한 가옥 형태였다. 우리가 묵었던 방에는 난로 맞은편, 다시 말해 빈 공간 쪽으로 출입문이 나 있었다. 문가에 침대가 있었고, 집주인인 늙은 노부부가 거기서 잠을 청했다. 침대 일부는 커튼으로 가려져 있었다.

한두 시간 지났을 때, 보초를 서던 남자가 하품을 하더니 이내 꾸벅꾸벅 졸기 시작했다. 그는 곧 얼굴을 우리 쪽으로 향하고 권총을 손에 쥔 상태로 바닥에 누웠다. 또 얼마가 지나자, 손으로 머리를 괴고 올빼미처럼 눈을 껌벅거렸다. 나는 팔의 그림자로 눈가를 가린 후 실눈을 뜨고 그를 살펴보면서 한 번씩 코고는 시늉을 했다. 결과는 뻔했다. 그는 잠이 들었다.

나는 30분 정도 기다렸다가 조용히 일어서서, 옆에 있는 불한당 같은 포로를 깨우지 않으려고 각별히 조심하며 최대한 조용히 문가로 움직였다. 조심을 했음에도 빗장에서 찰칵 소리가 났다. 늙은 안주인이 침대에서 상체를 일으키고 나를 노려보았다. 하지만 내가 더 빨랐다. 나는 쏜살처럼 문밖으로 나와 미리 봐 두었던 숲 쪽으로 내달렸다. 노련한 운동선수처럼 울타리를 뛰어넘는데 어디선가 꽤 많은 개들이 쫓아왔다. 앨라배마 주에는 학교에 다니는 아이들보다 개가 더 많고, 개 키우는 데 더 많은 돈을 쓴다는 말이 있다. 만만찮은 비용일 듯싶다.

 달려가면서 뒤를 돌아보니, 농가 주변에서 일어난 소동이 보이고 들렸다. 다행히도 노인이 사태를 제대로 깨닫지 못했는지 목청껏 개들을 불렀다. 좋은 개들이었다. 주인의 부름을 듣고 모두 돌아갔으니 말이다. 운이 없었다면 노인이 개들을 시켜 나를 궁지로 몰아넣었을 것이다. 사냥개의 집요한 추격전이 펼쳐질 가능성은 희박해졌다. 병사들의 추격도 두려워할 이유가 없었다. 외국인 포로가 병사 한 명의 주의를 끌고 있는 데다, 숲의 어둠 속에서 나머지 한 명을 쉽게 따돌릴 수 있을 터였다. 만약 필요하다면 불리한 상황이지만 맞서 싸울 수도 있었다. 사실, 추격은 없었다.

 나는 북극성을(무슨 말로도 이 별에 대한 고마움을 제대로 표현하지 못할 것이다) 길잡이 삼아 도로와 집 주변의 평지를 피해서 숲 속으로 이동했다. 덤불과 가시나무 사이를 헤치며 눈앞에 나타나는 개울을 모조리 헤엄쳐 건넜고(같은 개울을 한 번 이상 건너기도 했다), 나뭇가지든 가시든 손에 닿는 대로 붙잡고 물에서 빠져나왔다. 아무리 익숙한 지역이라도 칠흑처럼 어두운 밤에 잠시만 다녀 본다면 기억에 남을 만한 경험이 될 것이다. 새벽녘까지 내가 이동한 거리는 5킬로미터 남짓이었다. 옷과 피부가 너덜너덜했다.

 낮에는 옥수수밭만 빼고 들판까지 피해서 먼 길을 돌아가야 했다. 하지만 어떤 점에서는 그렇게 이동하는 편이 나았다. 날고구마와

감으로 굶주린 배를 채웠다. 숲길을 갈수록 옷은 가시와 잔가지와 날카로운 돌멩이로 치장되었다.

오후 늦게 강을 발견했는데, 정확히 어느 지점인지는 알 수 없었다. 30분 정도 휴식을 취한 후, 빠져 죽어도 좋다는 각오로 절실한 기도를 하며 강을 헤엄치기 시작했다. 그리고 둑으로 기어올라 울창한 숲을 택해 계속 북쪽으로 이동했다. 갑자기 지저분한 도로가 눈앞을 가로막았고, 거기서 나는 죽어 가는 성인의 눈에 비친 축복보다도 더 거룩한 모습을 보았다. 파란 군복을 입은 두 명의 애국 청년이 훔친 돼지 한 마리를 장대에 매달아 가져오고 있었다.

그날 밤, 매코넬 대령과 그의 참모가 본부 앞 모닥불 가에서 한담을 나누고 있었다. 그들은 기분이 좋았다. 둘 중 누군가가 포탄에 두 동강 난 남자에 얽힌 재미있는 이야기를 막 끝낸 참이었다. 그런데 어둠 속에서 뭔가가 비틀거리며 다가와 모닥불 속으로 고꾸라졌다. 누군가 그것의 다리 같은 것을 붙잡아 끌어냈다. 그리고 그것을 똑바로 눕히고는 살펴보았다. 그들은 겁쟁이가 아니었으니까.

"코브, 그게 뭔가?"

대령이 여전히 앉은 자세로 물었다.

"모르겠습니다. 하지만 죽었으니 걱정 마십시오!"

아니, 죽지 않았다.

신의 아들

현재 시제를 통한 연구

시원한 날, 화창한 풍광.* 왼쪽과 오른쪽 그리고 정면에는 탁 트인 전원, 뒤에는 숲. 숲의 가장자리에는 거침없는 풍경을 마주하고 그곳에 뛰어들지 못한 채 긴 군대 행렬이 정지해 있다. 숲은 그들로 활기가 넘치고, 알 수 없는 소음으로 가득하다. 보병의 진격을 엄호하기 위해 자리를 잡느라 덜거덕거리는 포병대의 포차, 병사들의 흥얼거림과 중얼거림, 나무 사이 마른 잎을 밟는 무수한 발소리, 목이 쉰 장교들의 명령……. 전방에 멀찍이 떨어져 대원의 일부가 노출된 기병들은 가로막힌 진군 방향으로 1.5킬로미터쯤에 있는 산등성이를 물끄러미 바라보고 있다. 전투 명령에 따라 숲 속을 뚫고 온 이 막강한 병력이 빈터라는 커다란 장애물에 봉착한 것이다. 1.5킬

---

* 이 작품은 1888년에 발표되었다.

로미터쯤 떨어진 완만한 산등성이는 겉보기에 불길하다. 마치 "조심하라!"고 말하는 것 같다. 산등성이를 따라 왼쪽과 오른쪽으로 멀리까지 돌벽이 늘어서 있다. 돌벽 뒤에는 울타리, 울타리 뒤에는 흡사 산개 명령이라도 받은 듯한 나무들의 우듬지가 보인다. 그리고 나무 사이에는 또 무엇이 있을까? 그걸 알아야 한다.

어제, 그리고 그보다 오래전부터도 우리는 어딘가에서 싸우고 있었다. 언제나 포성과 함께 간간이 날카로운 총성이 들려왔다. 그리고 아군의 것인지 적군의 것인지 분간이 가지 않는 환호성 속에서 전세를 가늠하기조차 어려웠다. 오늘 새벽녘, 적군이 퇴각했다. 우리는 얼마 전까지 번번이 공략에 실패했던 적군의 토루를 지나 버려진 병영의 파편들을 헤치고, 죽은 적군의 무덤을 거쳐 그 너머 숲 속으로 들어왔다.

그 모든 것을 보게 되다니 신기하지 않은가! 또한 그 모두는 얼마나 낯설어 보이던가! 눈에 익은 것은 없었다. 가장 흔한 물건들 — 낡은 안장, 부서진 바퀴, 버려진 수통 등등 — 조차도 우리를 죽이려고 기를 쓰던 낯선 자들의 묘한 개성과 관련이 있었다. 적이라는 개념만으로 한 병사를 본연의 모습까지 제대로 이해하기란 불가능하다. 적군 병사는 단지 다른 명령, 다른 조건, 다른 환경에 처한 또 다른 우리일 뿐이다. 그들의 사소한 흔적마저도 상대편의 눈길을 사로잡고 관심을 끈다. 그들이 누구인지 도저히 알 수 있을 것 같지 않다. 그런데 뜻밖에 멀리 반대편에서, 그래서 안개 속의 물체처럼 실제보다 더욱 크게 그들의 모습이 나타난다. 우리는 그들에게 외경심

같은 것을 느낀다.

숲 가장자리부터 치받이까지 올라가는 길목에 말과 포차의 흔적이 남아 있다. 누런 풀은 보병의 발에 짓밟힌 것이다. 대규모의 적군이 이쪽으로 지나간 것이 분명하다. 그들은 시골길로 후퇴한 게 아니다. 이것은 중요하다. 철수와 후퇴는 다르기 때문이다.

기병 가운데는 사령관과 그의 참모, 호위대가 포함되어 있다. 사령관이 쓸데없이 팔꿈치를 치켜든 채 두 손으로 망원경을 잡고 멀리 산등성이를 바라보고 있다. 그것은 사령관만의 독특한 방식이다. 팔꿈치를 높게 들어 행동에 위엄을 갖추려는 것 같다. 우리는 모두 그런 태도에 중독되어 있다. 그가 갑자기 망원경을 내리고 측근을 향해 몇 마디 말을 한다. 두세 명이 기병대에서 떨어져 나와 각기 다른 방향을 취해 숲으로 천천히 말을 몰아 온다. 우리는 사령관의 말을 듣지는 못했으나, 무슨 말을 했는지 짐작한다. "X 장군에게 전초선을 전진시키라고 전하라." 우리는 다시 전열을 가다듬는다. 딱히 명령이 떨어진 것도 아닌데, 몸을 풀고 쉬고 있던 병사들도 전투 위치로 복귀한다. 우리 참모진 중 일부는 말에서 내려 안장 띠를 살펴보고, 일부는 이미 다시 말에 올라 있다.

눈처럼 희디흰 백마를 타고 탁 트인 공간의 가장자리를 따라 질주하는 젊은 장교가 있다. 안장깔개는 주홍색이다. 한심한 녀석! 모든 총구가 백마 탄 사람을 겨냥하는 건 당연하지 않은가. 조금만 붉은 기운이 돌아도 투우의 주의를 집중시킨다는 건 누구나 아는 사실이다. 군대에서 그런 색깔들을 애용하는 것은 인간의 허영 중에서도 가장 놀라운 예에 속한다. 마치 사망률을 높이기 위해 일부러 고안한 것처럼 말이다.

이 젊은 장교는 열병식에라도 나가는지 군복을 완벽하게 갖춰 입었다. 푸른빛과 황금빛으로 치장한 전쟁시집 양장본처럼 온통 금술로 번쩍번쩍 빛난다. 질주하는 그를 따라 병사들 사이에는 조롱의 웃음소리가 물결친다. 하지만 그 장교는 참 잘생겼다. 말 탄 자의 저 경솔한 우아함이라니!

그는 예를 갖춰 사령관과 일정한 거리에서 말을 멈춘 후 경례를 붙인다. 늙은 사령관은 예의 익숙한 답례로 고개를 끄덕인다. 그는 장교를 잘 알고 있음이 분명하다. 둘 사이에 간단한 대화가 오간다. 젊은 군인은 나이 든 군인이 허락하고 싶지 않은 어떤 지시를 내려달라고 청하고 있는 것 같다. 좀 더 가까이 말을 몰아가 보자. 아차! 한발 늦었다. 대화는 벌써 끝났다. 다시 경례를 붙인 젊은 장교는 말을 몰아 곧장 산등성이로 향한다!

여섯 보 정도의 간격을 두고 병사들이 늘어선 듬성듬성한 전초선이 이제 숲에서 수림이 없는 공간으로 전진한다. 사령관이 나팔수에게 뭔가 말하자, 나팔수는 나팔을 입에 가져간다. 트랄-랄-라! 트랄-랄-라! 전위대가 진군을 멈춘다.

한편 젊은 기병은 이미 백 미터 정도 나아가 있다. 그는 긴 경사지로 곧장 말을 몰아가면서 뒤 한 번 돌아보지 않는다. 참 근사하다! 빌어먹을! 우리 중 그와 그의 용기를 대신할 만한 병사는 없을 터! 그는 기병도를 뽑아 들지 않고 오른손을 옆으로 편하게 내려뜨린다.

산들바람이 그의 군모 깃털을 잡고 산뜻하게 흔든다. 햇살이 마치 눈에 보이는 축복처럼 다정하게 그의 멜빵에 내려앉는다. 그는 곧장 말을 몬다. 2만 개의 눈동자가 그에게 집중되어 있지만, 그 자신은 느끼지 못한다. 1만 개의 심장이 눈처럼 흰 군마의 들리지 않는 말발굽 소리를 따라 빠르게 뛰고 있다. 그는 혼자가 아니다. 병사들의 영혼 전부를 이끌어 가고 있다. 그러나 기억하건대 우리는 웃고 있었다! 그는 계속해서 울타리가 있는 돌벽을 향해 가고 있다. 뒤도 한 번 돌아보지 않고서. 아, 그가 뒤를 돌아봐 준다면, 그래서 이 사랑과 존경과 죄책감을 볼 수만 있다면!

침묵이 흐른다. 사람들로 가득한 숲 한복판은 보이지 않는, 또 보려고도 하지 않는 무리의 웅얼거림으로 가득하지만, 숲 가장자리는 침묵만이 감돈다. 무뚝뚝한 사령관은 흡사 기마상처럼 굳어 있다. 말에 올라 망원경을 든 참모 장교들도 하나같이 움직이지 않는다. 숲 가의 병사들도 눈앞에서 벌어지고 있는 상황에 몰두한 채, 새로운 종류의 '부동자세'를 취하고 있다. 무자비하고 반성할 줄 모르는 이 살인자들은 날마다 가장 끔찍한 형태의 죽음을 목격해 왔다. 천둥 같은 포성에 온몸을 떨며 산에서 잠들고, 퍼붓는 포탄 세례 속에서 식사를 하며, 가장 소중한 전우들의 죽은 얼굴 사이에서 카드놀이를 하는 사람들. 지금 이들 전부가 숨을 죽이고 쿵쾅거리는 심장 소리를 들으며 한 남자의 생사를 좌우하게 될 작전을 지켜보고 있다. 용기와 헌신의 흡인력이란 참 대단하다.

이쯤에서 누군가 고개를 돌려 돌아본다면, 아마도 병사들의 똑같은 동작을 보게 될 것이다. 감전이라도 된 듯 깜짝 놀라 옆을 보다가 다시 멀리 앞쪽의 기병을 향해 시선을 돌리는 모습 말이다. 지금 기병은 순식간에 대각선으로 방향을 바꿔서 이동하고 있다. 지켜보던 병사들은 갑작스러운 방향 전환이 혹시 총격에 의해 부상을 입었기 때문은 아닐까 추측한다. 그러나 망원경으로 확인해 본 결과, 그는 돌벽과 울타리 사이 쪽으로 움직이고 있다. 죽지 않는다면 그는 그 틈을 지나 반대편 형세를 관찰할 심산이다.

  이 남자가 보여 주는 행동의 본질을 잊어서는 안 된다. 그것을 허세로 여겨서도, 반대로 쓸데없는 자기희생으로 여겨서도 안 된다. 만약 적군이 후퇴한 것이 아니라면, 그가 산등성이를 오르는 행동은 타당한 것이다. 정찰병은 다름 아닌 적군의 전열을 마주하게 될 테고, 초계병과 전초 기병과 전위대로 우리의 접근을 노출할 필요는 없다. 우리 공격선이 적의 포병에게 노출된다면, 순식간에 일대는 쑥대밭이 될 것이다. 소총의 사정거리 안에서 살아남을 수 있는 것은 아무것도 없다. 간단히 말해서, 만약 거기에 적이 있다면 정면 공격하는 것은 무모한 짓이다. 해저 잠수부에게 산소통이 필요하듯 적군에게 생존의 필수 조건인 보급로를 압박하는 구식 작전을 쓰는 것이 차라리 확실한 방법이다. 그러나 적이 거기 있는지를 어떻게 확신하나? 한 가지 방법, 누군가 가서 직접 보는 수밖에 없다. 통상적으로는 전위 척후병들을 보낸다. 그러나 이 경우, 모든 척후병의 희생을 담보해야 한다. 적군은 돌벽 뒤 울타리의 엄호 속에 웅크리고서 척후병의 치아 수를 셀 수 있을 정도로 가까이 접근할 때까지 기다릴 것이다. 최초의 일제 사격 시 척후병의 반이 쓰러질 것이고, 나머지 반은 예정대로 퇴각하다가 쓰러질 것이다. 호기심을 충족하기 위한 대가 치고는 너무 크다! 때로 군대는 정보를 확보하기 위해 너무나 값비싼 희생을 치러야 한다! "저 혼자 모든 희생을 치르게 해 주십시오." 저 용감한 남자가 그렇게 말하고 있다. 군대의 그리스도처럼!

산등성이에 적군이 있기를 바라는 것 외에 다른 희망은 없다. 사실 그는 죽는 것보다는 포로로 잡히는 쪽을 원할지도 모른다. 그가 계속해서 전진하는 한, 적군은 발포하지 않을 것이다. 어째서 그럴까? 그는 무사히 적진으로 말을 달려 전쟁 포로가 될 수 있다. 그러나 그렇게 되면 그의 목적은 수포로 돌아간다. 적의 행방에 대해 아무런 답을 얻지 못하는 것이다. 그가 무사히 복귀하거나 아니면 우리가 보는 앞에서 사살되거나 둘 중 하나여야 한다. 그래야만 우리가 어떻게 대처해야 할지 알 수 있다. 포로가 된다면, 그를 생포한 것이 적의 정규군인지 아니면 대여섯 명의 낙오병인지 알 수 없게 된다.

바야흐로 한 남자와 적군 사이에 독특한 두뇌전이 펼쳐지고 있다. 산등성이까지 4백 미터가량 남겨 둔 우리의 기병이 갑자기 왼쪽으로 방향을 틀더니 질주하기 시작한다. 적을 목격한 것이다. 그는 잘 알고 있다. 조금만 유리한 위치를 확보한다면 적군의 전열 일부를 확인할 수 있다. 그가 지금 우리와 함께 있다면 어떤 상황인지 말해 줄 텐데……. 물론 말도 안 되는 얘기다. 그는 적 스스로 정확한 정보를 최대한 노출하게끔 — 웬만해서는 쉽지 않겠지만 — 자신에게 남아 있는 몇 분의 시간을 활용해야 한다. 웅크리고 있는 적군의 보병도, 장전한 채 엄폐된 포 곁을 지키는 포병도 상황의 중요성과 절제의 긴박한 의무를 잘 알고 있다. 게다가 일제 사격에 나서기까지는 아직 시간적인 여유가 있다. 지금이라도 소총 하나면 많은 것을 노출하지 않고도 그를 쓰러뜨릴 수 있다. 그러나 총격은 전염된다. 게다가 그는 아주 빠르게 말을 달리고 있다. 방향을 바꿀 때 외에는 한 번도 멈추지 않고, 아군 쪽을 뒤돌아보지도 않으며, 그렇다고 적군을 향해 정면으로 접근하지도 않는다. 이 모든 것을 망원경으로 볼 수 있다. 권총의 사정권처럼 가까운 거리에서 벌어지는 일 같다. 적군과 그들의 존재 여부, 우리가 추측할 뿐인 그들의 의도와 동기, 이런 것만 빼고 우리는 다 알고 있다. 육안으로 보면 백마를 탄 검은 형체 말고는 아무것도 없다. 먼 산등성이를 향해 지그재그로 천천히 올라가는, 너무 느려서 기어오르는 것처럼 보이는 형체 말고는.

그런데 다시 망원경으로 보니 그는 자신의 실패에 지쳤거나 실수를 깨달았거나 아니면 이성을 잃은 상태다. 그는 돌벽이든 울타리든 뭐든 곧장 뛰어넘을 태세로 돌진하고 있다! 그런데 한순간 오른쪽으로 방향을 틀더니 바람처럼 아래로, 아군 혹은 자신의 죽음을 향해 내리닫기 시작한다! 기다렸다는 듯이 돌벽 위로 좌우 백 미터 범위까지 맹렬한 포연이 피어오른다. 연기는 곧 바람에 흩어지고, 소총이 철컥대는 소리가 우리 귀에 닿기도 전에 그가 쓰러진다. 아니, 다시 일어선다. 말이 엉덩방아를 찧은 것뿐이다. 그와 말은 점점 더 멀어진다! 팽팽한 긴장감이 풀리면서 아군은 엄청난 함성을 뿜어낸다. 그런데 말과 기수는 어디 있지? 아, 그들은 더욱 멀어지고 있다. 실제로 그들은 이제 화염과 포연이 끊임없이 이는 돌벽과 평행을 이루며 우리 왼쪽 방향으로 곧장 달려가고 있다. 총은 계속해서 철컥대고, 총알은 모두 용감한 기수에게 집중된다.

갑자기 돌벽 뒤에서 거대한 흰 연기가 솟구친다. 연달아 한 번, 또 한 번……. 포격 소리와 포탄의 웅웅대는 소리가 미처 들리기도 전에 열두 개의 연기가 솟구치고, 연기 구름을 뚫고 우리 진지로 날아든 포탄이 여기저기에서 병사들을 쓰러뜨린다. 병사들은 잠시 동요하면서 자기가 괜찮은지 걱정한다.

연기가 걷힌다. 이럴 수가! 홀린 듯한 말과 기수가 골짜기 하나를 지나, 또 다른 침묵의 음모를 밝히고 또 다른 적군의 의지를 꺾기 위해 오르막을 오르고 있다. 잠시 후 그쪽 산등성이에서도 포격이 시작된다. 말이 뒷발로 일어서서 앞발로 허공을 휘젓는다. 그들은 결국 쓰러진다. 다시 보니 기수가 죽은 말에서 떨어져 나온다. 그는 오른손에 든 기병도를 머리 위로 치켜들고 똑바로 서서 움직이지 않는다. 얼굴은 우리를 향해 있다. 이제 그는 얼굴 높이까지 팔을 내리고 기병도를 앞으로 내민다. 칼날이 아래쪽으로 곡선을 그린다. 그것은 우리를 향한, 이 세상을 향한, 그리고 후손을 향한 신호다. 죽음과 역사에 대한 영웅의 경례다.

이번에도 팽팽한 긴장이 풀린다. 아군이 함성을 지른다. 감정이 북받쳐 오르고, 잠긴 목으로 알아들을 수 없는 소리를 토해 낸다. 무기를 움켜잡고 사납게 빈터로 뛰어나가려고 한다. 전위대는 명령 없이, 명령을 어긴 채 풀려난 사냥개처럼 돌진한다. 아군의 대포가 포문을 열자, 적군은 이제 전면전에 나선다. 시야가 미치는 왼쪽에서 오른쪽까지, 먼 산등성이가 갑자기 가까워 보이며 연기 구름이 치솟더니 돌격 중인 아군 한복판에 포탄이 빗발친다. 꼬리를 물고 숲에서 나오는 아군 깃발과 더불어 병사들이 줄줄이 앞으로 쇄도하고, 반들거리는 소총에서 햇빛이 반짝인다. 후방 부대만 명령에 복종하고 있다. 그들은 거센 전선에서 적당한 거리를 유지하고 있다.

 사령관은 아까부터 꼼짝도 하지 않는다. 그는 비로소 눈가에서 망원경을 치우고 좌우를 훑어본다. 그와 참모진 양쪽에서 바위에 의해 갈라진 파도처럼 인간의 물결이 흐르고 있다. 사령관의 얼굴에는 일말의 감정도 드러나지 않는다. 그는 생각에 잠겨 있다. 다시 한 번 그가 전방을 응시한다. 그의 시선은 저 악랄하고 섬뜩한 산등성이를 천천히 훑는다. 그는 직속 나팔수에게 조용히 명령한다. 트랄-랄-라! 트랄-랄-라! 명령에 담긴 긴박함은 거역할 수 없는 힘을 띠고 있다. 그 소리는 곧 모든 부하 지휘관의 나팔수들에 의해 되풀이된다. 날카로운 금속성의 신호는 돌격하는 병사들의 떠들썩한 소음을 압도하고, 포성을 뚫고서 그 의미를 전달한다. 정지 신호, 그것은 곧 퇴각을 의미한다. 깃발이 천천히 돌아오고, 부루퉁한 표정의 병사들이 부상당한 몸으로 그 뒤를 따른다. 전위대도 돌아와서 전사자들을 수습한다.

 아, 너무도 많은, 불필요한 죽음! 웅혼한 영혼이 깃든 아름다운 육체가 저기, 메마른 산허리에 너무도 또렷한 모습으로 누워 있다. 그는 다행히 자신의 희생이 헛된 것이 되었다는 쓰디쓴 사실을 알지 못한 채 누워 있지 않을까? 단 한 번의 예외가 신성하고 영원한 계획의 냉혹한 완성을 너무 많이 망쳐 놓은 것은 아닐까?

실종자 중 하나

조지아 주 케네소 산 인근에서 적과 대치 중이던 셔먼 군 소속의 이등병 제롬 시어링은 조금 전까지 목소리를 낮추고 함께 이야기를 나누던 소수의 장교 일행에게 등을 보이고 돌아서서 토루를 건너 숲 속으로 사라졌다.* 그에게 말 한마디 건네는 병사도 없었고, 그 또한 지나가면서 병사들에게 고개 한 번 끄덕이지 않았다. 그러나 이 용감한 남자가 모종의 위험한 임무를 맡았다는 건 모두 알고 있었다. 제롬 시어링은 졸병임에도 동료 전우들과 함께 임무를 수행하지 않았다. 그는 기록상 전령병으로, 사단 본부의 명령에 따라 그 일을 맡게 되었다. '전령병'이란 단어는 여러 가지 임무를 내포한다. 연락

---

* 케네소 산은 조지아 주 서북부에 위치한 산으로 남북 전쟁이 끝난 후 국립군사공원으로 지정되었다. 이 작품은 1888년에 발표되었다.

병, 행정병, 장교의 당번병에 이르기까지 무엇이든 말하자면 전령병이다. 그는 어쩌면 군령과 군법에 없는 직책을 맡은 것일 수도 있다. 그런 직책의 성격은 당사자의 능력이나 청탁이나 우연에 따라 달라진다. 타의 추종을 불허하는 명사수에다 젊고 강인하며 지적이고 용맹한 시어링 이병이 이번에 맡은 임무는 정찰병이었다. 사령관은 전황에 대한 정보 없이 미련하게 명령에만 복종하는 병사들을 탐탁지 않아 했다. 심지어 파견 임무에 대한 명령뿐 아니라 전세와 직결된 명령에도 그랬다. 그는 또 통상적인 절차를 통해 정보를 입수하는 것도 마뜩잖게 생각했다. 부하 지휘관들의 보고와 전위대의 충돌로 입수된 정보 이상을 알고자 했다. 그러기 위해서는 비범한 용기와 생존술, 예리한 눈과 진실한 입을 갖춘 시어링이 적격이었다. 이번에 시어링이 전달받은 지시는 간단한 것이었다. 최대한 적진 깊숙이 침투하여 가능한 모든 정보를 수집해 오라는 것이다.

  잠시 후, 그는 전초선에 도착했다. 눈에 띄지 않는 작은 둑 뒤에 초병들이 삼삼오오 누워 있고, 작은 사격호를 위장해 놓은 녹색 나뭇가지 사이로 소총들이 튀어나와 있었다. 전선까지 막힘 없이 펼쳐진 숲은 너무도 장엄하고 적막하여, 상상력을 동원해야만 그 속에 무수한 무장병들이 경계 태세를 갖추고 있으며 광대한 숲에 전투의 가능성이 있으리라 짐작할 수 있었다. 소총 사격호 한 곳에 잠시 멈춰 선 시어링은 초병들에게 자신의 임무를 알린 뒤 손과 무릎으로 은밀히 기어서 빽빽한 덤불 속으로 이내 사라졌다.

  "저 녀석, 요번이 마지막이군."

초병 하나가 말했다.

"저 녀석의 소총을 내가 가졌으면 좋겠어. 적의 손에 넘어가면 그걸로 우리가 꽤 다칠 테니까."

시어링은 지형과 수풀을 엄폐물로 활용하면서 계속 기어갔다. 그의 두 눈은 어디든 꿰뚫어 보았고, 두 귀는 어떤 소리도 놓치지 않았다. 그는 조용히 호흡하며 무릎 밑에서 부러지는 잔가지 소리에도 몸을 납작 엎드렸다. 더딘 과정이었으나 지루하지는 않았다. 오히려 위험하기에 흥분을 느꼈다. 그러나 그런 기색은 전혀 드러내지 않았다. 맥박은 규칙적이었고, 심리 상태도 참새를 잡기 위해 덫을 놓는 사람처럼 평온했다.

'한참이 지난 것 같군.'

그는 생각했다.

'하지만 그리 멀리 온 건 아니야. 아직 살아 있으니까.'

그는 거리를 측정하는 자기만의 방식에 그만 픽 웃고는 다시 전진했다. 잠시 후, 그가 갑자기 땅에 납작 엎드리더니 움직이지 않았다. 그렇게 몇 분이 흘러갔다. 덤불 사이의 좁은 공터를 지나 누런색의 작은 진흙 둔덕이 보였다. 적의 사격호 중 하나였다. 시간이 꽤 흐른 후에, 그는 조금씩 머리를 들고 상체를 일으킨 뒤 옆으로 몸을 쭉 폈다. 물론 이 동안에도 진흙 둔덕에서 눈을 떼지 않았다. 잠시 후 그는 소총을 들고 일어서서 몸을 숨길 생각도 하지 않은 채 저돌적으로 전진했다. 어떤 흔적을 보고 판단했는지는 몰라도 그가 옳았다. 사격호에는 적이 없었다.

시어링은 복귀하여 이 중요한 사안을 보고하기에 앞서 일말의 의혹도 남기고 싶지 않았다. 그래서 버려진 참호 여기저기를 확인하고 좀 더 시야가 트인 숲 속으로 들어가 혹시 잔류병이 있지 않을까 예의 주시했다. 그는 한 농장의 외곽까지 접근했다. 농가가 딸린 그 농장은 전쟁 동안 버려져 가시나무가 무성했고, 울타리는 부서져 보기 흉했으며, 문과 창이 있을 자리에 휑하니 구멍이 뚫려 을씨년스러웠다. 안전하게 떨어져 있는 어린 소나무 숲에서 면밀히 확인한 후에야, 시어링은 사뿐히 들판을 가로지르고 과수원을 지나 다른 농장 건물들과 거리를 두고 약간 높이 세워진 별채로 향했다. 거기라면 적군이 철수했으리라 추정되는 방향으로 멀리까지 살펴볼 수 있을 듯했다.

그곳은 원래 3미터 높이의 네 기둥으로 받쳐진 방 한 칸짜리 건물인데, 지금은 지붕만 남아 있었다. 바닥은 내려앉았고, 들보와 판자는 밑에 떨어져 아무렇게나 쌓여 있거나 그나마 완전히 떨어지지 않은 것들은 끝 부분만 붙어서 이리저리 대롱거렸다. 네 개의 기둥도 똑바로 서 있지 않았다. 손가락만 갖다 대도 건물 전체가 쓰러질 것 같았다.

시어링은 부서진 들보와 바닥재 속에 몸을 숨기고, 빈터에서 그 너머 8백 미터쯤 떨어진 케네소 산의 돌출부까지 훑어보았다. 돌출부를 가로지르는 오르막길에 병사들이 가득했다. 퇴각 중인 적군의 후위로, 아침 햇살에 총신이 번쩍였다.

시어링은 원하는 것을 다 얻었다. 이제 남은 임무는 가능한 한 빨리 복귀하여 사령관에게 보고하는 것이었다. 그런데 힘겹게 산길을 올라가는 남군의 회색 행렬은 유난히 그의 눈길을 사로잡았다. 일반적인 스프링필드지만 조준구와 촉발 방아쇠를 장착한 그의 소총은 적군 한복판까지 가뿐히 총알을 보낼 수 있을 터였다. 그런다고 해서 전쟁의 기간과 결과에 영향을 미치지는 않겠지만, 적을 죽이는 것은 병사의 본분이었다. 또한 훌륭한 병사라면 그렇게 하는 것이 당연한 습성이었다. 시어링은 공이치기를 당기고 총구를 겨누었다.

그러나 명령대로라면 시어링 이병은 그 화창한 여름 아침에 누구도 살상하지 말아야 했고, 보고하기 전까지 남군의 퇴각 사실을 비밀로 해야 했다. 무수한 세월에 걸쳐 일어난 다양한 사건들은 소위 역사라는 이름의 놀라운 모자이크 속에 저절로 들어맞아 왔다. 그런데 시어링이 의지를 갖고 하는 행동이 자칫 그 무늬의 조화를 훼손할 수도 있었다.

25년 전쯤, 자연의 섭리는 예정된 계획에 따라 카르파티아 산맥* 기슭의 작은 마을에 한 남자아이를 태어나게 함으로써 그 재난의 예방책을 마련해 두었다. 아이는 세심한 보살핌 속에 교육을 받았고, 자신의 바람대로 군대에 들어가 포병 장교가 되었다. 무수한 선의의 힘과 그 정반대의 힘이 맞부딪치는 동시성에 의해 이 포병 장교는 어쩌다 군법을 어기게 되었고, 처벌을 피해 조국에서 도망쳤다. 그가 향한 곳은 (뉴욕이 아니라) 뉴올리언스였고, 그곳 부두에서는

---

* 유럽 동부에 있는 초승달 모양의 산맥.

실종자 중 하나

모병 장교가 그를 기다리고 있었다. 그는 지원했고 진급을 거듭했으며, 모든 일이 순조롭게 진행되어 지금 제롬 시어링 — 총구를 겨누고 있는 북군 정찰병 — 으로부터 3킬로미터쯤 떨어진 곳에서 남군 포병대를 지휘하고 있었다. 이 두 사람의 삶에서, 또 두 사람의 동시대인과 조상들의 삶에서, 그리고 그 조상들보다 앞선 사람들의 삶에서도 간과된 것은 아무것도 없었으며, 옳은 일만 행해져 바람직한 결과를 낳았다. 만일 이 모든 거대한 연쇄성 속에서 하나라도 간과된 것이 있었더라면 시어링 이병은 그날 아침 퇴각 중인 남군을 향해 총격을 가했을지도 모르고, 아마 아무것도 맞히지 못했을 것이다. 나중에 밝혀졌듯이, 그때 남군의 포병 중대장은 딱히 할 일이 없는 상황에서 별 생각 없이 오른쪽으로 야포를 비스듬히 옮기고 망원경으로 살펴보고 있었다. 그러다 그만 산등성이에 북군의 장교들이 있는 것으로 오판하고 대포를 발사하고 말았다. 포탄이 높이 포물선을 그렸다.

  소총의 공이치기를 당기고 멀리 남군을 바라보는 동안, 제롬 시어링은 총격을 가해 기껏 기대할 수 있는 것이라곤 미망인이나 고아나 자식 잃은 어머니를 한 명 더 늘리는 것뿐이란 생각이 들었다. 진급을 거듭 거절해 온 시어링 이병이었지만 야망이 아예 없는 건 아니었다. 그는 커다란 새가 먹잇감을 찾아 날개를 퍼덕이며 지상으로 내려오듯 허공을 휘몰아치는 소음을 들었다. 낌새도 채기 전에 그 소리는 거칠고 섬뜩한 굉음으로 변했고, 포탄은 그의 머리 위 뒤엉킨 목재 더미를 받치고 있던 기둥 하나를 강타했다. 기둥은 성냥

개비처럼 박살 났고, 요란한 소리와 함께 건물이 붕괴되면서 자욱한 먼지가 일었다.

제롬 시어링은 정신을 차리고도 무슨 일이 벌어졌는지 단번에 알아차리지 못했다. 사실 의식을 잃고 꽤 시간이 흐른 후였다. 잠깐 동안은 자신이 죽어서 묻힌 줄 알고 장례식 상황을 떠올려 보려고 애썼다. 아내가 무덤에 무릎을 꿇고 있어서 그녀의 몸무게가 흙을 통해 그의 가슴을 짓누르는 것 같았다. 미망인과 흙, 그 둘이 관을 부서뜨렸다. 아이들이 아내를 졸라 집으로 돌아가도록 설득하지 못한다면 그는 숨을 쉴 수 없을 것이다. 뭔가 잘못되었다는 생각이 들었다.

'아내한테 말을 할 수가 없어.'

그는 생각했다.

'죽은 자에겐 목소리가 없지. 눈을 뜨면 눈 속에 흙이 들어올 거야.'

그는 눈을 떴다. 우듬지 위로 펼쳐진 하늘이 푸르고 드넓었다. 앞쪽에는 몇몇 나무를 가린 높은 회갈색 흙더미가 보였는데, 모가 나 있고 복잡하고 무질서한 직선들이 그 위를 지나고 있었다. 가늠할 수조차 없는 먼 거리에 그는 그만 피곤해져서 눈을 감았다. 눈을 막 감는 순간, 견디기 힘든 빛이 느껴졌다. 먼바다에서 해변으로 연신 밀려와 부딪치는 파도의 낮고 규칙적인 울림 같은 소리가 귓가에 전해졌다. 그것은 그 소리의 일부이거나 그 너머에서 들려오는 듯한 끝없는 저음의 웅얼거림과 뒤섞여, 곧 말소리로 바뀌었다.

"제롬 시어링, 너는 독 안에 든 쥐다. 독, 독, 독 안에."

갑자기 거대한 침묵과 검은 어둠과 무한한 평정이 찾아들었다. 제롬 시어링은 자신이 쥐와 같은 신세임을 정확히 깨달았고, 지금 자기가 갇힌 덫에 대해 충분히 이해했다. 모든 것을 기억해 낸 그는 조금도 겁을 먹지 않고서 적의 세력을 가늠하고 방어 계획을 세우기 위해 다시 눈을 떴다.

그는 누운 자세였고, 단단한 들보가 등을 떠받치고 있었다. 가슴에도 들보 하나가 가로놓여 있었지만, 살짝 몸을 틀 수 있어서 — 들보를 치울 수는 없었지만 — 갑갑하지는 않았다. 들보를 비스듬히 연결하는 꺾쇠 때문에 왼쪽 몸이 판자 더미에 끼어서 왼팔을 꼼짝할 수 없었다. 땅에 닿은 두 다리는 약간 벌어진 상태였고, 시야를 반쯤 가린 잔해가 무릎 높이까지 덮여 있었다. 머리는 바이스에 낀 것처럼 단단히 고정되어 있고, 움직일 수 있는 것은 눈과 턱이 다였다. 오직 오른팔만 조금 자유로웠다.

"네가 도와줘야만 여기서 나갈 수 있어."

그는 오른팔을 향해 말했다. 그러나 가슴을 가로지른 육중한 들보 밑에서 오른팔을 빼낼 수도 없었고, 바깥쪽으로는 15센티미터 이상 움직일 수 없었다.

시어링은 중상을 입지도 않았고 고통스럽지도 않았다. 박살 난 기둥의 파편이 머리에 날아들어 신경계에 갑작스러운 충격을 가했고, 그 때문에 잠시 의식을 잃었던 것이다. 의식을 잃었던 시간은, 이상한 환상을 보면서 정신이 돌아오던 시간까지 포함해 몇 초에 불과했을 것이다. 그가 상황을 제대로 살펴보기 시작했을 때 붕괴 현장의 먼지가 완전히 걷히지 않았기 때문이다.

  그는 그나마 자유로운 오른손으로, 심하지는 않지만 가슴을 짓누르고 있는 들보를 잡으려고 했다. 부질없는 짓이었다. 무릎과 가장 가까운 쪽의 들보 가장자리로 팔꿈치를 빼려면 어깨를 낮추어야 하는데 그럴 수가 없었다. 팔뚝과 손을 들어 올리지 않는 한 들보를 잡을 수 없었다. 들보의 꺾쇠 때문에 어느 방향으로도 움직일 수 없었고, 꺾쇠와 몸 사이의 공간마저 팔뚝 길이보다 좁았다. 들보 아래에서도 위에서도 손을 움직일 수 없다는 것이 분명해졌다. 아니, 손으로는 아예 들보를 만질 수 없었다. 무기력한 상황을 확인한 후, 그는 이런저런 시도를 멈추고 다리를 덮은 잔해에 닿을 수 있는 방법은 없는지 궁리하기 시작했다.

  한정된 시야로 발치의 잔해를 살펴보는데, 눈앞에 반짝이는 쇠고리 같은 물체가 주의를 끌었다. 언뜻 보기에 그것은 검은 물체를 에워싸고 있는 것 같았고, 지름은 1.5센티미터가량 되었다. 불현듯 검은 물체는 그림자에 불과하며, 쇠고리는 파편 더미 밖으로 돌출한 소총의 총구라는 생각이 들었다. 소총이 맞다는 만족감은 — 만족감이라는 표현이 어울릴지는 모르나 — 오래가지 않았다. 한쪽 눈을 감자, 목재 더미에 묻힌 부분까지 총신을 볼 수 있었다. 다른 쪽 눈을 감자, 똑같은 각도에서 다른 면을 볼 수 있었다. 오른쪽 눈을 감으면 소총이 그의 머리 왼쪽으로 향해 있고, 왼쪽 눈을 감으면 그 반대였다. 총신의 위쪽 표면은 보이지 않았지만 아래쪽 표면은 살짝 보였다. 정확히 말해, 총구는 그의 이마 정중앙을 겨누고 있었다.

상황을 확인하고 이 불편한 환경에 처하게 만든 재난 바로 직전의 시간을 기억해 보니, 그는 소총의 공이치기를 당기고 방아쇠에 손가락을 걸고 있었다. 뭔가가 건들기만 해도 총알이 발사되는 상황에 시어링 이병은 거북해졌다. 그러나 그 감정은 굳이 말하자면 공포와는 거리가 멀었다. 그는 용감한 병사였고, 자신을 겨누고 있는 총과 대포에 익숙했다. 그는 마치 재미있는 일을 떠올리듯 사건 하나를 기억해 냈다. 격전지였던 미셔너리 산맥에서, 이미 퇴각했다고 생각했던 적군의 중포가 포도탄을 퍼붓는 가운데 적진을 향해 다가갔던 것이다. 시야가 탁 트인 곳에는 휘도는 포탄 외에는 아무것도 보이지 않았다. 그것이 무엇인지 깨닫고 재빨리 옆으로 비켜서는 순간, 또 한 번 포도탄이 아군으로 득실거리는 경사로를 향해 발사되었다. 화기를 마주하는 것은 군인에게 가장 흔한 일 중 하나다. 물론 악의에 찬 화기들은 군인의 뒤에서도 이글거린다. 그게 군인이다. 그럼에도 시어링 이병은 그런 상황을 마냥 기쁘게 받아들이지는 않았다. 그는 눈길을 돌렸다.

한동안 오른손으로 되는대로 이리저리 더듬거리다가 왼손을 움직여 보려 했으나 역시 부질없었다. 다음에는 무엇 때문에 꼼짝할 수 없는지 몰라서 더욱 짜증이 나는 머리를 움직여 보려 애썼다. 그다음은 발이었다. 그러나 다리 근육에 힘을 주었다가는 자칫 목재 더미를 들썩여서 소총이 발사될지도 모른다는 생각이 들었다. 지금까지 가해졌을 이런저런 충격에도 불구하고 소총이 여태 격발되지 않았다는 게 이상했다. 물론 비슷한 경험을 한 적이 있긴 했다. 특히 한번은 육박전에서 방심하고 있다가 소총을 거꾸로 잡고 상대방의 머리를 마구 후려치고 보니, 총이 장전되어 있고 공이치기도 당겨져 있었다. 그 사실을 알았더라면 상대는 힘을 내서 더 오랫동안 버텼을지도 모른다. '풋내기' 병사 시절의 아슬아슬한 실수를 떠올릴 때마다 그는 늘 미소를 지었지만, 지금은 그러지 않았다. 그는 다시 소총의 총구를 바라보았다. 그런데 한순간 총구가 움직인 듯한 착각이 들었다. 좀 더 그와 가까워진 것 같았다.

이번에는 시선을 멀리 던졌다. 농장 너머 멀리 보이는 우듬지가 마음을 끌었다. 예전에는 주변의 경치가 그렇게 밝고 경쾌한지 미처 몰랐고, 나뭇가지 사이로 보이는 하늘이 초록빛을 머금은 그토록 검푸른 색인지도 몰랐다. 머리 위 하늘은 거의 검은색처럼 보였다.

'시간이 갈수록 무척 더워지겠어.'

그는 생각했다.

'지금 내가 어느 방향을 보고 있는지 모르겠군.'

그림자로 미루어 그가 정면으로 보고 있는 방향은 북쪽이었다. 적어도 햇빛 때문에 눈이 괴롭지는 않을 터였다. 북쪽은 아내와 아이들이 있는 곳이었다.

"흥!"

그가 큰 소리로 말했다.

"처자식이 무슨 상관이야?"

그는 눈을 감았다.

'여기서 빠져나갈 수 없다면 잠이나 자는 게 좋겠어. 남군들은 다

사라졌고, 우리 병사들이 식량을 찾아 이 주변을 돌아다닐 거야. 그들이 날 발견하겠지.'

그러나 그는 잠들지 않았다. 서서히 이마에서 통증이 느껴졌다. 처음에는 거의 느낄 수 없었던 묵직한 두통이 갈수록 불편해졌다. 눈을 뜨면 사라지고, 감으면 다시 찾아왔다.

"빌어먹을!"

그는 아무렇게나 지껄이고 다시 하늘을 응시했다. 새들의 지저귐이 들려왔다. 종달새는 칼날이 힘차게 부딪치는 것처럼 금속성 소리로 노래했다. 그는 어린 시절의 유쾌한 기억에 잠겼다. 형과 누이와 들판을 누비면서 소리를 질러 텃새들을 놀래 주고, 어둠침침한 숲 속으로 들어가서 희미한 길을 따라 조심스러운 걸음으로 '유령 바위'까지 갔던 일. 드디어 터질 듯 쿵쾅거리는 심장으로 '망자의 동굴' 앞에 서서 섬뜩한 비밀을 풀어 보려 했던 일. 그는 난생처음 쇠고리로 둘러싸인 유령 동굴의 입구를 보았었다. 이윽고 모든 기억이 사라지더니, 그를 노려보는 총구만 남았다. 그런데 점점 가까워지는 것 같았던 총구가 지금은 놀랄 만큼 멀어져 있었고, 그 때문에 더욱 불길했다. 그는 빽 소리를 질렀고, 자신의 목소리에 깜짝 놀랐다. 겁에 질린 목소리였다. 그러나 그는 무서워서가 아니라 노래를 부른 것이라고 우겼다.

"이렇게 노래라도 부르든가 아니면 죽을 때까지 얌전히 기다리든가 하는 거지 뭐."

그는 이제 총구의 위협을 애써 피하려고 하지 않았다. 총구에서 잠시 시선을 돌릴 때마다 주변에 도움을 구걸하려 들었지만(물론 폐허 더미의 양쪽 바닥 어디도 볼 수 없었지만), 결국 피할 수 없는 매력에 순순히 굴복해 두 눈을 총구 앞으로 되돌릴 수밖에 없었다. 피로감 때문에 눈을 감으면 어김없이 이마에 엄청난 통증 — 총알의 예언과 위협 — 이 찾아왔기 때문에 억지로 다시 떠야 했다.

신경과 뇌의 긴장감이 극심해졌다. 주기적으로 의식을 잃는 것이 그나마 위안이었다. 이렇게 의식과 무의식을 오가는 가운데 갑자기 오른손에 날카로운 통증이 느껴지기 시작했다. 오른손 손가락을 움직여 보고 손가락으로 손바닥을 만져 보니 축축하고 미끈미끈했다. 손을 볼 수는 없었지만 무슨 느낌인지 알 수 있었다. 피가 흐르고 있었다. 의식이 불분명한 상황에서 오른손으로 날카로운 파편을 후려치고 움켜잡고 했던 것이다. 그는 좀 더 남자답게 운명을 받아들이기로 결심했다. 그는 평범한 군인이었고 종교를 믿지 않았으며 그리 철학적이지도 않았다. 설령 들어 줄 이가 있다 해도 위대하고 슬기로운 유언과 함께 웅장한 죽음을 맞을 팔자가 아니었다. 그 대신 싸우다가 죽을 순 있었고, 그렇게 할 의지도 있었다. 총알이 언제 발사될지만 알 수 있어도 좋으련만!

별채에서 살았을 쥐 몇 마리가 찍찍거리며 주변을 돌아다니기 시작했다. 한 마리가 소총이 묻혀 있는 목재 더미로 기어올랐다. 다른 쥐들이 뒤따라 올라왔다. 시어링은 처음에는 무심코 쳐다보다가 곧 다정하게 관심을 갖기 시작했다. 그러나 쥐들이 소총의 방아쇠를 건드릴지도 모른다는 생각이 들자, 욕설을 퍼부어 쫓아 버렸다.

"너희들이 낄 데가 아니야!"

그가 소리쳤다.

쥐들이 사라졌다. 그놈들은 나중에 다시 와서 그의 얼굴을 공격하고 코를 갉아 대고 목을 물어뜯을 것이다. 그는 그것을 알고 있었지만, 그때쯤에는 자신이 죽어 있기를 바랐다.

속이 시커먼 작은 금속 총구에서 그의 시선을 떼어 낼 수 있는 것은 없었다. 이마의 통증은 여전히 지독했다. 점점 뇌 깊숙이 파고들어 머리 뒤의 나무에 닿아서야 멈추는 것 같았다. 시간이 갈수록 통증을 견딜 수 없었다. 끔찍한 고통을 잊기 위해 그는 찢어진 손으로 나무 조각들을 마구 때리기 시작했다. 완만하고 규칙적이면서도 매번 더 날카로운 통증이 찾아와 욱신거렸고, 이따금씩 치명적인 총알에 맞은 것처럼 소리를 질렀다. 집도 처자식도 국가도 영광도 생각하지 않았다. 모든 기억이 지워졌다. 세상은 흔적도 없이 사라졌다. 목재와 판자 더미 한복판, 그것만이 유일한 세상이다. 이 세상엔 언제나 새롭고 끝없는 불멸의 고통이 있다. 욱신거림의 시곗바늘이 째깍대며 영원의 시간을 알린다.

용감한 남자이고 가공할 만한 적수이며 강하고 단호한 전사인 제롬 시어링이 유령처럼 창백하게 질려 있었다. 아래턱이 헤 벌어지고, 눈이 튀어나오고, 부들부들 떨고 있었다. 온몸은 식은땀에 흠뻑 젖어 있었다. 무서워서 비명을 질렀다. 제정신이 아니었다. 겁에 질려 있었다.

찢어지고 피가 나는 손으로 이리저리 더듬다가 마침내 판자 하나가 잡혔고, 끌어당겨 보니 움직였다. 판자는 그의 몸과 평행한 위치에 있었다. 공간이 허용하는 대로 최대한 팔꿈치를 구부린 뒤, 한 번에 조금씩 판자를 잡아당겼다. 다리를 뒤덮고 있던 파편 더미에서 드디어 판자가 빠져나왔다. 그는 판자를 세로로 세울 수 있었다. 커다란 희망이 생겼다. 어쩌면 판자를 위쪽으로, 다시 말해 뒤쪽으로 들어 올려서 그 끝으로 소총을 밀어낼 수 있을지 몰랐다. 소총이 목재 더미에 너무 꽉 끼여 있다고 해도, 총구의 방향을 약간 비껴 놓을 순 있을 터였다. 그는 계획을 망칠까 봐 숨까지 참아 가면서 뒤쪽으로 조금씩 판자를 들어 올렸다. 그 어느 때보다 총구에서 눈을 뗄 수 없었지만 그것이 오히려 실낱같은 기회에 집중할 수 있는 긴장감을 주었다. 적어도 소득은 있었다. 자기방어를 위해 이 계획에 몰두하다 보니 두통에 둔감해졌고 움찔거리지도 않았다. 그러나 여전히 겁에 질려 있었기에 이가 캐스터네츠처럼 맞부딪쳤다.

판자가 더는 그의 손길에 따라 주지 않고 움직이질 않았다. 그는 있는 힘껏 판자를 당겨 최대한 방향을 바꿔 보려 했지만, 뒤쪽 어딘가에 튀어나와 있는 물체에 막혀 움직이지 않았다. 앞쪽으로 향한 판자 끝은 목재 더미를 치우고 총구까지 닿기에는 아직 멀었다. 부정확하게나마 오른쪽 눈으로 확인한 결과, 판자는 목재 더미 밖으로 드러나 있는 소총의 방아쇠울 근처까지 가 있었다. 판자를 쪼개 보려 해도, 적당한 힘을 가할 수 없었다. 절망감에 휩싸이자, 공포감이 열 배로 강해져 되살아났다. 검은 총구는 더 위협적으로 보였고 그의 반란을 응징하려는 듯 당장이라도 죽일 태세였다. 총알이 관통하게 될 머리 부위를 따라 더욱 심한 통증이 밀려들었다. 그는 또 부들부들 떨기 시작했다.

갑자기 그가 침착해졌다. 몸의 떨림도 가라앉았다. 그는 이를 악물고 미간을 잔뜩 찌푸렸다. 방어 수단을 궁리하는 것이기에 지치지 않았다. 머릿속에 새로운 계획, 또 다른 전략이 저절로 떠올랐다. 그는 판자의 앞을 들어 올린 후 소총의 측면, 그러니까 방아쇠울에 닿을 때까지 목재 더미 사이로 조심스럽게 밀어냈다. 그런 다음 판자의 앞을 바깥쪽으로 천천히 움직여 거치적거리는 것이 없는지 확인한 후, 눈을 감고 방아쇠를 향해 있는 힘껏 판자를 밀쳤다! 화약의 폭발은 없었다. 건물이 무너질 때 그의 손에서 소총이 떨어지면서 총알이 발사되었던 것이다. 그러나 소총은 제 할 일을 다했다.

이번 전선에서 전위대의 지휘를 맡은 에이드리언 시어링 중위는, 정찰 임무를 맡은 동생 제롬이 앞서 지나간 길목에서 귀를 쫑긋 세우고 앉아 있었다. 그는 아무리 작은 소리도 놓치지 않았다. 새의 지저귐, 다람쥐의 울음소리, 소나무 사이를 지나는 바람 소리, 그 어떤 소리든 긴장한 그의 청각에 포착되었다. 별안간 멀리서 건물이 우르르 무너지는 듯한 혼란스럽고 희미한 굉음이 전방에서 들려왔다. 중위는 기계적으로 시계를 확인했다. 6시 18분. 바로 그때 뒤에서 장교한 명이 다가와 경례를 붙였다.

"소대장님."

장교가 말했다.

"전진하여 적군이 있는지 정찰하라는 대령님의 명령입니다. 적이 없을 경우, 정지 명령이 있을 때까지 계속 전진하랍니다. 적군은 이미 퇴각한 것으로 보입니다."

중위는 고개를 끄덕이고 아무 말도 하지 않았다. 장교는 물러났다. 잠시 후 부사관들로부터 명령을 하달받은 병사들이 사격호에서 나와 전진하기 시작했다. 이를 악문 그들은 가슴이 마구 뛰었다.

이 전위대는 농장을 지나 산 쪽으로 전진한다. 무너진 건물의 좌우를 지나쳤지만 아무것도 발견하지 못한다. 그들의 후방에는 멀지 않은 거리에서 소대장이 따라붙고 있다. 소대장은 건물 잔해를 유심히 바라보다가 판자와 목재 사이에 반쯤 파묻힌 시체 한 구를 발견한다. 군복은 뽀얗게 먼지에 뒤덮여 남군의 회색이다. 얼굴은 누르스름한 흰색이다. 두 볼은 푹 꺼지고, 역시 움푹 들어간 관자놀이 부근에 예리한 골이 파여 있다. 이마는 보기 싫을 정도로 잔뜩 찌푸리고 있다. 윗입술이 살짝 올라가 있어서 꽉 다문 흰 이가 보인다. 머리카락은 물기에 흠씬 젖어 있고, 얼굴 또한 주변의 이슬 먹은 풀처럼 젖어 있다. 소대장의 위치에서는 소총이 보이지 않는다. 시체는 무너진 건물에 깔려 죽은 것이 분명했다.

"일주일 만에 사망자가 나왔군."

장교는 부루퉁하게 말한 뒤 계속 이동하면서 자신이 짐작한 시간이 맞는지 확인하듯 무심코 시계를 꺼내 든다. 6시 40분.

온정의 일격

전투는 치열하게 계속되었다.* 그야말로 총력전이었다. 전장의 기운이 공기 중에 떠돌았다. 이제 모두 끝났다. 부상자를 구하고 전사자를 묻는 — 매장을 맡은 어느 병사의 우스갯소리처럼 "조금 깔끔하게 정리하는" — 일만 남았다. "깔끔한 정리"에는 많은 일손이 필요했다. 숲 속에는 박살 나 흩어진 나무 사이로 시선이 미치는 거리까지 쓰러진 병사와 말이 즐비했다. 그 사이로 들것이 오가며 아직 목숨이 붙어 있는 극소수의 병사들을 실어 날랐다. 부상병 대부분은 방치된 상태에서 숨을 거두었고, 그들의 권리는 지켜지지 않았다. 부상병들은 기다려야 한다는 것이 군의 규정이었다. 요컨대 부상병을 치료하는 최선책은 전투에서 승리하는 것이다. 솔직히 말하

---

* 이 작품은 1889년에 발표되었다.

자면 승리는 보살핌이 필요한 사람에게 분명히 혜택을 주지만, 많은 사람들이 그 혜택을 누릴 때까지 살아남지 못한다.

수습한 전사자들의 시신은 열 구 혹은 스무 구씩 나란히 놓였고, 그들을 묻기 위해 구덩이를 파는 작업이 한창이었다. 너무 먼 곳에서 발견된 일부 시신들은 현장에서 그대로 묻혔다. 대체로 그렇듯이, 이곳에서도 시신의 신원 확인은 제대로 이루어지지 않았다. 시신 매장을 담당한 병사들은 지침에 따라 되는대로 단서를 수집했고, 그에 따라 승전군의 전사자 명단이 작성되었다. 적군의 시신은 몇 구인지 세면 그만이었다. 하지만 때론 지나치게 많았다. 적군의 시신 중 상당수가 여러 번 중복되어 계산되다 보니, 나중에 제출되는 총지휘관 공식 보고서의 적군 전사자 총수는 기대감에 맞춰 실제보다 부풀려져 있기 마련이었다.

병사들이 분주하게 '망자의 야영지'를 만들고 있는 곳에서 약간 떨어진 거리에 북군 장교 한 명이 나무에 기대어 서 있었다. 발에서 목까지의 자세만 본다면 지쳐서 쉬고 있는 것이 분명했으나, 불편한 기색으로 고개를 이리저리 돌리는 것을 보면 마음이 편치 않은 것 또한 분명했다. 어디로 가야 할지 망설이는 것 같았다. 그는 지금 그 자리에 계속 남아 있고 싶지 않았다. 숲과 들판에 이미 석양이 붉게 흩뿌려져 있었고, 지친 병사들도 작업을 마무리 짓는 상황이었다. 물론 밤에도 혼자서 그곳 망자들 사이에 있고 싶지 않았다. 전투가 끝난 후 병사들 열에 아홉은 마치 누구나 다 아는 것을 묻듯이 소속 부대로 돌아가는 길이 어느 쪽인지 묻는다. 이 장교는 틀림없이 길을 잃었다. 잠시 휴식을 취한 뒤에 매장을 마치고 복귀하는 병사들을 뒤따라가려는 것인지도 모른다.

모두들 돌아가자, 그는 붉게 물든 서쪽 숲 속으로 곧장 걸어갔다. 석양이 핏빛처럼 그의 얼굴을 물들였다. 자신 있게 성큼성큼 걸어가는 것을 보니 이 지역에 익숙한 모양이었다. 그는 평소의 모습을 되찾았다. 이쪽저쪽에 널려 있는 시체들을 지나치면서 거들떠보지도 않았다. 이따금 구조대의 손길이 미치지 않아 극심한 고통 속에 나지막이 신음하는 부상병의 소리가 들렸지만, 별빛 아래 갈증과 고통을 참으며 힘든 밤을 지새워야 할 그런 병사에게도 그는 눈길조차 주지 않았다. 하긴 이 장교가 무얼 할 수 있겠는가? 그는 군의관도 아니고, 물도 없었다.

얕은 계곡 초입, 땅이 그저 조금 팬 곳에 몇 구의 시체가 널브러져 있었다. 그가 갑자기 방향을 바꿔 시체 쪽으로 발길을 재촉했다. 지나가면서 시체의 얼굴을 하나씩 살피더니, 마침내 다른 시체들에서 조금 떨어져 작은 나무 덤불 가까이에 누워 있는 시신 앞에 떡 멈춰 섰다. 그는 시체를 자세히 살폈다. 움직이는 것 같았다. 장교는 상체를 굽히고 시체의 얼굴에 손을 갖다 댔다. 비명이 터져 나왔다.

이 장교는 매사추세츠 보병 연대의 다우닝 매드웰 대위로, 용감하고 똑똑한 군인이자 존경할 만한 남자였다.

이 연대에는 캐펄 핼크로와 크리드 핼크로 형제가 있었다. 캐펄 핼크로는 매드웰 중대의 상사였고, 대위와 상사 두 사람은 절친한 친구였다. 계급의 차이, 군기와 임무에 대한 입장 차이가 허락하는 한에서 그들은 거의 함께였다. 둘은 어린 시절부터 함께 자랐다. 사람의 정은 쉽게 끊기 어려운 법이다. 캐펄 핼크로는 체질상 군대와는 아예 맞지 않았지만 친구와 헤어지는 것이 싫었다. 그는 매드웰이 소위로 복무하고 있을 때 같은 중대에 입대했다. 그들은 각각 두 계급씩 진급했지만 부사관 중 가장 높은 계급과 장교 중 가장 낮은 계급 사이에는 깊고 넓은 골이 자리 잡고 있었고, 두 사람의 오랜 관계는 우여곡절 속에서 어렵사리 유지되고 있었다.

캐펄의 형인 크리드 핼크로 소령은 냉소적이고 무뚝뚝한 남자로, 매드웰 대위에게 반감을 품고 있었다. 이들 사이의 반감은 주변 환경에서 자연스럽게 생겨나, 실제적인 원한으로까지 강화되어 있었다. 캐펄 때문에 서로의 감정을 억눌러야 하는 상황이 아니라면, 두 사람은 틀림없이 상대방을 군대에서 쫓아내려고 물불을 가리지 않았을 터이다.

전투가 시작된 그날 아침, 연대는 주력군에서 1.5킬로미터쯤 떨어진 위치에 전초선을 펼치고 있었다. 전초 부대는 공격을 받고 숲 속에서 포위되다시피 한 상황이었으나 완강하게 위치를 사수했다. 전투가 소강상태에 접어든 동안, 핼크로 소령이 매드웰 대위에게 다가왔다.

"대위, 대령님의 명령이다. 귀관은 저 협곡 앞까지 중대를 이끌고 전진한 뒤, 복귀 명령이 있을 때까지 그곳을 사수하라. 얼마나 위험한 작전인지 따로 말할 필요도 없겠지만, 원한다면 중대 지휘를 중위에게 맡기고 귀관은 빠져도 좋다. 하지만 내가 그렇게 하라고 강요하는 것은 아니다. 단지 개인적인 의견이라고 해 두지."

심한 모욕을 당하자 매드웰 대위는 싸늘하게 응수했다.

"소령님, 저희 중대와 함께 가 주시길 청합니다. 말을 탄 장교는 그야말로 눈에 잘 띄는 표적이 될 겁니다. 그리고 저는 아주 오래전부터 소령님은 죽는 편이 더 낫다고 생각해 왔습니다."

이 재치 있는 응수는 1862년에 군대에서 연마한 것이었다.

30분 후, 매드웰 대위의 중대는 협곡 초입에서 퇴각 중이었다. 중대원의 삼분의 일을 잃은 후였다. 부상병 중에는 핼크로 상사도 포함되어 있었다. 연대는 곧 후퇴하여 주력 부대와 합류했고, 수 킬로미터 밖에서 전투가 끝나 가고 있었다. 대위는 지금 자신의 부하이자 친구의 곁에 서 있었다.

핼크로 상사는 치명상을 입었다. 군복은 마구 찢긴 듯이 흐트러졌고, 복부가 훤히 드러나 있었다. 웃옷 단추 몇 개가 땅에 떨어져 있고, 그 밖에 옷에서 떨어진 이런저런 파편들이 옆에 흩어져 있었다. 끊어진 가죽 허리띠가 몸 아래에서 잡아 뺀 것처럼 삐져나와 있었다. 출혈은 그리 심하지 않았다. 눈에 보이는 상처는 한 군데, 너덜너덜 찢긴 복부였다. 상처 부위에 흙과 낙엽이 지저분하게 뒤엉켜 있었다. 작은창자가 튀어나와 있었다. 매드웰 대위가 지금까지 봐 온 부상 중에서 가장 심했다. 대체 어쩌다가 그런 부상을 입었는지, 또 부상자가 왜 군복이 이상하게 찢기고 혁대는 끊어지고 피부는 지저분해진 채 이런 상태가 되었는지 짐작이 가지 않았다. 대위는 무릎을 꿇고 더 자세히 살폈다. 그러고는 일어서더니 마치 적의 행방을 찾듯이 다른 방향을 쳐다보았다. 50미터 거리, 수풀이 듬성듬성하고 야트막한 언덕 꼭대기에 검은 형체 몇 개가 쓰러진 병사들 사이를 오가고 있었다. 돼지였다. 그중 한 마리가 돌아서 있었는데, 어깨 쪽이 높이 올라가 있었다. 앞발은 인간 시체 위에 올려놓았고, 머리는 숙이고 있어서 보이지 않았다. 돼지의 뻣뻣한 등은 붉은 서녘 하늘을 배경으로 검게 보였다. 매드웰 대위는 시선을 거두어 다시 친구를 내려다보았다.

그는 끔찍하게 절단된 상태에서도 살아 있었다. 간간이 팔다리를 움직였고, 숨을 쉴 때마다 신음을 토했다. 친구의 얼굴을 멍하니 응시했고, 건드리기라도 하면 비명을 질렀다. 너무도 큰 고통에 땅을 할퀴었다. 두 손엔 낙엽과 잔가지와 흙을 움켜쥐고 있었다. 그는 말을 할 수 없었다. 그가 고통 외에 느낄 수 있는 것이 있기는 한지 알 길이 없었다. 얼굴엔 애원의 표정이 역력했다. 눈빛은 호소로 가득했다. 무얼 원하는 걸까?

그 표정과 눈빛의 의미를 모를 리 없었다. 대위는 간신히 입을 움직일 수 있는 부상병들이 죽여 달라고 부탁할 때의 눈빛에서 똑같은 표정을 종종 보아 왔다. 의식적이든 무의식적이든, 몸부림치는 이 인간의 파편은, 예리한 감각의 이 본보기는, 인간이자 짐승인 이 피조물은, 영웅답지 못한 이 초라한 프로메테우스는 이기심과는 전혀 다른 차원에서 망각의 축복을 간청하고 있었다. 하늘과 땅을 향해,

나무를 향해, 사람을 향해, 아니면 감각이나 의식 속에서 형태를 띠는 모든 것을 향해 이 고통의 구현체는 무언의 탄원을 하고 있었다.

진정 무엇을 원하는 걸까? 요구할 능력이 없는 가장 미천한 동물에게조차 허용하면서 오직 고통받는 똑같은 인간에 대해서는 거부하는 것, 축복받은 해방, 극단적인 연민의 의례, 그것은 바로 숨통을 끊는 것이었다.

매드웰 대위는 친구의 이름을 불렀다. 목이 메일 때까지 대답 없는 그 이름을 부르고 또 불렀다. 눈에서 눈물이 흘러 시야를 가렸고, 누워 있는 납빛 얼굴에도 떨어졌다. 흐릿하게 이리저리 움직이는 형체 말고는 아무것도 보이지 않았다. 그러나 신음 소리는 어느 때보다 또렷했고, 간간이 한층 날카로운 비명이 섞였다. 그는 돌아서서 손으로 이마를 탁 치더니 성큼성큼 걸어갔다. 그를 본 돼지 한 마리가 잠시 의심스럽게 쳐다보더니 이내 부루퉁하게 꿀꿀거리며 시야에서 사라졌다. 포탄에 앞발이 뭉개진 말 한 마리가 땅에서 머리를 옆으로 들어 올리고는 가련하게 울었다. 매드웰은 권총을 빼들고 가여운 짐승의 두 눈 사이에 방아쇠를 당겼다. 죽음의 마지막 몸부림, 그것은 그의 예상보다 격렬하고 길었다. 마침내 말은 숨이 끊어져 잠잠해졌다. 섬뜩한 웃음을 짓듯 이빨을 드러냈던 입술의 팽팽한 근육도 편히 이완되었다. 윤곽이 뚜렷한 옆얼굴에는 그지없는 평온과 휴식이 깃들었다.

멀리 듬성듬성한 숲을 따라 서쪽으로 황혼의 끝자락이 불타듯 붉게 물들고 있었다. 나무에 떨어진 석양이 은은한 회색빛으로 희미해졌다. 우듬지마다 검은색의 아주 커다란 새들이 앉아 있는 것처럼 그림자가 드리웠다. 밤이 다가왔고, 매드웰 대위와 진지 사이에는 수 킬로미터의 으스스한 숲이 가로놓여 있었다. 그러나 그는 완전히 정신 나간 사람처럼 죽은 말 옆에 우두망찰 서 있었다. 시선은 발치를 향해 있었다. 왼손은 옆으로 축 늘어졌고, 오른손엔 아직 권총이 쥐여 있었다. 이윽고 그가 얼굴을 들더니 죽어 가는 친구를 향해 재빨리 걸어갔다. 그는 한쪽 무릎을 꿇고 권총의 공이치기를 당긴 후, 친구의 이마에 총구를 갖다 댔다. 그리고 시선을 돌린 후 방아쇠를 당겼다. 총성이 없었다. 말에게 마지막 탄알을 써 버린 것이다.

부상자는 신음을 토하고 입술을 격하게 바르작거렸다. 입에서 흘러나온 거품에 핏기가 섞여 있었다.

매드웰 대위는 일어서서 칼집에서 칼을 뽑았다. 칼자루에서 칼끝까지 칼날을 따라 왼손 손가락을 움직여 보았다. 그는 자신의 담력을 시험하듯 칼을 앞으로 쭉 내밀었다. 칼날은 흔들림이 없었다. 칼날에 반사된 스산한 빛이 흐트러짐 없이 확고했다. 그는 허리를 굽히고 왼손으로 죽어 가는 남자의 앞섶을 찢었다. 그러고는 다시 일어서서 칼끝으로 부상자의 심장 바로 위를 겨냥했다. 이번에는 시선을 피하지 않았다. 칼자루를 두 손으로 꽉 붙잡고, 온 힘을 다해 몸무게를 실어 쑤셔 넣었다. 칼날은 남자의 몸을 뚫고 땅속까지 파고들었다. 매드웰 대위는 금방이라도 곤두박질칠 것처럼 보였다. 죽어 가는 남자가 무릎을 끌어당기더니 그와 동시에 오른손을 가슴으로 가져가 칼날을 움켜잡았다. 어찌나 세게 잡았는지 주먹 쥔 손이 새

하얗게 질려 있었다. 격렬하게 그러나 헛되이 칼을 빼내려는 그의 노력은 오히려 상처를 더 크게 벌려 놓았다. 핏줄기가 흘러나와 흐트러진 군복 사이로 구불구불 내려갔다. 그 순간, 나무 뒤쪽으로 은밀하게 접근해 오던 세 명의 남자가 앞으로 조용히 나왔다. 두 명은 의무병이었고 들것을 들고 있었다.

세 번째 남자는 크리드 헬크로 소령이었다.

장교 1, 병사 1

그라펀레이드 대위는 자신의 중대 선두에 서 있었다.* 그가 속한 연대는 교전 중은 아니었지만, 탁 트인 평지를 가로질러 우측 3킬로미터 거리까지 최전선을 형성하고 있었다. 좌측은 숲으로 막혀 있었다. 우측 전선 또한 시야에서 은폐되어 있었으나 수 킬로미터까지 뻗어 있는 상태였다. 후방 백 미터 거리에 제2군이 있고, 그 뒤에는 예비 여단과 대대 병력이 주둔 중이었다. 포병대는 야트막한 산 중간 지역을 점령하고 있었다. 말을 탄 일행 — 참모와 호위병을 대동한 장군들과 깃발에 가려져 보이지 않는 각 연대의 영관급 장교들 — 이 가지런한 전열을 흐트러뜨리고 있었다. 상당수는 눈에 망원경을 대고 가만히 안장에 앉아서 무표정하게 전방을 살폈다. 또 어

---

* 이 작품은 1889년에 발표되었다.

떤 이들은 이쪽저쪽으로 천천히 말을 몰면서 명령을 전달했다. 들 것, 부상병 수송 마차, 탄약차 등이 따로 배치되었고, 후방에는 장교의 하인들이 눈에 훤히 보이는 위치에서 길을 따라 수 킬로미터까지 대대적인 비전투원 집단을 형성하고 있었다. 이들은 주인의 보급품을 맡아 두고 있다가 다양한 필요에 따라 공급해 주는, 별 볼일 없지만 중요한 임무를 수행한다.

공격을 기다리거나 시도하려는 최전선의 군대는 후방과 묘한 대조를 보인다. 최전선에는 정확성, 격식, 고정성 그리고 침묵이 있다. 후방으로 갈수록 이런 특징들은 눈에 띄게 약화되다가 어느 지점에 이르면 혼란과 변화와 소음 속에서 다 사라지고 만다. 동질적인 것은 곧 이질적인 것이 된다. 명료성이 결여되며, 침착성은 뚜렷한 목적이 없는 활력으로 대체된다. 일사불란함은 와자지껄한 소음 속에 사라지고 무질서를 만든다. 어디서나 소동이 일고 불안한 요소가 끊이지 않는다. 싸우지 않는 사람들은 결코 준비하지 않는다.

최전선에 위치한 자신의 부대 우측에서 그라펜레이드 대위는 막힘 없이 탁 트인 공간 너머 적군을 향해 서 있었다. 전방 8백 미터까지 지형물이 없는 평지에 가까운 공간이 펼쳐져 있었다. 그 너머에는 들쭉날쭉한 숲이 약간 오르막을 이루었다. 갈색 들판이 길게 펼쳐진 상쾌한 풍광과 그 너머 아침 햇살 속에서 꿈틀거리기 시작하는 생명의 부산함, 그는 이보다 더 평화로운 광경은 상상할 수 없었다. 아직까지 숲이나 들에서 들려오는 소리는 없었다. 나무 사이로 언덕 정상에 보일 듯 말 듯 자리 잡은 농가에서는 개 한 마리 짖지 않았고 수탉 한 마리 울지 않았다. 그러나 수 킬로미터 반경에 있는 모든 병사들은 자신이 마주 보고 있는 상대가 죽음이라는 것을 잘 알고 있었다.

그라펀레이드 대위는 지금까지 무장한 적군을 본 적이 없었다. 그가 전투에 참가한 것은 군에 들어온 지 2년 만에 처음이었다. 군사 교육의 혜택을 거의 받지 못했기에, 동기들이 전선으로 떠났을 때 그는 고향의 주도에서 행정 장교로 근무했다. 그나마 그것이 그에게 가장 적합한 직무라는 판단에 따른 처사였다. 그는 나쁜 군인처럼 이의를 제기했고, 좋은 군인처럼 복종했다. 주지사와 공적이고 개인적인 친분이 있고 신뢰와 호감을 얻고 있다는 이유 때문에 그는 오히려 승진을 단호히 거부했고 후배들이 자기보다 더 높이 올라가는 것을 지켜보았다. 그와 멀리 떨어진 전선에서 죽음이 잇따랐고, 영관급 장교가 부족한 상황이 되풀이되었다. 그러나 그는 기사도 정신으로 전쟁의 공로는 전투의 폭풍과 시련을 견디 낸 자들에게 돌아가야 마땅하다고 여기며 한직에 충실했고, 앞서 나가는 다른 이들의 행운에 관대했다. 묵묵히 원칙에 따라 온 그의 헌신은 마침내 빛을 보았다. 그는 환멸스러운 직무에서 벗어나 최전선 배치를 명받았고, 전투 경험이 없는 채로 지금 전장의 선두에 서 있었다. 그의 부하들은 용감한 역전의 용사들이었다. 부하들에게 그는 이름뿐인 존재였고, 그 이름마저 조롱의 대상이었다. 아무도, 그가 자신의 권리를 포기해 준 덕분에 승진한 동료 장교들조차도 그의 헌신을 이해하지 못했다. 공정한 판단을 내리기에 그들은 너무 바빴다. 전우들 사이에 그는 참전을 회피하다가 억지로 전쟁터에 끌려 나온 것으로 알려져 있었다. 일일이 설명하기에는 자존심이 허락하지 않고 그렇다고 그냥 넘어갈 만큼 무덤덤하지도 못했던 그는 인내하면서 희망을 품을 수밖에 없었다.

그 여름 아침, 북군을 통틀어 앤더턴 그라펀레이드만큼 즐거이 전투에 응한 군인은 없었다. 그의 마음은 들떠 있었고, 온몸은 터질 듯 활력이 넘쳤다. 심적인 고양 상태에 있었기에 그는 좀처럼 공격에 나서지 않는 적군의 지연술을 견딜 수 없을 지경이었다. 그에게 이번 전투는 기회였다. 결과가 어떻든 상관없었다. 승리 아니면 패배, 그것은 신만이 알 일이다. 어떤 결과를 낳든, 그는 군인이자 영웅임을 스스로 증명해야 했다. 확실한 우월성을 보여 줌으로써 부하와 동료 장교들로부터 존경을 받아 마땅하다는 것을 입증해야 했다. '집합'을 알리는 나팔 소리에 그의 심장은 얼마나 터질 듯 뛰었던가! 그는 발이 땅에 닿는 것을 거의 느끼지 못할 정도로 가벼운 발걸음으로 선두로 나아갔다. 전술에 따라 그의 연대가 최전선에 배치되었다는 것을 알았을 때 그는 또 얼마나 흥분했던가! 그리고 어쩌다 그가 지금보다 훨씬 부드러운 눈빛으로 일과 보고서를 읽던 과거를 떠올린다고 해서, 그 누가 전장에 어울리지 않는 생각이라고 비난하거나 군인다운 열정이 부족하다고 폄하할 수 있겠는가?

갑자기 8백 미터 전방의 숲에서 — 언뜻 보기에 우듬지 사이지만 실제로는 그 너머 산등성이에서 — 흰 연기 기둥이 길게 솟구쳤다. 잠시 후 거북하면서도 묵직한 폭음이 들려왔고, 그와 거의 동시에 섬뜩한 소음이 쇄도하며 양 진영의 중간 지대를 놀라우리만큼 빠른 속도로 넘어왔다. 저음에서 고음으로의 변화가 너무도 빨라 연속적인 궤적을 살피기란 불가능했다. 병사들의 동요가 확연히 드러났다. 모두가 깜짝 놀라 움직이고 있었다. 그라펀레이드 대위는 몸을 움츠리고 양손으로 나팔 모양을 만들어 한쪽 귓가에 갖다 댔다. 날카로운 울림이 들려왔고, 산 중턱 너머에서 자욱하게 피어오르는 연기와 흙먼지가 보였다. 대포 공격이었다. 포탄은 그의 좌측에서 고작 30미터 떨어진 지점을 지나쳤다. 그는 작게 킥킥거리는 소리를 들었다. 아니 들은 것 같았다. 소리 나는 쪽으로 고개를 돌리자 중위가 그를 빤히 쳐다보고 있었는데, 재미있어하는 표정이 역력했다. 그는 최전방 병사들의 얼굴을 훑었다. 그들은 웃고 있었다. 그를 보고 웃는 것인가? 그 생각을 하자 그의 핏기 없는 얼굴에 혈색이 돌아왔다. 그런데 도가 지나쳤다. 그의 뺨은 수치심 때문에 벌겋게 달아올랐다.

적의 포격은 아무런 반응도 이끌어 내지 못했다. 아군의 최전방 지휘관은 대응 사격을 할 생각이 없는 것이 분명했다. 그라펀레이드 대위는 그 조심성에 고마움을 느꼈다. 그는 대포의 위력이 그토록 엄청난 것인 줄 미처 몰랐다. 그의 전쟁관은 이미 송두리째 변해 버렸고, 새로운 감정이 자기도 모르게 당혹감 속에서 표출되고 있었다. 온몸에서 피가 끓었다. 숨이 막히는 기분이었다. 만약 그가 명령을 내려야 하는 상황이라면, 그의 목소리는 들리지 않거나 알아들을 수 없을 것이다. 칼을 쥔 손이 부들부들 떨렸다. 다른 손은 저절로 군복 여기저기를 잡았다 놨다 하고 있었다. 가만히 서 있는 것조차 힘들었고, 그런 모습을 부하들이 보고 있다는 생각도 들었다. 두려움일까? 그는 자신이 두려워하고 있다는 사실이 두려웠다.

우측 어딘가에서 바람에 실려 오는 듯 낮고 간헐적인 잡음이 들려왔다. 폭풍우 치는 바다 소리 같기도 하고, 멀리서 달리는 기차 소리 같기도 하고, 소나무 사이를 지나는 바람 소리 같기도 했다. 세 가지 소리는 판단력을 상실한 대위의 귀로는 구분이 가지 않았다. 군대의 눈은 소리 나는 방향으로 쏠려 있었다. 말을 탄 장교들도 그쪽으로 망원경을 돌렸다. 소리에 불규칙한 박동이 뒤섞였다. 처음에 그는 그것이 흥분한 자신의 맥박 소리라고 생각했고, 조금 후에는 멀리서 들려오는 북소리라고 생각했다.

"우측면, 포탄 공격입니다."

한 장교가 말했다.

그라펀레이드 대위가 말을 알아들었다. 소음의 정체는 소총과 대포였다. 그는 고개를 끄덕이면서 웃어 보이려고 애썼다. 하지만 보는 이로 하여금 따라 웃게 만드는 미소는 아니었다.

이윽고 전방의 숲 가장자리를 따라 파란 연기가 솟구치는가 싶더니 곧바로 소총의 총성이 이어졌다. 쉭쉭 예리하게 허공을 가르던 소리가 갑자기 그의 옆에서 쾅 하고 멈추었다. 그라펀레이드 대위 옆에 있던 병사가 소총을 떨어뜨렸다. 그는 무릎을 굽히고 부자연스럽게 앞으로 고꾸라졌다. 누군가 "엎드려!" 하고 소리쳤고, 전사자와 산 자를 구분하기 어려운 지경이 되었다. 마치 몇 발의 총알에 만 명의 병사가 쓰러진 듯한 착각이 일었다. 장교들만이 계속 서 있었다.

상황이 위급한 경우 장교들은 말에서 내려 각자의 군마를 후방의 언덕으로 피신시킬 수 있었다.

그라펀레이드 대위는 죽은 병사와 나란히 엎드려 있었다. 병사의 가슴 밑으로 피가 작은 실개천처럼 흘렀다. 달짝지근한 피 냄새에 속이 메스꺼웠다. 병사의 얼굴은 땅에 처박혀 납작해 보였다. 안색이 이미 누렇게 변해서 역겨웠다. 병사의 죽음에 명예로움의 흔적 따위는 없었고, 혐오감도 전혀 누그러지지 않았다. 그는 시체에게서 등을 돌리고 싶었지만 그러려면 자신의 중대로부터 눈을 돌려야 하는 상황이라 그럴 수가 없었다.

그는 다시금 쥐 죽은 듯 침묵에 빠진 숲에서 눈을 떼지 않았다. 그곳에서 무슨 일이 벌어지고 있는지 추측해 보려고 애썼다. 적군이 공격 대형을 갖추고 들판 가장자리를 조준하고 있을 것이다. 포탄을 퍼붓기 위해 만반의 준비를 끝내고 덤불에서 튀어나온 검은 포문이 눈에 보이는 것 같았다. 그의 신경을 갉아 댈 만큼 포성이 위력적이라는 것을 이미 경험한 후였다. 동공이 부풀어 올라 고통스러웠고, 눈앞에 안개가 피어오르는 것 같았다. 더는 들판 너머를 응시할 수 없는 지경이었지만 옆에 있는 시체를 보게 될까 봐 시선을 거두지도 못했다.

전쟁의 포화는 이 용사의 영혼 속에서 아직은 그리 밝게 타오르고 있지 않았다. 대치 상태의 기다림은 그로 하여금 자신을 돌아보게 만들었다. 그는 스스로를 용기와 충성심이 뛰어난 군인으로 여기기보다는 자신의 감정을 분석하려고 애썼다. 결과는 지극히 실망스러웠다. 그는 두 손으로 얼굴을 감싸고 크게 신음을 토해 냈다.

우측 멀리서 전장의 거친 소음이 점점 강해졌다. 소음은 굉음이 되었고 다시 울림으로, 천둥으로 변했다. 소리가 대각선 방향으로 가까워지고 있었다. 적의 좌측 부대가 퇴각하고 있는 것이 분명했기에 머잖아 대위의 부대에서 그 움직임을 포착하게 될 터였다. 전선의 침묵과 비밀은 불길했다. 모든 병사들이 적의 기운을 감지하고 있었다.

엎드려 있는 병사들 뒤에서 다급한 말발굽 소리가 들렸다. 병사들이 그쪽을 바라보았다. 다시 말에 올라탄 십여 명의 참모 장교가 각 여단과 연대 지휘관들을 향해 달려가고 있었다. 잠시 후, 합창 소리처럼 똑같은 말이 들려왔다. "부대, 차렷!" 병사들이 벌떡 일어서서 부동자세를 취했다. 그들은 '돌격'이라는 명령을 기다렸다. 뛰는 가슴을 누르고 이를 악다문 채, 명령에 따라 움직이는 순간 그들을 으깨 놓을 납과 쇠의 태풍을 기다렸다. 그런데 돌격 명령은 떨어지지 않았다. 태풍은 일지 않았다. 명령을 기다리는 시간의 기다림은 병사들의 신경을 끔찍하게 갉아 댔다. 교수대에 올라 지체되는 처형의 순간을 기다리는 초조함과 다르지 않았다.

그라펀레이드 대위는 죽은 병사를 발치에 두고 중대 선두에 서 있었다. 그는 우측에서 들려오는 교전 소리에 귀를 기울였다. 철컥철컥 쿠르르 하는 총성과 끊임없는 포성, 그리고 종잡을 수 없는 함성이 들렸다. 그는 멀리 숲에서 솟구치는 연기 구름을 보았고, 바로 앞의 숲을 휘감은 불길한 침묵을 알아차렸다. 이 극단적인 대조는 그의 감수성 전체에 영향을 미쳤다. 긴장감을 참을 수 없었다. 온몸에 열기와 냉기가 교차했다. 그는 개처럼 숨을 헐떡였고, 현기증을 느끼고서야 자신이 숨을 쉬지 않고 있다는 것을 깨달았다.

갑자기 그는 침착해졌다. 시선을 내리깔자, 끝이 아래로 향한 자신의 칼에 가 닿았다. 위에서 내려다본 그의 칼은 고대 로마인의 짧고 둔중한 칼과 흡사해 보였다. 그의 머릿속은 악의와 숙명과 영웅의 암시로 가득 찼다.

그라펀레이드 대위 바로 뒤에 있던 상사는 이상한 광경을 목격했다. 그의 주의를 끈 것은 대위의 희한한 행동이었다. 대위가 갑자기 두 손을 앞으로 뻗었다가 휙 당기더니, 노를 젓듯 팔꿈치를 밖으로 뺐다. 상사는 대위의 어깨 사이로 튀어나온 팔뚝만 한 길이의 금속 물체를 보았다. 칼이었다! 칼날은 흐릿하게 피로 물들어 있었고, 그 끝이 상사의 가슴에 닿을 듯이 뒤로 삐져나와 있었다. 상사는 깜짝 놀라 재빨리 뒤로 물러섰다. 그 순간 그라펀레이드 대위가 병사의 시체 위로 고꾸라져 숨을 거두었다.

그로부터 일주일 후, 북군의 소장은 다음과 같은 공식 보고서를 제출했다.

"장군님, 이달 19일에 있었던 작전에 대해 보고를 올리게 되어 영광입니다. 적군이 피해를 입은 좌측 부대의 정비를 위해 퇴각함으로써 치열한 교전은 없었습니다. 아군의 전사자는 다음과 같습니다. 장교 1, 병사 1."

치카마우가

　어느 화창한 가을 오후, 한 아이가 작은 들판에 있는 허름한 집에서 나와 남몰래 숲 속으로 들어갔다.* 간섭에서 벗어날 수 있어 행복했고, 탐험과 모험의 기회를 얻어 행복했다. 조상들에게 물려받은 이 아이의 육체에 깃든 영혼은 오랜 세월을 거치면서 발견과 정복이라는 기념비적인 위업에 길들여져 있었다. 중대한 전투에서 거둔 승리는 수백 년의 자취로 남았고, 승자의 병영은 돌을 깎아 세운 도시였다. 아이의 민족은 그 시작부터 두 대륙을 누비고 큰 바다를 건너 세 번째 대륙을 정복했기에 이 땅엔 그 유산으로 전쟁과 지배가 잉

---

* 치카마우가는 조지아 주 서북부에 위치한 작은 강이다. 비어스는 1863년 9월 남북전쟁의 주요 전투지 중 하나인 치카마우가 전투에 참가하였다. 이 작품은 1889년에 발표되었다.

태되었다.

  아이는 어림잡아 여섯 살, 가난한 농장주의 아들이었다. 아이가 더 어렸을 때, 군인이었던 아버지는 벌거벗은 야만인들과 싸우며 국기를 앞세우고 머나먼 남쪽 문명인들의 수도까지 진군했다. 경작인의 평화로운 삶을 살 때에도 전사의 불꽃은 꺼지지 않았다. 그것은 한번 불붙으면 결코 꺼지지 않는 불꽃이었다. 아버지는 군대에 관한 책과 그림을 좋아했고, 아들은 아버지가 무슨 물건인지 알아보지 못할망정 나무칼도 직접 만들 줄 알았다. 지금 아이는 용맹무쌍한 민족의 후예답게 그 나무칼을 들고 늠름하게 숲 속을 걷고 있었다. 이따금씩 양지바른 곳에 멈춰 서서, 예술가의 조각상을 보고 배운 공격과 방어 자세를 퍽 과장되게 흉내 내기도 했다. 앞을 가로막은 보이지 않는 적군을 단숨에 제압해 가는 동안, 아이는 흔히 하는 군사적인 실수를 저질렀다. 요컨대 지나치게 위험한 곳까지 진격을 한 것인데, 자기도 모르게 얕지만 넓은 개울가까지 온 것이다. 도망치는 적군은 너무도 쉽게 건너간 개울이건만, 아이는 빠른 물살 앞에서 더 나아갈 수 없었다. 그러나 이 대담무쌍한 정복자는 좌절하지 않았다. 거대한 바다를 건너왔던 민족의 정신이 아이의 조그만 가슴속에서 거침없이 타올랐다. 아이는 징검다리나 디딤돌이 아닌 물속의 큰 돌을 이용해 개울을 건넜다. 그러고는 칼을 높이 치켜들고 상상의 적군을 다시 추격하기 시작했다.

  전투에서 승리한 후에는 작전 본부로 철수하는 신중함이 필요하다. 그러나 애석한지고, 위대한 정복자들 대부분이 그러하듯 아이

또한 "전쟁의 욕망을 억제하지 못했고, 유혹된 운명이 가장 고귀한 별을 저버린다는 것도 알지 못했다."*

개울둑에서 전진하던 아이는 갑자기 새롭고도 더 강한 적과 대면한 것을 깨달았다. 아이가 가는 길목에 귀를 쫑긋 세우고 앞발을 올린 자세로 똑바로 앉아 있는 그것은, 토끼였다! 아이는 깜짝 놀라 비명을 지르고 곧 돌아서서 엄마를 찾는 것인지 다른 의미인지 알아들을 수 없는 소리를 질러 대며 어디로 가는지도 모른 채 뛰어갔다. 가시나무가 소년의 보드라운 살을 사정없이 할퀴었다. 작은 심장은 공포로 마구 뛰고, 숨이 가쁘고, 눈물로 앞이 보이지 않았다. 아이는 숲에서 길을 잃었다! 그러곤 한 시간 넘게 아픈 발로 빽빽한 덤불 속을 헤매다가 결국 힘이 빠져 개울에서 몇 미터 떨어진 바위틈의 조붓한 공간에 누웠다. 여전히 손에 꼭 쥔 장난감 칼은 이제 무기가 아니라 흐느끼다 잠들 때까지 함께해 준 친구였다. 소년의 머리 위에서 새들이 흥겨이 노래했다. 다람쥐들은 아이를 가엾게 여기기는커녕 꼬리를 흔들어 대면서 큰 소리로 나무 사이를 줄달음질쳤다. 그리고 멀리 어딘가에서 기이하고 둔탁한 천둥소리가 들려왔다. 마치 자고새 무리가 오래된 약탈자들의 자손을 상대로 자연이 거둔 승리를 축하하며 울어 대는 듯했다. 한편 작은 농장에서는 굳은 표정의 백인과 흑인들이 다급히 들판을 뒤졌고, 어머니의 마음은 사라진 아이 때문에 갈가리 찢기고 있었다.

---

* 조지 고든 바이런의 시 「차일드 해럴드의 순례」에서 인용한 구절.

몇 시간이 지나, 아이는 잠에서 깨어 일어섰다. 아이의 팔다리엔 저녁의 냉기가, 가슴속엔 어둠의 공포가 자리 잡았다. 그러나 푹 자고 난 뒤라 더 울지는 않았다. 어서 행동하라는 맹목적인 본능에 이끌려 아이는 덤불을 헤치고 좀 더 시야가 트인 곳으로 나왔다. 오른쪽은 개울이었고, 왼쪽의 완만한 경사지에는 나무가 듬성듬성했다. 그 너머로 황혼의 어스름이 몰려들었다. 개울물을 따라 유령 같은 옅은 안개가 피어올랐다. 아이는 그 광경에 겁을 먹고 움찔했다. 그래서 자기가 온 방향으로 개울을 건너는 대신, 어둠에 물들기 시작하는 반대편 숲으로 향했다. 갑자기 앞쪽에서 이상한 움직임이 일었다. 개나 돼지처럼 좀 큰 동물이려니 생각했지만 정확히 무엇인지는 알지 못했다. 곰이었는지도 모른다. 아이는 그림으로 곰을 본 적이 있었지만, 곰의 불미스러운 평판은 전혀 모른 채 막연히 한 마리 만나 봤으면 하고 바랐었다. 그러나 앞에 있는 것은 생김새나 움직임, 어색하게 다가오는 모양새로 미루어 곰과는 달랐다. 아이의 호기심은 두려움으로 바뀌었다. 아이는 가만히 서 있었고, 그것이 서서히 다가올수록 점점 더 용기가 생겼다. 적어도 길고 무시무시한 토끼 귀를 하고 있지는 않다는 것을 알았기 때문이다. 어쩌면 아이의 예민한 정신이 상대의 어색하고 굼뜬 걸음걸이에서 익숙한 뭔가를 알아챘는지도 모른다. 아이의 의심이 풀릴 만큼 상대가 가까이 다가오기 전, 그 뒤로 또 다른 형체들이 잇따라 나타났다. 왼쪽과 오른쪽에는 더 많은 수가 있었다. 주변의 빈터가 그들로 가득했고, 모두 개울을 향해 움직이고 있었다.

사람들이었다. 그들은 포복을 하고 있었다. 손만 사용하면서 다리를 끌었다. 무릎만 사용하면서 두 팔은 옆구리에 놔두었다. 그들은 일어서려고 버둥거리다가 고꾸라졌다. 같은 방향으로 시나브로 전진할 뿐, 다른 어떤 일도 하지 않았다. 한 명씩 혹은 짝을 이루어 혹은 작은 무리를 이루어 어둠 속을 전진했고, 누군가 멈추면 다른 누군가가 천천히 앞서 가면서 계속 움직였다. 수십 명, 아니 수백 명이었다. 짙어지는 어둠 속에서 양쪽 모두 점점 더 수가 많아졌고, 그들 뒤의 시커먼 숲에서도 끝없는 움직임이 일었다. 마치 땅 전체가 개울을 향해 움직이는 것 같았다. 간혹 멈추었다가 다시 움직이지 못하고 꼼짝없이 누워 있는 이들도 있었다. 죽은 것이었다. 또 어떤 사람은 포복을 멈추고 두 손으로 이상한 신호를 보내거나 팔꿈치를 세웠다가 다시 내리고는 머리를 감싸 쥐기도 했다. 공공 기도회에서 종종 그러듯이 위를 향해 두 손바닥을 펼쳐 들기도 했다.

아이가 이 상황을 제대로 이해한 것은 아니다. 그것은 좀 더 성숙한 관찰자에게나 가능한 일이었다. 아이는 그저 그들이 사람이고, 갓난아기처럼 기어 다닌다고 생각했다. 이상한 옷을 입긴 했지만 사람이기에 무섭진 않았다. 아이는 이 사람 저 사람 사이를 마음대로 옮겨 다니면서 아이다운 호기심으로 그들의 얼굴을 살펴보았다. 얼굴은 하나같이 희디희었고, 그중 상당수는 줄이 가거나 붉은색이 말라붙어 있었다. 그 얼굴, 그리고 기괴한 자세와 움직임은 아이로 하여금 지난여름 곡마단에서 본 알록달록한 어릿광대를 떠올리게 했다. 그래서 아이는 그들을 보면서 웃어 댔다. 그러나 아이가 자신의 웃음과 오싹하리만큼 심각한 그들의 표정 사이의 극단적인 대조를 알아채지 못하듯, 사지가 잘린 채 피 흘리는 그들 또한 아랑곳없이 계속 기어갈 뿐이었다. 아이에겐 신나는 구경거리였다. 아이는 아버지의 흑인 노예들이 자기를 즐겁게 해 주려고 기어 다니곤 하던 광경을 떠올렸다. 아이는 흑인들을 말인 양 몰고 다니기도 했다. 아이는 기어가는 형체 중 하나를 골라 뒤에서 잽싸게 올라탔다. 그 남자는 땅에 가슴을 처박았고, 다시 상체를 일으키고는 길들여지지 않은 망아지처럼 아이를 거칠게 내동댕이쳤다. 남자가 아이를 향해 아래턱이 없는 얼굴을 돌렸는데, 윗니부터 목구멍까지 휑하니 벌어진 붉은 틈새에 살점과 부서진 뼛조각들이 너덜거렸다. 턱이 없는 데다 코는 이상하게 튀어나오고 눈도 매서워서 목과 가슴에 먹잇감의 피를 칠한 커다란 맹금류를 연상시켰다. 남자가 무릎을 꿇고 상체를 일으켰다. 아이는 두 발로 일어섰다. 남자가 아이를 향해 주먹을 내둘렀다. 마침내 아이는 겁을 먹고 근처의 나무로 뛰어갔고, 나무 저쪽으로 가서 전보다 진지하게 상황을 지켜보았다. 무시무시한 무언극을 하듯 무수한 사람들이 깊고 완전한 침묵 속에서 서툰 동작으로 서서히 그리고 고통스럽게 몸을 끌며 경사지를 따라 내려갔다. 마치 커다랗고 시커먼 딱정벌레들이 소리 없이 떼 지어 움직이는 것 같았다.

  그 음산한 풍광은 어두워지기는커녕 오히려 밝아지기 시작했다. 개울 너머 숲 속의 나무 사이에서 이상한 붉은빛이 반짝였고, 나무 줄기와 가지들은 그 빛을 배경 삼아 검은 레이스무늬처럼 보였다.

빛은 기어가는 형체들에 부딪혀 기괴한 그림자를 드리웠고, 밝은 풀밭 위 그들의 움직임을 우스꽝스럽게 만들었다. 그들의 희디흰 얼굴에 불그스름한 빛이 비추자, 줄지고 지저분한 얼굴에서 얼룩이 도드라져 보였다. 옷가지의 단추와 금속 조각이 번뜩이기도 했다. 아이는 자기도 모르게 점점 강해지는 빛에 이끌려 무서운 길동무들과 함께 경사지를 내려갔다. 금세 무리의 선두를 앞질렀는데, 아이의 유리한 입장을 감안하면 그리 대단한 재주는 아니었다. 선두에 선 아이는 나무칼을 들고 근엄하게 행군을 이끌었고, 그들과 속도를 맞추면서 이따금씩 군대의 대오가 흐트러지지 않았는지 확인하듯 뒤를 돌아보곤 했다. 그런 부하들을 지휘하는 그런 대장은 아마도 지금껏 없었을 터이다.

물가를 향한 이 오싹한 행군 때문에 점점 더 혼잡해지는 땅에는 대장이 생각하기에 그리 중요하지 않은 물건들이 여기저기 나뒹굴었다. 이를테면 길쭉하게 똘똘 말아서 양끝을 줄로 단단히 묶어 놓은 담요, 묵직한 전투 배낭, 부서진 소총 따위가 퇴각하는 군대 뒤에서 발견되었다. 추격자로부터 도망치는 인간의 '흔적'이었다. 개울 근처, 그러니까 저지대의 물가 곳곳은 사람과 말의 발자국에 짓이겨져 진창으로 변해 있었다. 좀 더 경험 있는 관찰자라면, 이 발자국들이 양쪽 방향으로 나 있다는 것을 알아챘을 터이다. 다시 말해 땅은 전진과 후퇴 두 번에 걸친 행군이 지나간 뒤였다. 불과 몇 시간 전, 이 절박하고 궁지에 몰린 사람들은 지금보다 운이 좋았고, 이제는 멀어진 다른 전우들과 더불어 수천의 규모로 이 숲을 지나갔더랬다. 대군이 한데 모였다가 다시 전열을 가다듬으며 숲을 휩쓸고 지나는 바람에 마침 잠들어 있던 아이가 하마터면 이들의 발에 짓밟힐 뻔했었다. 군대의 부스럭거림과 중얼거림도 아이를 깨우지 못했다. 아이가 잠든 곳과 아주 가까이서 전투가 벌어졌다. 소총의 맹렬한 사격과 대포의 굉음 그리고 '지휘관들의 우레 같은 고함' 소리도 아이에게는 들려오지 않았다. 아이는 전쟁에 대한 무의식적인 공감 속에서 나무칼을 더욱 세게 움켜쥐었을 뿐, 영광을 위해 죽은 망자처럼 장엄한 전투에는 아랑곳없이 곤히 잠들어 있었다.

개울 건너편 나무숲 뒤에서 이는 불길이 닫집처럼 휘감은 연기를 뚫고 땅에 너울거리며 일대를 모조리 뒤덮었다. 불길의 너울거림은 안개의 꾸불꾸불한 선을 황금빛 수증기로 바꾸어 놓았다. 개울 물은 붉게 반짝였고, 수면 위로는 역시 붉은빛의 돌들이 무수히 튀어나와 있었다. 그러나 그것은 피였다. 비교적 경상을 입은 부상병들이 개울을 지나면서 돌을 붉은색으로 물들여 놓았던 것이다. 그 개울을 이제 아이도 조바심 어린 발걸음으로 건넜다. 아이는 불을 향해 가고 있었다. 맞은편 개울둑에 서자, 아이는 전우들을 찾아 사방을 두리번거렸다. 그들은 막 개울에 닿기 직전이었다. 좀 더 힘이 남아 있는 병사들은 이미 혼자 힘으로 개울에 닿아 물속에 얼굴을 처박고 있었다. 그 상태로 움직이지 않는 서너 명은 머리가 없는 사람처럼 보였다. 아이의 눈은 놀라움으로 휘둥그레졌다. 아이는 무엇이든 좋게 받아들일 마음의 준비를 하고 있었지만, 그런 장면은 예외였다. 목을 축인 사람들은 물에서 물러날 힘이 없거나 머리를 위로 들어 올릴 힘마저 없었던 것이다. 그들은 익사했다. 그들 뒤 숲의 빈 터는 아이의 엄숙한 지휘 아래 얼마나 많은 장병들이 모여 있는가를 여실히 보여 주었다. 그러나 움직이는 사람은 그리 많지 않았다. 아이는 그들을 격려하기 위해 모자를 흔들었고, 방긋 웃으며 나무칼로 길잡이 빛 — 이 기이한 대탈주를 밝혀 주는 빛의 기둥 — 을 가리켰다.

군대의 충성심을 확신한 아이는 숲으로 들어가 붉은 빛 속을 가뿐히 지나갔다. 울타리를 넘고 들판을 가로질러 뛰면서 이따금씩 자신의 그림자와 장난을 치다 보니, 불길에 휩싸인 어느 집에 가까워졌다. 주위는 온통 쑥대밭이었다! 이글거리는 화마 속에 살아 있는 것은 보이지 않았다. 아이는 개의치 않았다. 그저 불구경이 재미있어서 흔들리는 불길을 따라 덩실덩실 춤을 추었다. 이리저리 뛰어다니며 땔감을 모았지만 모두 너무 무거워서 열기 때문에 접근이 어려운 먼 거리까지 던지기는 힘들었다. 낙담한 아이는 더 강한 자연의 힘에 항복하는 의미로 나무칼을 내던졌다. 아이의 군 경력도 여기서 끝이 났다.

위치를 조금 바꾸고 보니, 건물의 겉모양이 왠지 꿈에서 본 것처럼 눈에 익었다. 이상하다는 생각을 하며 서 있는데, 갑자기 농장 전체가 주변의 숲과 함께 빙그르 도는 것 같았다. 아이의 작은 세계가 반 바퀴 돌았다. 컴퍼스의 점들이 거꾸로 뒤집혔다. 그제야 아이는 불타는 건물이 자기 집이라는 것을 깨달았다.

아이는 충격으로 얼어붙어 잠시 서 있다가, 휘청거리는 발걸음으로 폐허를 반쯤 휘돌아 뛰어갔다. 큰불의 너울거리는 빛 속에 한 여자의 시체가 누워 있는 것이 보였다. 하얀 얼굴을 위로 향한 채 내뻗은 두 손은 풀을 한 움큼 그러잡고 있었다. 옷은 구깃구깃했고, 마구 헝클어진 길고 검은 머리칼에는 피가 덕지덕지 말라붙어 있었다. 이마 대부분은 떨어져 나갔고, 톱니바퀴 모양으로 너덜너덜해진 머리에서 뇌수가 흘러나와 관자놀이를 흠뻑 적시고 있었다. 핏빛 거품 덩어리로 뒤덮인 잿빛 살덩어리들……. 유탄이 가져온 결과였다.

 아이는 조그만 손으로 난폭하게 뜻 모를 손짓을 해 댔다. 알아들을 수 없는 소리를 연신 질러 댔다. 원숭이의 꽥꽥거림이나 칠면조의 구구거림 같기도 한 그것은 섬뜩하고 비정하며 불경한 악마의 언어였다. 아이는 귀머거리였다.

 아이는 파르르 입술을 떨며 꼼짝 않고 서서 처참한 시체를 내려다보았다.

콜터 골짜기의 일전

"대령, 귀관의 용감한 콜터 대위가 여기에 포를 배치할 거라고 생각하나?"*

사단장이 물었다.

그는 그다지 진지한 기색은 아니었다. 사실 아무리 용감한 포병이라도 그런 곳에 포를 배치하려 들 것 같지는 않았다. 대령은 최근에 그들이 나눈 대화에서 콜터 대위의 용기를 지나치게 과대평가한 것을 사단장이 유머러스하게 내비친 것이라고 생각했다.

"장군님."

대령이 흥분한 기색으로 말했다.

"콜터는 적군이 사정권 안에 있는 곳이라면 어디든지 포를 배치

---

* 이 작품은 1889년에 발표되었다.

할 겁니다."

그는 손으로 적군이 있는 방향을 가리켰다.

"그렇다면 한 곳밖에 없지."

장군이 대답했다. 이번에는 진지했다.

그곳은 가파른 산 정상에 움푹 패여 있는 일종의 '골짜기'였다. 전략적 요충지인 이 골짜기를 관통하여 도로가 나 있는데, 수풀이 듬성듬성한 숲을 지나 구불구불하게 최고점에 다다른 뒤 경사는 덜하지만 비슷한 지세로 적군 쪽까지 내리막을 이루고 있었다. 골짜기 왼쪽과 오른쪽으로 각각 1.5킬로미터에 이르는 산등성이는 가파른 정상 너머에 마치 대기압에 눌려 붙박이가 된 듯 자리 잡은 북군 보병이 점령했지만, 포병대의 접근은 불가능했다. 골짜기 바닥 말고는 공간이 없는 데다, 그나마 포를 배치할 만큼 넓지도 않았다. 남군 쪽에서 이 지점은 개울 너머 정상에서 약간 아래쪽에 배치된 1개 중대와 그곳에서 8백 미터쯤 떨어진 거리에 배치된 1개 중대를 합쳐 2개 중대가 맡고 있었다. 대포는 한 문을 제외하고 전부 과수원의 나무로 가려져 있었고, 문제의 한 문은 약간 건방져 보이는 모습으로 농장주의 거주지인 꽤 웅장한 건물 바로 앞 탁 트인 잔디밭에 배치되어 있었다. 이 대포는 노출되어 있지만 안전했는데 그 이유는 단 하나, 지금까지 북군 보병이 공격을 하지 않아서였다. 콜터 골짜기(장차 그렇게 불리게 될)는 그 화창한 여름 오후에 '포를 배치할 만한' 장소는 아니었다.

길 한복판에는 죽은 말 서너 마리가 널브러져 있었고, 한쪽을 따라 너덧 구의 전사자들이 가지런히 누워 있었다. 전사자는 병참 장교 한 명을 빼고는 모두 북군 소속 기병대원이었다. 사단장인 장군과 여단장인 대령은 참모진과 호위대를 이끌고 포연에 휩싸인 적의 포진지를 확인하기 위해 골짜기에 와 있었다. 오징어처럼 연막작전이나 펴는 대포에 호기심을 가져 봐야 득 될 것이 없기에, 이들의 관찰은 간단히 끝났다. 그렇다 보니 결론이란 것도 이미 하던 얘기에서 조금 진전된 대화의 연장일 수밖에 없었다.

"한 곳밖에 없어."

장군은 생각에 골몰하여 좀 전에 한 말을 되풀이했다.

"적을 겨냥하려면 말이지."

대령은 심각한 표정으로 장군을 쳐다보았다.

"장군님, 이 공간에 배치할 수 있는 대포는 딱 한 문뿐입니다. 12대 1입니다."

"그래, 딱 한 문."

장군은 알쏭달쏭한 미소를 머금고 말했다.

"그렇다면 귀관의 용감한 부하 콜터가 혼자서 대대의 역할을 하는 게로군."

이번엔 장군의 말투에서 분명한 빈정거림이 전해졌다. 대령은 불끈 화가 났지만 뭐라고 말해야 할지 몰랐다. 군대에서 부하는 반박은 물론이요 말대꾸를 하는 것조차도 바람직한 행동이 아니었다.

그때 젊은 포병 장교가 나팔수를 거느리고 천천히 말을 몰아 올라왔다. 콜터 대위였다. 그는 채 스물세 살도 되지 않았다. 보통 키에

호리호리하고 유연한 체격이었고, 말에 앉아 있는 모습이 어딘지 민간인 같았다. 얼굴도 주변의 군인들과는 사뭇 달랐다. 윤곽이 갸름하고, 오뚝한 콧날에 듬성듬성한 노란 콧수염과 헝클어진 긴 금발을 하고 있었다. 복장에 신경을 쓰지 않은 티가 역력했다. 챙이 닳은 군모는 한쪽으로 약간 눌려 있었다. 외투 단추는 검대를 찬 허리 부분만 채워져 있었고, 밖으로 삐져나온 흰색 셔츠는 전쟁이라는 상황을 고려해 간신히 봐줄 정도로 지저분했다. 그러나 태만은 복장과 태도에만 국한되고, 얼굴 표정은 주변 상황에 강한 흥미를 드러내고 있었다. 잿빛 눈동자는 간간이 탐조등처럼 좌우를 훑을 때 외에는 골짜기 너머 하늘에 고정되어 있었다. 사실 정상에 올라오기 전까지는 볼 만한 것이 전혀 없었다. 그는 길가에 서 있는 상관들을 지나치면서 기계적으로 경례를 붙였다. 여단장이 그에게 멈추라는 신호를 보냈다.

"콜터 대위, 적군은 건너편 산등성이에 열두 문의 포를 배치해 놓았네. 장군님의 명령을 내가 제대로 이해했다면, 장군님은 자네더러 포 한 문으로 적군과 교전하라고 하셨네."

대령이 말했다.

침묵이 흘렀다. 장군은 푸른 연기를 헤치듯 거친 수풀 속을 뚫고 언덕을 오르는 수많은 병사들을 무심히 바라보고 있었다. 대위는 장군을 쳐다보는 것 같지 않았다. 이윽고 대위가 신중하려고 애쓰는 기색으로 천천히 말했다.

"저 산등성이 말씀입니까, 대령님? 대포가 저 농가 가까이에 배치되었습니까?"

"아, 자네는 전에도 여기에 와 본 적이 있나 보군. 저 농가가 맞네."

"그런데…… 반드시 교전을 해야 합니까? 긴급한 명령입니까?"

그의 목소리는 갈라지고 쉬어 있었다. 안색이 눈에 띄게 창백했다. 대령은 깜짝 놀라고 화가 났다. 그는 장군을 힐끔 쳐다보았다. 무표정한 장군의 얼굴에는 아무런 의중도 드러나지 않았다. 그저 청동처럼 굳어 있었다. 잠시 후 장군은 참모진과 호위병을 이끌고 자리를 떠났다. 수치심과 분노에 휩싸인 대령이 콜터 대위를 체포하라고 막 명령을 내리려는 순간, 대위는 자신의 나팔수에게 뭐라고 말한 뒤 경례를 붙이더니 골짜기를 향해 곧장 말을 몰았다. 곧 도로 정상에 도착한 그는 멈춰 서서 망원경을 눈에 댔다. 하늘을 배경으로 또렷한 윤곽선을 그리며 서 있는 그와 군마의 모습은 마치 석상 같았다. 그의 나팔수는 빠르게 산에서 내려가 숲 속으로 사라졌다. 이내 삼나무 숲에서 나팔 소리가 들려오고, 믿기지 않을 만큼 짧은 시간 안에 탄약차와 포수까지 완벽하게 갖춘 대포 한 문이 여섯 필의 말에 이끌려 덜커덕거리며 비탈길을 오르기 시작했다. 포차가 죽어 널브러진 군마들 사이를 지나 불길한 정상을 향해 올라가는 동안, 뿌연 먼지 태풍이 일었다. 대위가 수신호를 보내자, 포수들이 기묘하리만큼 기민하게 움직이며 장전을 했다. 길을 따라 도열한 병사들의 귓전에 들려오던 덜컥거리는 포차 소리가 채 사라지기도 전에, 전방의 비탈 아래쪽으로 거대한 흰 구름이 솟구쳤다. 고막을 찢을 듯한 포성과 함께 바야흐로 콜터 골짜기의 일전이 시작되었다.

이 무자비한 격전의 과정과 부수적인 사건들에 대해 자세히 거론할 생각은 없다. 특별한 변곡점이 없는 싸움이었고, 오로지 크고 작은 절망이 교차했을 뿐이다. 콜터 대위의 대포가 도발을 감행함과 거의 동시에 농가 주변의 나무 사이에서 열두 문의 대포가 화답하듯 포연을 뿜어냈다. 여러 차례의 강렬한 포성이 단속적인 메아리처럼 들려왔고, 이때부터 마지막 순간까지 북군 포병들은 번개를 꿈꾸고 죽음을 부르는 철의 장막 아래에서 희망 없는 전투를 벌여야 했다.

대령은 자신이 도움을 줄 수 없는 작전과 살육을 방관하고 싶지 않아서 좌측으로 1.5킬로미터 정도 떨어진 지점까지 산등성이를 올랐다. 그곳에서는 골짜기가 보이지 않았지만, 귀청을 때리는 폭음과 함께 화산 분화구가 분출하듯 연이어 연기 구름이 솟구쳤다. 망원경으로 적군의 대포를 확인할 수 있었고, 만일 콜터가 아직 살아서 공격을 지휘하고 있다면 그의 포격이 가져온 효과도 알 수 있을 터였다. 대령은 북군의 포병들이 포연을 통해서만 위치를 판단할 수 있는 적군의 다른 대포들은 무시하고 농가 앞 잔디밭에 배치된 한 문의 대포에 집중하고 있음을 깨달았다. 잔디밭 너머와 그 주변에 몇 초 간격으로 포탄이 쏟아지고 있었다. 포탄 몇 발은 농가에 명중하여 부서진 지붕에서 가는 연기가 피어올랐다. 쓰러진 사람과 말들이 또렷이 보였다.

대령은 마침 옆에 있던 장교에게 말했다.

"우리 병사들이 대포 한 문으로 저 정도 효과를 거두고 있다면, 적의 대포 열두 문이 쏘아 대는 포탄에 입은 타격도 만만찮을 거야.

가서 내가 포병대의 정확한 포격을 치하한다고 전하게."

그러고는 자신의 부관 참모를 향해 돌아서며 말을 이었다.

"자네, 아까 콜터 대위가 주저하던 걸 봤나?"

"예, 대령님. 저도 봤습니다."

"흠, 그 일에 대해서는 함구하도록. 장군님도 그걸 문제 삼진 않을 거야. 콜터 대위는 퇴각 중인 적군의 비웃음이나 살 이 예외적인 작전에 대해 뭔가 할 말이 있었겠지."

젊은 장교가 헐레벌떡 산을 올라오고 있었다. 그는 경례를 하자마자 숨을 몰아쉬며 말했다.

"대령님, 하먼 대령님의 지시를 받고 왔습니다. 적군 포병대가 사정권에 들어왔고, 산등성이를 따라 몇 개 지점에서는 대부분 육안으로 식별이 가능하다는 보고입니다."

여단장은 무표정하게 장교를 쳐다보더니 조용히 "알고 있다"고 말했다.

젊은 장교는 당황하는 기색이 역력했다.

"하먼 대령님은 공격 명령을 기다리고 있습니다."

그가 더듬거리면서 말했다.

"그래야겠지."

대령은 여전히 심드렁한 말투로 말했다.

"가서 하먼 대령에게 치하의 말을 전하라. 그리고 보병의 공격을 금하라는 장군님의 명령이 아직 유효하다는 점도 알려라."

장교는 경례를 하고 물러났다. 대령은 군화 굽으로 땅을 짓이기다가 적군의 포대를 확인하기 위해 다시 눈을 돌렸다.

"대령님."

부관 참모가 말했다.

"이런 말씀을 드려도 좋을지 모르겠지만, 이번 작전은 뭔가 잘못되어 있습니다. 혹시 콜터 대위가 남부 출신이라는 걸 알고 계십니까?"

"아니. 그랬던가?"

"작년 여름에 장군님이 지휘하던 사단 병력이 콜터의 집 근처에 주둔했다고 들었습니다. 몇 주간 그곳에서 야영을 했는데……."

"가만!"

대령이 손짓을 하며 부관의 말을 막았다.

"들리나?"

대령이 들리냐고 물은 것은 북군 대포의 침묵이었다. 부관 참모뿐 아니라 연락병과 산마루 건너편의 보병대까지 그 침묵을 '들었고', 모두들 호기심 어린 표정으로 그쪽 방향을 쳐다보고 있었다. 적군의 산발적인 포격 외에 아군의 대포는 잠잠했다. 불현듯 나팔 소리와 함께 덜커덕거리는 포차 소리가 희미하게 들려왔다. 1분 뒤, 포성이 더욱 맹렬한 기세로 울리기 시작했다. 손상된 포를 새것으로 교체하는 데 시간이 걸린 것이다.

"그 당시 말입니다."

부관 참모가 하던 말을 이어 갔다.

"장군님은 콜터 가족과 인사를 나누었습니다. 그런데 문제가 있었습니다. 자세한 내막은 모르겠지만, 콜터 대위의 아내와 관련된 문제였지요. 사실 콜터 대위만 제외하고 그의 아내와 나머지 가족은 열렬한 분리론자입니다. 하지만 콜터 대위의 아내는 훌륭하고 교양 있는 여성이지요. 그런데 그 일과 관련해서 군 본부에 신고가 접수되었습니다. 그 후 장군님은 현재의 사단으로 전임된 겁니다. 장군님이 전임한 후 콜터 중대가 이번 작전에 투입됐다는 점이 이상합니다."

대령이 부관과 함께 앉아 있던 바위에서 벌떡 일어섰다. 그의 눈빛은 분노로 이글거렸다.

"어이, 모리슨."

그는 부관의 얼굴을 똑바로 쳐다보면서 말했다.

"자네, 그런 이야기를 신사한테서 들었나 아니면 협잡꾼한테서 들었나?"

"대령님, 꼭 필요한 경우가 아니라면 제가 그 얘기를 어디서 들었는지는 밝히고 싶지 않습니다."

부관의 얼굴은 약간 붉어졌다.

"하지만 제 목숨을 걸고 사실임을 맹세할 수 있습니다."

대령은 멀리 떨어져 있는 장교들을 쳐다보았다.

"윌리엄스 중위!"

그가 소리쳤다.

장교 중 한 명이 달려와서 경례를 붙이고 말했다.

"죄송합니다. 대령님도 이미 보고를 받으신 줄 알았습니다. 윌리엄스는 전사했습니다. 무슨 일이십니까?"

윌리엄스 중위는 포병대에 대령의 치하를 전하러 갔던 장교였다.
"당장 가서 아군 포병에게 즉각 철수하라고 전하라. 아니, 내가 직접 가겠다."

대령이 말했다.

그가 골짜기의 후방을 향해 쏜살같이 내려가 바위를 넘고 가시나무를 헤치고 나아가는 동안, 참모 몇 명이 허둥지둥 뒤를 따랐다. 그들은 내리막이 끝나는 지점에 대기 중이던 군마에 올라탄 후, 길을 따라 힘차게 달리다가 굽잇길을 돌아 골짜기로 들어섰다. 그들이 그곳에서 마주친 것은 참으로 섬뜩한 광경이었다!

한 문이 간신히 들어갈까 말까 한 좁은 공간에 네 문 이상의 포가 뒤죽박죽 들어차 있었다. 마지막 포마저 파손된 상태였지만 교체할 병력이 부족했다. 길 양쪽에는 파편이 즐비했는데, 포병들은 그 난장판을 뚫고 길을 내려 필사적이었다. 마침 다섯 번째 포가 포문을 열기 시작했다. 포병이라고? 아니, 그들은 차라리 지옥의 악마 같았다! 모두 군모와 웃통을 벗어 던진 채, 화약 가루와 피로 얼룩지고 새카맣게 그을린 맨살이 드러나 있었다. 밀대와 약포, 레버와 방아끈을 오가는 움직임은 흡사 미치광이 같았다. 그들은 육중한 포가 원위치로 돌아올 때 생기는 반동을 막기 위해 부어오른 어깨와 피 나는 손을 포차 바퀴에 대고 버텼다. 명령 따위는 없었다. 폭발과 함께 굉음을 내는 포탄, 파편의 날카로운 쇳소리, 박살 나 흩어지는 나무가 뒤섞인 아수라장 한복판에 무슨 소리들 제대로 들렸겠는가. 설령 장교들이 있다 해도 구분할 수 없었다. 오로지 눈빛에만 의지

한 채 모두 하나가 되어 각자 지탱할 수 있을 때까지 움직였다. 꽂을대로 포강의 청소를 끝내면 곧바로 장전이 되었고, 장전이 되면 곧장 조준, 발포였다. 대령이 군 생활에서 그토록 섬뜩하고 기괴한 광경을 목격한 것은 그때가 처음이었다. 포문에서 피가 흘렀다! 물이 떨어지자 전우들의 피에 꽂을대를 적셔 사용했기 때문이다. 이 모든 과정에 손톱만큼의 알력도 없었다. 긴급한 임무만 있을 뿐이었다. 한 명이 쓰러지면 전우의 시체 속에서 일어난 양 또 다른 한 명이 포에 달라붙어 죽음을 기다렸다.

부서진 대포와 함께 부상당한 병사들이 쓰러졌다. 그 옆과 위아래로 인간과 기계의 잔해가 늘어났다. 길 아래 쪽으로는 — 얼마나 오싹한 행진인가! — 손과 무릎으로 부상병들이 기어갔다. 그들을 배려하여 기마를 오른쪽으로 몰았던 대령은 아직 목숨이 붙어 있는 부상병들과 부딪히지 않기 위해 이미 죽은 병사들을 밟고 넘어야 했다. 대령은 흔들림 없이 그 지옥의 한복판으로 향했다. 그는 마지막 포격과 함께 뿌연 포연 속에 휩싸인 대포 옆으로 다가갔다. 밀대를 움켜쥔 병사의 뺨을 가볍게 두드리자, 병사는 자신이 죽었다고 생각했는지 곧바로 고꾸라졌다. 그러자 그보다 일곱 배는 더 처참한 몰골을 한 악마가 그 자리를 대신하고자 포연 속에서 튀어나왔다. 말을 탄 대령의 목숨을 노리듯 일곱 번의 포탄이 내리 날아들었으나, 그는 가만히 멈추고 경외감에 젖은 눈빛으로 말을 탄 장교를 올려다보았다. 그의 검은 입술 사이로 치아가 번뜩였고, 매섭게 부릅뜬 눈은 핏빛 이마 아래 석탄처럼 이글거렸다. 대령은 수신호로 후방을 가리켰다. 지옥의 용사는 명령에 복종하는 의미로 고개를 끄덕여 보였다. 콜터 대위였다.

대령의 정지 신호와 동시에 전장은 침묵에 휩싸였다. 죽음의 골짜기로 쇄도하던 포탄의 행렬도 더는 없었다. 적군도 포격을 멈추었기 때문이다. 그의 여단은 이미 몇 시간 전에 퇴각한 상황이었고, 후방에 있는 사령관은 여전히 아군의 공격을 억제하려는 기묘한 작전을 펴고 있었다.

"내 권한이 어디까지인지 모르겠군."

대령은 혼잣말처럼 말하면서 상황을 확인하기 위해 산마루로 말을 몰았다.

한 시간 후, 대령의 부대는 적군의 진지에 와 있었다. 병사들은 성인의 유물을 살펴보는 독실한 신자처럼 경외심을 품고 널브러져 있는 스무 필 남짓한 말과 폐기된 세 문의 대포를 조사했다. 전사자들은 들것에 실려 옮겨졌고, 그들의 잘리고 부러진 육신도 적절하게 수습되었다.

대령은 참모진을 이끌고 직접 농가 안으로 들어갔다. 파손 상태가 심했지만 그래도 바깥보다는 나았다. 가구들은 뒤죽박죽 부서져 있었다. 벽과 천장은 군데군데 내려앉았고, 어디서나 화약 냄새가 스멀거렸다. 침대와 벽장, 옷가지, 찬장은 그리 심하게 훼손된 상태는 아니었다. 하룻밤 그곳에서 묵게 된 새로운 점령자들은 제 집인 양 느긋해졌고, 콜터 중대의 전멸을 흥미로운 화제로 삼았다.

저녁 식사를 하는 동안, 대령의 호위병 한 명이 식당에 나타나 보고할 것이 있다고 했다.

"바버, 말해 보게."

대령이 병사의 말을 건성으로 듣고 기분 좋게 말했다.

"대령님, 지하실이 이상합니다. 누군가가 있는데, 정체를 모르겠습니다. 저는 지금까지 지하실 주변을 수색하고 있었습니다."

"제가 내려가서 확인해 보겠습니다."

참모 한 명이 일어서면서 말했다.

"나도 가지."

대령이 말했다.

"나머지는 남아서 식사를 마저 하도록. 어이 병사, 앞장서라."

그들은 식탁을 밝히던 초를 들고 불안한 기색으로 지하실 계단을 내려갔다. 촛불은 희미했지만, 이내 그 작은 빛의 범위 안에 한 사람이 들어왔다. 그는 검은 벽에 기댄 채 앉아 있었는데, 두 무릎을 세우고 머리는 앞으로 꺾여 있었다. 옆모습이라도 보일 듯싶었지만 고개를 푹 숙이고 있어 긴 머리칼이 그마저 가려 버렸다. 더욱 이상한 것은 훨씬 짙은 빛깔의 수염 한 뭉텅이가 바닥에 떨어져 있는 것이었다. 그들은 자신도 모르게 걸음을 멈추었다. 대령은 떨리는 손으로 촛불을 들고 가까이 다가가 자세히 살펴보았다. 길고 짙은 수염이라고 생각했던 것은 여자의 머리칼이었다. 여자는 죽어 있었다. 죽은 아기를 가슴에 꼭 끌어안은 채였다. 둘은 남자의 두 팔에 휘감겨 그의 가슴과 입술 가까이 끌어당겨져 있었다. 여자의 머리칼에는 피가 묻어 있었고, 남자의 머리칼도 마찬가지였다. 1미터쯤 떨어진 곳에, 여기저기 파헤쳐진 지하실 바닥의 톱니바퀴 모양으로 함몰된 곳 가까이에 불룩한 쇳덩이와 함께 아기의 한쪽 발이 놓여 있었다. 대령은 촛불을 최대한 높이 들었다. 위층 바닥이 무너진 가장자리를 따라 뾰족한 잔해가 아래를 향해 뻗어 있었다.

"이 지하실은 방탄 시설이 아니군."

대령이 진지하게 말했다. 그는 자신의 말이 경솔하다고 생각하지 않았다.

그들은 한데 뒤엉킨 시체 주변에 잠시 말없이 서 있었다. 참모는 먹다 만 저녁 식사를 떠올리는 중이었고, 병사는 지하실 다른 쪽에 있는 이런저런 통 속에 또 무엇이 있을까 궁금해하고 있었다. 그런데 죽은 줄로 알았던 남자가 갑자기 머리를 들어 그들의 얼굴을 침착하게 바라보았다. 그의 얼굴은 석탄처럼 새카맸다. 두 뺨에는 눈가에서 구불구불 흘러내린 물기의 흔적이 선명했다. 입술 또한 흑인처럼 새카맸다. 이마에는 핏자국이 있었다.

참모는 한 걸음, 병사는 두 걸음 뒤로 물러섰다.

"자네 여기서 뭐하는 건가?"

대령이 그 자리에 서서 말했다.

"이곳이 제 집입니다. 대령님."

공손한 대답이 돌아왔다.

"자네의 집? 아, 그랬군! 그럼 이 사람들은?"

"제 아내와 자식입니다. 저는 콜터 대위입니다."

콜터 골짜기의 일전 163

아울크리크 다리에서 생긴 일

1

한 남자가 앨라배마 북부에 있는 어느 철교에 서서 6미터 아래 급류를 내려다보고 있었다.* 등 뒤로 손목이 묶이고, 목에는 밧줄이 걸려 있었다. 밧줄은 남자의 머리 위에 있는 튼튼한 가로대에 묶인 채 끝이 무릎까지 늘어졌다. 레일을 받쳐 주는 침목 위에 위태롭게 걸쳐 놓은 판자들이 남자와 사형 집행자들 — 두 명의 북군 병사와 그들을 지휘하는, 민간인으로 치면 부보안관쯤 되는 상사 — 에

---

* 실제의 아울크리크는 테네시 주 남부에 위치한 작은 개울이다. 인근의 스네이크크리크와 합류하여 테네시 강으로 흘러든다. 작품 속에서 비어스는 이곳을 앨라바마 북부로 설정했는데, 전쟁 당시 아울크리크에는 철로가 없었기 때문이라고 한다. 이 작품은 1890년에 발표되었다.

게 발판의 구실을 하고 있었다. 그 임시 발판에서 조금 간격을 두고 계급장이 달린 군복 차림에 무장을 한 장교가 서 있었다. 계급이 대위였다. 소총을 든 보초 두 명이 다리 양쪽에 한 명씩 지원 태세로 서 있는데, 총을 왼쪽 어깨에 수직으로 세운 후 가슴 높이까지 들어 올린 왼쪽 팔뚝에 공이치기를 대고 있는 자세여서 경직되고 부자연스러워 보였다. 이 두 명의 보초는 다리 한복판에서 무슨 일이 벌어지는지 알 필요가 없는 것 같았다. 그저 다리 양 끝에서 통행을 막는 것이 그들의 임무였다.

  한쪽 보초 너머에는 아무도 없었다. 철로는 백 미터가량 숲으로 곧게 뻗었다가 이내 구부러지면서 시야를 벗어났다. 군 기지가 있는 맞은편 둑은 탁 트인 지대로, 완만한 경사지에 나무를 세워 만든 방책에 총안을 뚫어 놓았다. 총안 한 곳에서 나온 황동 대포의 포구가 다리를 겨누고 있었다. 다리와 기지의 중간쯤인 경사지에 구경꾼들, 보병 일 개 중대가 열중쉬어 자세로 열을 지어 있었다. 소총의 개머리판을 땅에 놓고 총구를 비스듬히 오른쪽 어깨에 기댄 자세였다. 중위 한 명이 열 오른쪽에 서서 칼끝을 땅으로 향한 채 왼손을 오른손 위에 포개고 있었다. 다리 한가운데 있는 네 사람 외에는 아무도 움직이지 않았다. 보병 중대는 굳은 얼굴로 다리를 똑바로 쳐다보며 꼼짝도 하지 않았다. 둑을 정면으로 보고 있는 보초 두 명은 다리에 장식해 놓은 조각상 같았다. 대위는 팔짱을 낀 채 말없이 부하들의 작업을 지켜볼 뿐 아무런 지시도 내리지 않았다. 선고받은 죽음은, 아무리 그것에 익숙한 사람일지라도 격식을 차려 존중을 표해야 하는 고귀한 것이었다. 군대의 규율에서 그런 존경을 표현하는 것은 침묵과 부동자세였다.

교수형을 당할 사람은 서른다섯 살 정도로 보였다. 민간인이며, 옷차림에 비추어 볼 때 농장주 같았다. 오뚝한 콧날, 단호한 입술, 훤한 이마, 뒤로 빗어 넘겨 멋진 프록코트의 깃까지 흘러내린 길고 검은 머리칼에 이르기까지, 잘생긴 남자였다. 콧수염과 뾰족한 턱수염을 길렀지만, 구레나룻은 없었다. 짙은 회색의 커다란 눈은 교수형 밧줄을 목에 건 사람이라고는 믿기지 않을 정도로 온화한 빛을 담고 있었다. 분명 저속한 범죄자는 아니었다. 이 군대가 주관하는 교수형에는 각양각색의 사람들이 포함되어 있었고, 신사도 예외는 아니었다.

준비가 끝나자, 두 명의 병사는 각자 디디고 있던 판자를 치우고 옆으로 비켜섰다. 상사가 대위를 향해 경례를 붙이더니 곧장 그 뒤로 가서 섰고, 그에 맞춰 대위가 한 발 옆으로 옮겼다. 그 결과 사형수와 상사는 침목 세 개에 걸쳐 놓은 하나의 발판 양쪽에 서게 되었다. 사형수가 서 있는 발판 끝 부분이 네 번째 침목에 닿을락 말락 했다. 발판은 대위의 몸무게로 지탱되고 있었는데, 방금 전에 상사가 그 위치로 옮긴 것이다. 대위가 신호를 주면 상사가 옆으로 비켜섬으로써 발판이 기울어지고 사형수가 밑으로 떨어지게 되어 있었다. 교수형당할 남자는 그것이 퍽 간단하면서도 효과적인 방식이라고 생각했다. 그는 얼굴이 덮이지도, 눈이 가려지지도 않았다. 그의 시선은 '불안한 발판'에 잠시 머물다가, 발아래서 무섭게 소용돌이

치는 물살로 옮겨졌다. 물살을 따라 떠내려가는 부목 하나가 눈길을 사로잡았다. 참 느리게도 떠가네! 물살 한번 굼뜨다!

그는 마지막으로 아내와 아이들을 생각하려고 눈을 감았다. 아침 햇살에 금빛으로 물든 수면, 멀리 둑 아래 내려앉은 안개, 기지, 병사들, 부목 그 모든 것이 마음을 어지럽혔다. 그리고 곧 그는 또 다른 동요를 느꼈다. 모루를 내리치는 대장장이의 쇠망치 소리처럼 날카롭고 또렷한 금속성의 충격음이 귓전을 울리며 소중한 이들에 대한 상념을 쫓아냈다. 무슨 소리일까, 멀리서 아니면 가까이서 들려오는 것일까. 아니 멀기도 하고 가깝기도 했다. 울림의 간격은 일정했으나 조종처럼 더디었다. 그는 참을성 있게 다음 소리를 기다리면서도 왜 그래야 하는지 알지 못했다. 불안했다. 침묵의 간격이 점점 길어졌다. 기다림의 공백에 미칠 지경이었다. 들려오는 횟수가 줄어들수록 소리의 강도는 세고 날카로워졌다. 소리는 칼날처럼 고막을 찔렀다. 그는 비명을 지를까 봐 두려웠다. 그것은 자신이 차고 있는 손목시계에서 나는 소리였다.

그는 눈을 뜨고 또 한 번 발치의 물을 보았다.

'손을 움직일 수만 있다면.'

그는 생각했다.

'밧줄을 벗어 던지고 물속으로 뛰어들 텐데. 잠수를 해서 총알을 피하고, 죽어라 헤엄쳐서 둑까지 간 다음 숲 속으로 뛰어가서 집에 갈 거야. 우리 집은 아직 안전한 곳에 있으니 천만다행이야. 아내와 아이들은 아직 침략자의 위협이 미치지 않는 곳에 있으니까.'

지금 여기에 기록하고 있는 생각들이 죽음을 앞둔 남자의 뇌리를 스쳐 갈 때, 대위가 상사에게 고개를 끄덕여 보였다. 상사가 발판에서 비켜섰다.

2

페이턴 파커는 매우 존경받는 유서 깊은 앨라배마 가문의 유복한 농장주였다. 노예를 소유한 다른 남부 사람들과 마찬가지로 그 또한 태생적으로 골수 분리론자였고 남부의 대의명분을 열렬히 지지했다. 여기에는 밝힐 필요가 없는 중대한 상황 때문에 그는 코린스의 패색 짙던 격전지에 남군으로 참전할 수 없었다. 불명예스럽게 지켜보고만 있는 상황이 갑갑했고, 군인으로서 더 넓은 삶에 모든 열정을 쏟아 명예를 떨칠 수 있기를 갈망했다. 그런 기회가 전쟁이 끝나기 전에 꼭 오리라 그는 예감했다. 한편 그는 자신이 할 수 있는 일에 최선을 다했다. 남부를 돕는 마당에 미천한 일이란 있을 수 없었다. 군인의 기개를 겸비한 데다 사랑과 전쟁에서는 무슨 짓을 해도 정당하다는 고약한 금언을 믿는 민간인에게 합당한 것이라면, 그로서는 해서 위험한 일은 없었다.

어느 저녁 무렵 파커와 아내가 대문에서 가까운 벤치에 앉아 있을 때, 회색 군복을 입은 병사가 다가와 물 한 모금을 청했다. 파커 부인은 자신의 흰 손으로 병사를 대접할 수 있다는 것에 마냥 기뻤다. 아내가 물을 가지러 간 사이, 파커는 지저분한 행색의 기병에게

다가가 들뜬 마음으로 전선의 소식을 물었다.

"북군이 철로를 보수 중입니다."

병사가 말했다.

"그리고 다시 진격 준비를 하고 있습니다. 지금 아울크리크 다리까지 와 있는데, 북쪽 둑에 방책을 세웠습니다. 사령관이 하달한 명령을 곳곳에 붙여 놓았는데, 철로와 철교, 터널이나 기차 근처에 얼씬거리다 붙잡힌 민간인은 그 자리에서 교수형에 처한답니다. 저도 그 명령서를 봤습니다."

"아울크리크 다리까지 거리가 얼마나 되죠?"

파커가 물었다.

"한 50킬로미터쯤 됩니다."

"다리 이쪽으로는 군대가 없소?"

"8백 미터쯤 떨어진 철로에 초소 하나와 보초 한 명만 있습니다."

"만약에 이를테면 교수형에 관심이 많은 어느 민간인이 초소를 피해 보초까지 따돌린다면 말이오."

파커가 빙긋이 웃으면서 말했다.

"그 사람은 무슨 일을 할 수 있을까요?"

병사는 잠시 생각에 잠겼다.

"한 달 전에 그곳에 간 적이 있습니다."

그가 말을 이었다.

"지난겨울에 떠내려온 나무들이 다리 이쪽의 나무 잔교에 막혀 쌓여 있더군요. 지금은 나무들이 바짝 말라서 불을 붙이면 기름을 부은 것처럼 잘 탈 겁니다."

파커 부인이 물을 가져왔고, 병사는 목을 축였다. 그는 그녀에게 고맙다는 인사를 건네고 파커에게 경례를 붙이고는 말에 올랐다. 한 시간이 지나 땅거미가 졌을 때, 병사는 파커의 농장을 다시 지나 자신이 온 방향, 북쪽으로 향했다. 그는 북군의 정찰병이었다.

3

페이턴 파커는 곧장 밑으로 떨어졌을 때 의식을 잃었고 이미 죽은 것이나 다름없었다. 목구멍을 짓누르는 날카로운 통증과 숨이 막히는 고통으로 깨어나 보니, 아주 오랜 시간이 흐른 것 같았다. 목에서 시작된 예리하고 매서운 통증이 온몸 구석구석을 꿰뚫고 내려갔다. 고통은 잔가지처럼 뻗어 나가 빠른 간격으로 그의 온몸을 두들겨 댔다. 넘실거리는 불길에 휩싸여 견딜 수 없는 온도까지 몸이 달아오르는 것 같았다. 머리에서 받아들이는 감각이라고는 체증과 혼란뿐이었다. 그런 감각에는 생각이 따라오지 않았다. 지적인 기능은 이미 마비 상태였다. 오로지 느낄 수만 있었고, 그것은 차라리 고문이었다. 그는 움직임을 감지했다. 실체 없는 환한 구름 속에 휘감긴 채 불타는 심장의 고동을 느끼면서, 그는 기이한 반원형을 그리며 거대한 추처럼 흔들렸다. 그런데 난데없이 요란한 물소리와 함께 주변의 빛이 위쪽으로 솟구쳤다. 끔찍하리만큼 시끄러운 소리가 귓전을 때렸고, 모든 것이 차갑고 어두웠다. 사고력이 돌아왔다. 그는 밧줄이 끊어져 강물로 떨어졌음을 깨달았다. 숨막힘이 더해지지는 않았다. 진작부터 목을 옥죄고 있던 밧줄 덕분에 폐에 물이 들어가지 않았다. 강바닥에서 교수형을 당해 죽는구나! 그리 생각하니 참 우스웠다. 어둠 속에서 눈을 뜨고 바라본 저 위의 한 가닥 빛, 그것은 너무도 아득히 멀어 도저히 닿을 수가 없었다! 빛이 점점 희미해져 어렴풋해지는 것으로 보아 그는 아직 가라앉고 있었다. 그러나 이내 빛이 강해지고 밝아지기 시작했다. 그는 몸이 수면으로 떠오르는 것을 알았다. 그러면서도 너무도 편안해서 석연찮은 기분이 들었다.

'교수형당해 물에 빠져 죽다니.'

그는 생각했다.

'그리 나쁘진 않군. 하지만 총에 맞아 죽고 싶진 않아. 싫어, 총에 맞아 죽는 건. 그건 공평하지 않아.'

그는 자기가 움직이고 있다는 것을 의식하지 못했지만, 팔목에서 전해지는 예리한 통증으로 인해 자신이 손을 풀고 있음을 알았다. 그는 곡예사의 묘기를 보는 구경꾼처럼 아무런 기대 없이 손의 움직임을 주시했다. 노력이 참 가상하구나! 얼마나 강하고 초인적인 힘인가! 아, 참으로 대견하구나! 브라보! 끈이 풀렸다. 두 팔이 자유로이 벌어져 위쪽으로 향했고, 점점 환해지는 빛 속에서 희미하게 두 손이 보였다. 그는 한 손이 먼저, 그다음 나머지 한 손이 잇따라 목에 감긴 밧줄로 달려드는 모습을 새삼 흥미롭게 지켜보았다. 두 손은 목에서 밧줄을 떼어 매섭게 옆으로 밀쳐 버렸다. 밧줄은 물뱀처럼 흐느적거렸다.

'도로 감아 놔! 도로 감아 놓으라고!'

그는 속으로 자신의 두 손을 향해 소리쳤다. 목에서 밧줄이 풀리자 미처 몰랐던 무시무시한 통증이 느껴졌기 때문이다. 목이 아파 죽을 지경이었다. 머릿속에서 불이 타올랐다. 힘없이 파닥이던 심장이 입 밖으로 튀어나올 듯 세차게 요동쳤다. 참을 수 없는 고통으로 온몸이 갈가리 찢기고 뒤틀렸다. 그러나 두 손은 그의 명령에 복종하지 않았다. 두 손은 빠르고 격렬하게 물을 아래로 저어 그를 수면으로 밀어 올렸다. 머리가 수면 밖으로 빠져나온 느낌이 들었다. 햇빛에 눈이 부셨다. 가슴이 경련하듯 부풀어 올랐고, 폐는 극심한 고통 속에서 힘껏 공기를 빨아들였다. 그는 비명을 지르며 곧장 공기를 내뱉었다.

이제 육체적인 감각이 모두 살아났다. 사실 그의 감각은 초자연적으로 예민하고 긴장되어 있었다. 장기 조직에 가해진 모종의 섬뜩한 충격으로 인해 그의 감각은 오히려 고양되고 정제되어 어느 때보다 사물을 또렷하게 인식했다. 그는 얼굴에 부딪히는 물결을 느꼈고 매번 다르게 들리는 물소리까지 구별할 수 있었다. 강둑 너머의 숲으로 시선을 돌리자 나무 한 그루 한 그루, 잎과 잎맥 하나하나, 그 위에 앉아 있는 곤충까지 시야에 들어왔다. 메뚜기, 형형색색의 날벌레, 가지 사이에 거미줄을 친 회색 거미가 있었다. 그는 무수한 풀잎에 맺힌 이슬방울에서 영롱한 무지갯빛을 보았다. 강물 위에서 춤추는 각다귀의 윙윙거림, 잠자리의 날갯짓, 배를 젓는 노처럼 움직이는 물거미의 다릿짓, 이 모든 소리가 음악처럼 들려왔다. 눈 밑에서 물고기 한 마리가 물속을 미끄러지자 물고기의 몸이 물살을 가르는 소리까지 들렸다.

그는 수면을 내려다보는 자세가 되었다. 잠시 동안 온 세상이 그를 축으로 천천히 휘도는 것 같았다. 다리와 요새, 다리 위에 있는 대위와 상사와 두 명의 병사, 즉 사형 집행자들이 보였다. 그들은 푸른 하늘을 배경으로 또렷한 윤곽을 그리며 서 있었다. 대위가 권총을 뽑아 들었으나 방아쇠를 당기지 않았고, 다른 군인들은 무장을 하지 않았다. 그들의 움직임은 그로테스크하고 섬뜩했으며, 형체는 마치 거인 같았다.

갑자기 날카로운 총성이 들려오는가 싶더니, 코앞의 수면에 뭔가가 튕겨 오르면서 그의 얼굴에 물을 끼얹었다. 두 번째 총성이 울리자, 보초 한 명이 들고 있는 소총의 총구에서 푸르스름한 연기가 피어올랐다. 물속의 남자는 자신을 향해 총구를 겨누고 있는 다리 위 남자의 눈을 보았다. 회색 눈이었다. 그는 언젠가 책에서 읽은 내용을 기억해 냈는데, 회색 눈의 시력이 가장 뛰어나고 유명한 사수는 전부 회색 눈을 가지고 있다고 했다. 그런데도 그 병사는 그를 맞히지 못했다.

소용돌이에 휩싸인 파커의 몸이 반쯤 회전했다. 다시 요새 반대편 둑과 숲이 보였다. 등 뒤에서 새된 목소리가 단조로운 노래처럼 높아지더니 모든 소리, 심지어 그의 귓가를 때리는 물결 소리까지 압도하며 날카롭고 섬뜩하게 들려왔다. 군인은 아니었으나 병영을 자주 찾았던 그였기에, 의도적으로 늘어지는 그 구령의 공포스러운 의미를 알 수 있었다. 뭍에서 병사들의 대오를 지휘하던 중위의 목소리였다. 차갑고 냉정하게 — 사람들 마음에 평정심을 불어넣는 불길하면서도 침착한 억양으로 — 정확히 계산된 간격을 두고 중위의 잔인한 구령이 들려왔다.

"중대 차렷! ……. 어깨총! ……. 거총! ……. 조준! ……. 발사!"

파커는 최대한 깊숙이 잠수했다. 나이아가라 폭포처럼 물소리가 요란했지만, 일제 사격의 둔중한 총성이 여전히 귓가에서 가시지 않았다. 다시 수면으로 떠오르는 동안, 이상할 정도로 납작해진 총알이 천천히 물속으로 내려오고 있었다. 그중 몇 개가 그의 얼굴과 손에 닿았다가 계속 가라앉았다. 한 개는 옷깃과 목 사이에 들어갔는데, 불쾌할 정도로 따뜻했다. 그는 그것을 털어 냈다.

수면으로 나와 숨을 몰아쉬면서, 그는 물속에 꽤 오래 있었다는 것을 깨달았다. 하류 쪽 안전한 곳까지 떠내려와 있었다. 병사들은 재장전을 거의 끝마쳤다. 탄약을 재고 총신에서 뽑아낸 꽂을대가 햇살을 받아 한꺼번에 번뜩였다. 두 보초병이 이번에는 따로따로 사격을 했지만 헛수고였다.

쫓기는 남자는 이 모든 광경을 어깨 너머로 보았다. 그는 맹렬하게 헤엄을 치고 있었다. 팔과 다리처럼 두뇌도 활력으로 가득했다. 머릿속에서 전광석화처럼 생각들이 스쳐 갔다.

'저 깐깐한 중위가 또 실수를 하지는 않을 거야. 일제 사격은 한 발의 총알처럼 피하기가 수월해. 중위는 이미 개별 사격을 명령했겠지. 어쩐다, 그렇다면 총알을 다 피할 순 없어!'

2미터 반경 안에서 갑자기 물기둥이 솟구치더니, 곧바로 요란한 소리가 쇄도하다가 조금씩 약해지면서 다시 공기 중으로 흩어지는 듯했다. 강물 깊숙한 곳까지 뒤흔드는 폭발과 함께 소리도 사라졌다. 솟구친 물의 장막이 그를 향해 떨어지자, 그는 눈앞이 깜깜해지고 숨이 막혔다. 대포가 동원된 것이었다. 고개를 흔들어 물을 털어 내는데, 앞쪽으로 빗나간 포탄의 굉음이 들려오더니 곧이어 저 너머 숲이 뒤흔들렸다.

'다음번에는 다르겠지. 포도탄을 쏠 거야. 대포를 똑바로 쳐다보고 있어야 해. 연기를 보고 판단해야 해. 포성은 너무 늦어. 포탄보다 포성이 뒤처지니까. 아무튼 괜찮은 무기야.'

갑자기 그의 몸이 팽이처럼 빙글빙글 돌기 시작했다. 물과 강둑, 숲, 지금은 멀어진 다리와 요새와 병사들까지 뒤죽박죽 흐릿해졌다. 물체는 오로지 색으로만 나타났다. 수평으로 빙빙 도는 색색의 줄무늬, 그것밖에는 볼 수 없었다. 소용돌이에 휩싸여 빠른 속도로 돌다 보니 현기증이 나고 속이 메슥거렸다. 잠시 후 그의 몸은 강 왼쪽 둑 발치에 있는 자갈 위에 내던져졌다. 남쪽 둑, 적들의 시야를 가려 주는 돌출 지점 뒤쪽이었다. 그의 몸은 움직임을 멈추었고, 자갈에 손이 부딪치며 살갗이 까지는 순간 그는 퍼뜩 정신을 차리고 기쁨에 겨워 흐느끼기 시작했다. 모래 깊숙이 손가락을 찔러 넣어 한 움큼의 모래를 사방으로 뿌려 대며 환호성을 질렀다. 그것은 모래가 아니라 다이아몬드였으며 루비였고 에메랄드였다. 이 세상에 그보다 더 아름다운 것은 없었다. 둑 위의 나무들이 거대한 식물원을 이루고 있었다. 그는 나무의 배열을 눈여겨보다가 마음껏 숲의 냄새를 들이마셨다. 나무줄기 사이로 기묘한 장밋빛이 일렁였고, 바람은 가지 사이에서 보이지 않는 하프로 음악을 연주하고 있었다. 이보다 더 완벽한 탈출은 바랄 수도 없었고, 다시 잡힐 때까지 그 매혹적인 풍경을 보고만 있어도 여한이 없을 것 같았다.

머리 위 높은 곳에서 포도탄 소리가 들려오자, 그는 꿈에서 깨어났다. 당황한 포병이 아무 곳이나 포격을 하고 있었다. 그는 벌떡 일어서서 경사진 둑을 올라 숲으로 뛰어들었다.

그는 태양을 길잡이 삼아 하루 종일 걸었다. 나무꾼의 길조차 눈에 띄지 않는 숲은 그저 끝없이 펼쳐져 있었다. 그는 자신이 그처럼 야생의 지역에 살고 있었다는 것을 처음 알았고, 뭔가 오싹한 기분이 들었다.

해 질 무렵이 되자, 그는 발병이 나고 지치고 배가 고팠다. 아내와 아이들 생각에 발길을 재촉했다. 마침내 원하던 길이 나타났다. 도시의 거리처럼 곧게 뻗은 큰길이었지만 사람이 다닌 흔적이 없는 것 같았다. 주위 어디를 봐도 들판이나 집은 없었다. 인적을 알리는 개 짖는 소리도 없었다. 어둠 속에서 시커먼 나무 형체들이 열병식을 하듯 벽처럼 늘어서서 원근법 수업 시간에 보는 도형처럼 지평선의 한 점을 향해 줄달음질쳤다. 머리 위에는 울창한 숲의 틈새로 커다란 황금빛 별들이 기이한 별자리를 이룬 채 빛나고 있었다. 그는 별들의 배열에서 은밀하고 악의적인 징조를 읽었다. 길 양쪽 숲에는 독특한 소음이 가득했는데, 그중에 한두 번씩 되풀이되는 생경한 언어의 속삭임이 있었다.

통증이 느껴져 목에 손을 대 보니 심하게 부어 있었다. 밧줄이 걸렸던 자리를 따라 생긴 검은 멍. 예상한 일이었다. 눈은 뻑뻑해서 감을 수조차 없었다. 갈증 때문에 혀가 타 들어가는 것 같았다. 그는 차가운 허공에 혀를 내밀고 열기를 식혔다. 사람이 다닌 적 없는 길에는 너무도 부드러운 잔디가 깔려 있었다. 그는 이제 발밑에 아무런 감각도 느낄 수 없었다.

고통스러운 상황이었지만, 그는 걸으면서 깜박 잠이 들었다. 눈앞에 또 다른 풍경이 펼쳐져 있는 것으로 보아 어쩌면 잠든 것이 아니라 착란 상태에서 깨어난 것인지도 모른다. 그는 자신의 집 앞에 서 있다. 모든 것이 떠나올 때와 같고 아침 햇살을 받아 밝고 아름답다. 밤을 새워 걸어왔나 보다. 대문을 열고 넓고 하얀 마당길로 들어서니 하늘거리는 여자 옷이 보인다. 아내가 상큼하고 감미로운 얼굴로 그를 맞이하기 위해 베란다에서 계단으로 내려선다. 아내는 계단 발치에 서서 이루 말할 수 없는 기쁨의 미소를 머금은 채 더없이 우아하고 기품 있는 자태로 그를 기다린다. 아, 정말 아름다워! 그는 두 팔을 내밀고 앞으로 뛰어간다. 아내를 안으려는 순간, 목덜미에 엄청난 충격이 전해진다. 포성과도 같은 소리가 들려오고 주위가 온통 하얗게 번쩍인다. 그리고 곧 짓누르는 어둠과 침묵!

페이턴 파커는 죽었다. 그의 시체는 목이 부러진 채 아울크리크 다리의 침목 아래서 이리저리 부드럽게 흔들렸다.

양심에 관한 이야기

1

패럴 하트로이 대령은 초소에서 목소리를 낮추고 보초병과 이야기를 나누었다.* 이 초소는 대령의 주둔지를 이등분하는 도로에 설치되어 있었다. 이곳에서 주둔지가 보이지는 않지만 대략 8백 미터 거리였다. 대령이 초병에게 뭔가 지시를 내리고 있는 것처럼 보였고, 어쩌면 단순히 이상이 없는지 묻고 있는 것 같기도 했다. 두 사람이 이야기를 하면서 서 있는데, 한 남자가 주둔지 방향에서 무심히 휘파람을 불면서 다가오다가 초병의 제지를 받았다. 민간인이 분명했다. 키가 컸고, 집에서 만든 노르스름한 회색 옷 — '버터너트'라는,

---

* 이 작품은 1890년에 발표되었다.

나중에 남부 남자들의 유일한 옷이 된 의상 — 을 조잡하게 걸치고 있었다. 한때는 흰색이었을 챙이 늘어진 펠트 모자 아래로는 가위질이나 빗질을 해 본 적이 없어 보이는 헝클어진 머리칼이 늘어져 있었다. 남자의 얼굴은 퍽 인상적이었다. 넓은 이마, 오뚝한 코, 갸름한 뺨, 머리칼처럼 다듬지 않아서 덥수룩한 검은 수염에 가려진 입. 커다란 눈에서는 안정감과 흔들리지 않는 확고함이 전해졌다. 관상학자들의 말을 빌리자면, 이런 눈을 가진 사람들은 지능이 뛰어나고 의지가 강하여 목표를 쉽게 바꾸지 않는다. 전체적으로, 관찰하기를 좋아하는 동시에 타인으로부터 관찰받기 쉬운 남자였다. 숲에서 방금 만든 듯한 새 지팡이를 지니고 있었고, 궁색한 소가죽 부츠는 뽀얗게 먼지로 덮여 있었다.

"통행증을 보여 주시오."

북군 초병은 다소 고압적으로 말했는데, 상관이 보고 있지 않았더라면 그러지 않았을 터였다. 대령은 길가에서 팔짱을 낀 채 쳐다보고 있었다.

"대장님, 찾아볼 테니 기다려 주세요."

남자가 침착하게 말한 뒤, 외투 주머니에서 종이를 꺼내 들었다. 그의 말투는 뭐랄까 반어적인 뉘앙스가 어렴풋이 깃들어 있었고, 실은 그리 중요하지 않은 상대를 한껏 높여 주는 인상을 풍겼다.

"암요, 이런 일은 아주 철저히 해야지요."

그는 제지를 당한 것이 오히려 미안하다는 듯 더욱 붙임성 있게 말했다.

초병은 소총을 땅에 세워 둔 채 통행증을 보고서 아무 말 없이 돌려준 후, 소총을 어깨에 메고 대령 곁으로 돌아왔다. 민간인은 도로 한복판을 지나 남군 인접 지역으로 들어서면서 다시 휘파람을 불었고, 이내 도로에서 보이지 않는 헐벗은 숲 초입에서 사라져 버렸다. 그런데 갑자기 대령이 팔짱을 풀고 권총을 뽑아 들더니 남자가 간 방향으로 달리기 시작했다. 초병은 놀라서 입을 쩍 벌리고 그 자리에 서 있었다. 군인의 엄숙함에 어울리지 않게 오만 가지 표정을 짓던 초병은 이내 긴장한 경계 태세에 걸맞은 무표정한 얼굴을 되찾았다.

2

하트로이 대령은 독립적인 명령권을 갖고 있었다. 그의 군대는 보병 중대와 기병 대대 그리고 포병 소대로 구성되어 있었다. 테네시 주의 컴버랜드 산에 있는 중요한 골짜기를 방어하기 위해 각각의 소속 부대에서 파견된 군대였다. 하트로이는 군에서 '눈에 띌' 때까지 병과 장교로 조용히 복무하다가 대령으로 승진하여 전권을 위임받은 터였다. 그의 주둔지는 극히 위험한 지역이었다. 이곳을 방어하는 데는 막중한 책임이 따랐고, 그에 상응하는 권한이 대령에게 주어졌다. 본대와의 거리, 불안정한 연락 상황 그리고 이 지역에 출몰하는 적군 게릴라의 무법적인 성향을 고려하면 당연한 일이었다. 그는 주민 여섯 명과 잡화점 한 곳이 전부인 마을을 둘러싼 작은 군대의 방비를 한층 강화하고, 보급 물자를 넉넉히 확보했다.

그는 북군에 충성을 보이고 종종 자신이 여러 모로 도움을 받기도 하는 소수의 주민들과 소통하는 것이 바람직하다고 판단하여, 주둔지 내에서 그들의 통행을 허가하는 통행증을 써 주었다. 만일 적군을 위해 이런 편의를 악용한다면 얼마나 심각한 결과를 가져올지는 불 보듯 뻔한 일이었다. 하트로이 대령은 그런 경우를 대비하여 통행증을 악용하는 사람은 누구든 즉결 총살한다는 지침을 내렸다.

초병이 그 민간인의 통행증을 확인하는 동안, 대령은 남자를 유심히 살폈다. 남자의 외모는 어딘지 눈에 익었고, 대령은 초병이 막 확인을 끝낸 통행증을 자신이 써 주었으리라는 사실에 처음에는 전혀 의심을 품지 않았다. 퍼뜩 뇌리를 스치는 기억으로 그의 신원을 간파했을 때는 이미 남자의 모습과 휘파람 소리가 사라진 후였다. 대령은 군인다운 신속한 판단력으로 대응했다.

3

유난히 침착한 사람이 아니라면, 고관 복장을 한 장교가 한 손에는 칼, 다른 손에는 공이치기를 당겨 놓은 권총을 들고 맹렬히 달려오는 모습을 보고 당연히 불안해질 것이다. 그런데 장교에게 쫓기는 자는 바로 이런 상황에 놓여 있었음에도 오히려 더 침착해진 것 같았다. 그는 숲 속으로 들어가 어느 쪽으로든 능히 도망갈 수 있었지만, 전혀 다른 선택을 했다. 뒤돌아서서 조용히 대령을 마주 보고 이렇게 말한 것이다.

"나한테 무슨 할 말이 있는데 깜박 잊으셨나 보군요. 무슨 일이죠, 친구분?"

그러나 '친구분'은 아무런 대답도 하지 않았고, 그에게 권총을 겨누는 전혀 친구답지 않은 모습을 보여 주었다.

"항복하시오."

대령은 추격하느라 약간 숨을 몰아쉬면서도 침착하게 말했다.

"그렇지 않으면 죽을 것이오."

대령의 명령에는 위협감이 없었지만 그래서 더욱 위협적이었다. 총신을 따라 번득이는 차가운 회색 눈동자에서는 정말 방아쇠를 당기고도 남을 단호함 같은 것이 감지되었다. 두 사람은 잠시 침묵 속에 서로를 응시하고 서 있었다. 이윽고 민간인 남자가 두려운 기색이라고는 없이 — 초병의 덜 무서운 명령에 순순히 응했을 때처럼 아주 무심한 표정으로 — 좀 전에 초병이 만족했던 통행증을 천천히 호주머니에서 꺼내 내밀었다.

"이게 하트로이 씨가 준 통행증인데……."

"그 통행증은 가짜요."

대령이 남자의 말을 가로챘다.

"내가 하트로이 대령이오. 그리고 당신은 드래머 브룬이지."

눈썰미가 좋은 사람이라면, 그 말을 듣는 순간 민간인의 얼굴이 조금 창백해진 것을 눈치챘을 것이다. 그것 말고도 남자는 또 다른 행동으로 대령의 말이 얼마나 의미심장한지를 방증했다. 엄지와 검지로 잡고 있던 위조 통행증을 놓쳐 버린 것인데, 아무렇게나 바닥에 떨어진 종이는 미풍에 실려 굴러가다가 마치 거기 담긴 거짓이 굴욕을 입듯 먼지에 뒤덮여 멈추었다. 잠시 후, 민간인이 여전히 끄떡도 하지 않고 권총의 총신을 응시하며 말했다.

"그렇소. 난 남군의 스파이이자 당신의 포로인 드래머 브룬이오. 당신도 곧 알게 되겠지만, 난 당신 군대의 계획과 무기 수준, 병력과 배치 상황, 접근 경로뿐 아니라 모든 전초지의 위치까지 파악하고 있소. 내 목숨은 당신 손에 달려 있소만, 당신이 직접 처리하기보다 좀 더 형식적인 절차를 밟아 준다면, 또 내가 당신의 권총에 쫓기듯 진지로 잡혀 가는 모욕을 면하게 해 준다면, 난 저항도 하지 않고 도망가거나 이의를 제기하지도 않겠소. 당신이 어떤 처벌을 내리든 달게 받겠소."

대령은 권총을 내리고 공이치기를 원위치에 놓은 후 허리띠의 권총집에 도로 꽂았다. 브룬이 한 발 앞으로 나와 오른손을 내밀었다.

"반역자이자 스파이의 손이군."

대령이 싸늘하게 말하며 악수를 거절했다. 상대가 고개를 숙였다.

"갑시다."

대령이 말했다.

"진지로 돌아가겠소. 당신은 내일 아침까진 죽지 않을 것이오."

그는 포로를 등지고 돌아섰다. 수수께끼 같은 두 남자는 온 길을 되돌아갔고, 이내 초병을 지나쳤다. 초병은 대령에게 쓸데없이 과장된 경례를 붙이는 것으로 어리둥절함을 표현했다.

4

이튿날 아침, 체포자와 포로 두 사람은 막사에 앉아 있었다. 그들 사이에는 탁자가 놓여 있었고, 그 위에는 대령이 간밤에 쓴 많은 공식 문서와 개인 문서들 가운데 스파이의 범죄를 입증하는 문서도 있었다. 포로는 옆 막사에서 별도의 감시병 없이 잠을 잤다. 두 사람 다 아침 식사를 끝내고 담배를 피우고 있었다.

"브룬 씨."

하트로이 대령이 말했다.

"변장한 당신을 내가 어떻게 알아봤고 이름은 또 어떻게 알고 있는지 아마 모를 거요."

"알려고 하지도 않았습니다. 대령님."

포로가 조용하면서도 위엄 있게 말했다.

"그래도 당신이 알았으면 좋겠소. 내 이야기가 불쾌하지 않다면 말이오. 내가 당신을 알게 된 건 1861년 가을로 거슬러 올라가오. 그때 당신은 오하이오 연대의 이등병이었소. 용감하고 믿음직한 병사였지. 당신은 상관들과 동료들에게 충격과 슬픔을 안겨 주고, 탈영하여 적군으로 넘어갔소. 그로부터 얼마 후 초병에게 잡혔고, 곧 신원이 밝혀져 군 재판에서 총살을 선고받았소. 그리고 철로 대피선에 세워진 화물 열차 안에서 결박되지 않은 상태로 감금되어 형 집행을 기다리고 있었소."

"버지니아 주, 그래프턴이었지요."

브룬이 고개를 들지 않은 채 손에 쥔 담배의 재를 새끼손가락으로 털면서 말했다.

"버지니아 주, 그래프턴."

대령이 되풀이 말했다.

"폭풍우 치던 어느 밤, 길고 피곤한 행군에서 막 돌아온 한 군인이 당신을 감시하는 임무를 맡았소. 그 군인은 장전을 하고 총검을 장착한 소총으로 무장한 채 화물차 문가에 있는 화약 상자에 앉았소. 당신은 구석에 앉아 있었고, 군인은 당신이 일어서려고 하면 사살하라는 명령을 받았소."

"하지만 내가 일어서고 싶다고 청하면 그 군인은 하사관을 부를 수 있었소."

"그렇소. 긴 침묵의 시간이 흘러가는 동안, 그 군인은 생리적인 욕구에 굴복하고 말았소. 근무 중에 잠이 드는 바람에 군법에 의해 처형당할 위험을 자초한 셈이오."

"바로 당신이었지요."

"뭐라고? 당신은 날 알아보았소? 쭉 알고 있었던 거요?"

대령이 일어서서 흥분한 기색으로 막사 안을 이리저리 오갔다. 얼굴은 붉게 달아올랐고, 회색 눈은 총신 너머로 브룬이 보았던 차갑고 비정한 빛을 잃고 놀라우리만큼 부드러워졌다.

"난 당신을 알고 있었소."

스파이가 예의 그 침착한 어조로 말했다.

"당신이 나를 보고 항복하라고 명령하는 순간에 알아봤소. 그 상황에서 그 일을 기억하게 될 줄은 나 역시 몰랐소. 내가 배신자인지는 모르겠지만, 스파이라는 건 분명하오. 하지만 애원하는 사람처럼 보이기는 싫었소."

대령이 걸음을 멈추고 포로를 쳐다보았다. 그가 다시 입을 열었을 때는 목소리가 묘하게 잠겨 있었다.

"브룬 씨, 당신이 얼마나 고귀한 사람인지는 모르겠지만, 당신은 목숨을 걸고 날 살려 주었소. 어제 초병이 당신을 멈춰 세울 때까지 난 당신이 죽었다고 생각했소. 내가 저지른 실수 때문에 당신은 쉽게 도망칠 수 있었을 텐데 그러지 않고 죽음을 택했다고 말이오. 당신은 손쉽게 화물차에서 빠져나갈 수 있었고, 나는 그 일로 총살대 앞에 서야 했을 것이오. 당신에겐 거룩한 연민이 있었소. 당신은 지친 나를 측은히 여겼소. 내가 잠들게 놔두었고, 나를 지켜보다가 사형 집행대가 도착하여 나의 근무 태만을 발견하기 전에 부드럽게 흔들어 깨웠소. 아, 브룬, 브룬, 그건 참 훌륭한 일이었소. 참으로 위대하고……."

대령은 목이 메어 말을 잇지 못했다. 눈물이 뺨을 타고 흘러내려 수염과 군복 앞섶을 적셨다. 그는 탁자 앞 의자에 앉아서 손으로 얼굴을 감싸고 흐느꼈다. 사위에는 침묵만 흘렀다.

갑자기 '집합'을 알리는 나팔 소리가 들렸다. 대령은 흠칫 놀라 젖은 얼굴을 들었다. 안색이 파랗게 질려 있었다. 햇빛이 비추는 바깥에서 병사들이 대오를 갖추는 소리가 들려왔다. 상사들이 점호를 시작했고, 군악대의 북소리가 들렸다. 대령이 다시 말문을 열었다.

"당신의 관대함을 이야기하려면 먼저 내 잘못을 고백해야 했소. 만약 그랬다면 당신은 사면될 수도 있었소. 난 수백 번 그렇게 하겠다고 결심했지만, 번번이 수치심이 가로막았소. 게다가 당신의 사형은 정당한 것이었소. 아, 신이여 저를 용서하소서! 나는 아무 말도 하지 않았소. 우리 연대는 곧 테네시 주로 이동했고, 그 후로 당신 소식을 듣지 못했소."

"괜찮습니다. 대령님."

브룬이 감정의 동요 없이 말했다.

"난 탈출하여 소속 군대인 남군으로 돌아갔습니다. 한 가지 덧붙이자면, 내가 북군에서 탈영하기 전 바뀐 신념에 따라 진심으로 제대를 요청한 적이 있습니다. 그 대답은 처벌이었지요."

"아, 하지만 내가 내 죄의 대가를 달게 받았더라면, 당신이 관대하게 내 목숨을 살려 주지도 않고 내가 고마움을 모른 채 덥석 받아들이지도 않았더라면, 당신은 또다시 죽음의 그늘과 위험 속에 빠져들진 않았을 것이오."

포로는 조금 움찔했고, 얼굴에 불안한 기색이 떠올랐다. 놀란 표정이라 해도 무방했다. 그때 부관이 막사 입구에 나타나 경례를 붙이고 말했다.

"대령님, 집합 완료했습니다."

하트로이 대령은 침착함을 되찾았다. 그는 부관을 향해 말했다.

"중위, 그레이엄 대령에게 가서 나의 명령이니 지휘권을 맡고 흉벽 외곽에서 처형 준비를 하라고 전하라. 이 신사는 탈영병이자 스파이니 병사들이 보는 앞에서 총살해야 마땅하다. 포박하지 않은 상태로 감시병 없이 자네가 데려가도록."

부관이 입구에서 기다리는 동안, 막사 안의 두 남자가 일어서서 군대식 인사를 나누었다. 브룬은 곧 막사에서 나갔다.

30분 후 사령관 외에 진지에 남아 있던 유일한 병사인 나이 든 흑인 취사병이 소총 부대의 일제 사격 소리에 깜짝 놀라, 모닥불에서 주전자를 들어 올리다가 놓치고 말았다. 주전자에서 쏟아진 내용물이 지지직거리는 사이, 그는 아주 가까이서 들려온 또 한 발의 총성에 소스라치게 놀랐다. 하트로이 대령이 더는 감당할 수 없는 양심의 가책 때문에 권총으로 목숨을 끊은 것이다.

대령의 유언에 따라 지휘권을 물려받은 장교는 탈영병이자 스파이였던 남자와 마찬가지로 장례 의전 없이 상관이었던 대령을 묻었다. 더 이상 전쟁을 모르는 산의 엄숙한 그림자 속에서 두 사람은 오래도록 잊힌 무덤에 편히 잠들어 있다.

어느 소령의 이야기

　사견이지만, 남북 전쟁 당시에는 짓궂은 장난이 오늘날처럼 비난을 받지 않았던 것 같다.* 그건 아주 젊은 청년들 덕분이었다. 사람들은 지금보다 훨씬 젊었고, 젊은이들은 혈기왕성할수록 야단스러워지기 마련이다. 여러분은 1860년대 초반에 사람들이 얼마나 젊었었는지 상상도 못할 것이다! 하긴, 북군 전체의 평균 연령이 25세 미만이었으니 말이다. 나는 23세라고 생각하지만, 그와 관련한 통계자료를 가지고 있지 않아서(그런 것이 있기나 한지는 모르겠지만) 나름 절충을 한 것이다. 스물다섯 살에 대해 말해 보자. 그 영웅적인 시대에 스물다섯 살은 지금의 그 나이보다 훨씬 남자다웠다. 그 시절의 젊은이를 봤다면 쉽게 이해할 수 있을 것이다. 그때의 젊은이

---

* 이 작품은 1890년에 발표되었다.

들은 후대의 젊은이들에게 흔히 볼 수 있는 미숙함 따위는 전혀 없었다. 나는 요즘 젊은이들을 볼 때마다 참 못마땅하다. 그러나 전쟁 때에는 자기 인생을 잘 살아가기만 한다면 나이 따위는 따지지 않았다. 그때는 노년의 추함이 지금보다 일찍 사람의 용모를 망가뜨렸으니 어찌 보면 당연한 일이었다. 아마도 고된 일의 결과였을 터이다. 아차! 과음도 어느 정도 영향을 미쳤겠지. 전쟁 중에는 어디를 가나 포도 과즙과 곡물의 수액이 넘쳐났으니까. 마흔이 채 안 된 그랜트 장군이 습관 때문에 늙은이 취급을 받았던 기억이 난다. 중년의 남성들은 — 말하자면 쉰에서 예순까지 — 왠지 박물관에 있는 최후의 히타이트인이나 마다가스카르의 고령자를 빼닮은 모습이었다. 그래서 그 시절 내 친구들은 지금보다 훨씬 젊었음에도 겉모습은 나이 들어 보였다. 이런 변화는 퍽 인상적이다.

당시에는 짓궂은 장난이 구닥다리 짓으로 면박을 당하지는 않았다는 점은 앞에서 말했다. 적어도 군대에서는 그랬다. 반면, 좀 더 진지한 민간인의 삶에서 그런 농담은 이따금 마주치는 '코퍼헤드'*를 공격하고 모욕하는 형태로만 사용되었다. '코퍼헤드'가 무슨 의미인지는 모두 알 것이기에, 내가 늘 그래 왔듯 사족 없이 본론을 말하련다.

내슈빌 전투가 벌어지기 며칠 전이었다. 우리는 적군에 밀려 조지아 주 북부와 앨라배마까지 후퇴했다. 내슈빌에서 궁지에 몰린 우리

---

* 원래 미국 동부에 서식하는 독사를 이르는 말로, 남북 전쟁 당시 남부에 공감하는 북부 사람을 지칭했다.

는 격렬히 저항했고, 사령관 패프 토머스는 루이빌로부터 병력 증원과 보급품 확보를 다급하게 추진했다. 한편 남군 사령관 후드는 우리를 부분적으로 포위하면서 내슈빌 한복판에 포탄을 떨어뜨릴 수 있을 만큼 근거리까지 압박해 왔다. 그의 휘하 장병들 중 내슈빌 출신이 상당수여서 부하의 가족들이 다칠까 염려해 공격을 자제하는 것 같았다. 적군이 우리 머리 너머로 자신들의 집을 보면서, 또 생활고에 시달리며 야만적인 북군(그들의 입장에서는 그리 생각하는 것이 당연하겠지만)의 압제에 움츠리고 있을 처자식과 노부모를 떠올리면서 어떤 기분이었을까, 나는 종종 궁금해지곤 했다.

이제 처음부터 말하겠다. 나는 당시에 한 사단장의 참모로 복무하고 있었다. 이것이 실화이고, 혹독한 피해를 입은 사람들의 친인척이 아직 살아 있으며, 굳이 그때의 일을 되새기고 싶어 하지 않을 것이기에 사단장의 이름은 밝히지 않겠다. 우리는 전선 바로 뒤에 있는 대저택을 본부 건물로 사용했다. 그곳에 살던 사람들이 다급히 떠났는지 아니면 따로 보관할 장소가 마땅치 않았는지는 몰라도, 살림살이가 고스란히 남아 있었다. 어쩌면 북군의 탐욕과 남군의 대포로부터 하늘이 지켜 줄 거라고 믿었는지도 모르겠다. 남군의 대포로부터 무사하기를 바라는 마음은 우리도 마찬가지였다.

어느 날 저녁, 우리는 그 집의 방과 옷장을 뒤지다가 많은 양의 여성복, 숄, 모자, 페티코트 따위를 발견했다. 당시의 나로서는 무슨 물건인지 이름도 모르는 것이 태반이었다. 이 멋진 약탈품을 본 우리 중 한 명이 자기 딴에는 '묘안'이란 걸 생각해 냈다. 그 묘안을 다른 장난꾸러기들에게 알리자, 즉석에서 열띤 동의를 얻어 냈다. 혹시 변심하는 사람이 생길까 봐 우리는 계획을 곧 실행에 옮겼다.

우리가 선택한 희생양은 전속 부관 하버턴(가명) 중위였다. 그는 어떤 기병보다 용감하고 훌륭한 군인이었다. 하지만 치명적인 약점이 있었다. 난봉꾼인 데다, 비슷한 부류의 남자 대부분이 그렇듯이 자신의 연애담을 떠벌리고 싶어 안달했다. 그는 지치지도 않고 연애담을 늘어놓았다. 그런 종류의 이야기가 본인 외의 모든 이의 기분을 얼마나 상하게 하는지는 굳이 말할 필요가 없을 것이다. 아무리 명랑하고 활기찬 이야기라 해도 대개는 기분이 상할 수밖에 없다. 모든 남성이 여성의 호감을 얻기 위해 경쟁하는 마당에 자신의 성공담을 다른 남자에게 말해 봐야, 불신과 분노를 일으킬 뿐이다. 같은 남자인 상대에게 마음에 쏙 드는 얘기를 해 주겠다고 설득하기란 녹록지 않다. 상대방은 그런 이야기를 그저 허세로만 받아들이기 십상이다. 게다가 실제로 난봉꾼이든 아니든 대부분의 남자들은 자신이 난봉꾼으로 비치길 바라기 때문에, 그저 자기의 연애담을 떠벌리지 않고 침묵하는 것뿐인데—요컨대 연애 경험이 아예 없는 경우까지 포함해—쓸데없이 참견한다며 역정을 낼 것이다. 혹은 연애 문제에 전혀 양심의 가책도 없고 단지 말할 기회가 없거나 멋진 언변이 부족한 경우라면, 마음은 굴뚝같은데 당신이 '혼자 떠들어 대기' 때문에 말을 할 수가 없다고 생각할 것이다. 간단히 말해, 아주 좋은 동기에서든 아무런 동기도 없든 간에 남자가 상대방 남자를 존중하는 동시에 자기 자신을 낮추면서 연애담을 이야기하는 상황 자체가 불가능하다. 결국 무책임하게 비밀을 폭로한 주책에 대해 대가를 치르는 것 외에 이득이 없는 셈이다. 젊은 시절 나 또한 여자들에게 아예 인기가 없는 편은 아니었다. 지금 달리 해야 할 이야기가 없다면, 무엇보다 이런저런 얘기를 늘어놓아 샛길로 빠지지 말아야 한다는 부담이 없다면, 얼마든지 근사하게 들려줄 만한 연애담이 꽤 많다.

여기서 밝히고 넘어가야 할 부분이 있다. 하버턴 중위가 호감 가는 매너와 대단히 준수한 외모의 소유자라는 점이다. 같은 남자라는 불공평한 시각에서 봤을 때, 그는 소위 여성들이 말하는 '매력남'이었다. 자, 남성을 여성에게 매력적으로 만드는 요소, 그것은 두 가지의 결점이다. 첫째, 다른 남자와 금세 구별되는 뭔가를 지니고 있어야 한다. 이 경우, 그 뭔가가 아예 없는 남자가 아니라 그럴듯한 수준의 남자와 비교했을 때 그래야 한다. 이런 남자는 언제나 다른 남자들에게 기피의 대상이며, 그들의 자기방어적인 모함에 시달린다. 남자들은 자기가 책임져야 한다고 마음대로 생각하는 여자들에게 암시적이지만 단호한 어조로 '매력남'이 얼마나 부도덕하고 형편없는 족속인지 말한다. 그리고 아내에게는 아예 부끄러운 줄도 모르고 그런 남자의 더없이 오싹한 잘못들에 대해 떠벌리기 마련이다. 그 남자가 자기 친구라 해도 남자들은 험담을 자제하지 않는다. 자신들도 매력남을 부러워하면서 정작 그 매력에 걸려들려는 여자가 있으면 극히 위험한 기피 인물이라며 경고하는 것이다. 결국에 매력적인 남자는 그를 잘 아는 동시에 잘 알지 못하는 여성들의 사랑을 독차지하지만, 그를 단순히 '평판'으로만 아는 나머지 사람들에 의해 사악하고 형편없는 파렴치한이며 패륜의 본보기이자 전형으로 몰리더라도 꾹 참아야 한다. 매력이자 결점인 두 번째 요소, 그것은 바로 그 자신이 상스럽다는 점이다.

　이 복잡한, 그러나 일단 시작하면 멈출 수 없는 이야기를 진전시키기 위해 우리 본부에 얼굴과 행동거지 모두 더없이 여성적인 당번병이 한 명 있었음을 설명해야겠다. 나이는 기껏해야 열일곱이었고, 무척 매끈한 얼굴과 반짝이는 큰 눈망울은 당시의 내로라하는 미인들도 시샘하기에 충분했다. 그 시절의 여자들은 얼마나 아름다웠던가! 또 얼마나 우아했던가! 남부 여자들은 우리 북군에게 상당히 오만한 태도를 보였지만, 내 입장에서 보자면 감성과 감각이 부족한 요즘의 여성들에게서 무관심한 척 내숭 어린 눈길을 받는 것보다는 차라리 그때가 더 나았다.

　이 풋풋한 당번병의 이름은 아르망이었다. 우리는 아르망을 설득하여(그 과정은 밝히지 않겠다) 여성복을 입히고 여자처럼 변장시키기로 뜻을 모았다. 흡족할 정도로 변장이 끝나자 — 아르망은 정말이지 매혹적인 여자로 보였다 — 그를 전속 부관실의 소파로 데려갔다. 전속 부관은 이 비밀 계획을 알고 있었다. 사실 하버턴과 장군을 빼고 모두가 알고 있었다. 전속 부관실을 택한 것은 혹시 계획에 차질이 생길 경우에 실세의 힘을 이용할 수 있지 않을까 싶어서였다.

　만반의 준비가 끝나자, 나는 하버턴을 찾아가 이렇게 말했다.

　"중위, 전속 부관실에 웬 젊은 여자가 와 있어. 남군을 지지하는 이 집 주인의 딸인데, 내 생각엔 집이 어떻게 됐나 보러 온 모양이야.

우리는 딱히 뭐라고 해야 할지 모르겠어. 하지만 너라면 적당히 둘러댈 수 있을 거야. 최소한 알아들을 수 있게 말해 줄 수는 있잖아. 내려가 볼래?"

중위는 기꺼이 그러마 했다. 그는 재빨리 옷매무새를 가다듬고 나를 따라나섰다. 그런데 우리는 복도를 따라 걸어가다가 가공할 만한 장애물을 만나고 말았다. 장군이었다.

"어이, 브로드우드."

장군이 기분이 아주 좋을 때 그러듯 친근하게 내게 말을 걸었다.

"로슨의 사무실에 여자가 있던데. 기막힌 미인이더군. 뭘 좀 도와달라고 부탁하러 온 모양이야. 그 미인을 내 사무실로 데려오도록. 바쁜 젊은이들에게 잡일까지 처리하라고 할 순 없지."

그가 익살맞게 말했다.

곤란한 상황이었다. 조치를 취해야 했다.

"장군님, 그 여성이 무슨 용건으로 왔는지는 몰라도 장군님이 신경 쓸 정도로 중요한 일은 아닐 겁니다. 위생 위원회에 소속된 간호사인데, 천연두에 필요한 의료품 같은 걸 알아보러 왔을 겁니다. 제가 곧 만나 보겠습니다."

내가 말했다.

"자네가 신경 쓸 필요 없어."

장군이 걸어가면서 말했다.

"로슨더러 해결하라고 하면 돼."

어이구, 잘나셨네! 나는 멀어져 가는 장군의 뒷모습을 보면서 나의 임기응변이 성공한 것에 속으로 쾌재를 불렀다. 그러나 장군이 그로부터 일주일도 못 가 '전사자'가 될 운명이라는 건 물론 생각지도 못했다. 이 작은 본부 건물에 있던 사람 가운데 죽음의 천사가 드리운 그림자를 느끼고 그 '날갯짓' 소리까지 들은 이는 장군 혼자만은 아니었다. 그로부터 며칠 뒤인 황량한 12월의 아침, 동이 트기 한 시간 전부터 열 시 정각까지 우리는 수 킬로미터 떨어진 우측 전선의 차디찬 언덕에서 말을 타고 대기하며 스미스 장군의 전투 명령을 기다리고 있었다. 우리는 총 여덟 명이었다. 전투 막바지에는 세 명이 남았다. 지금은 한 명. 물론 나는 장군과 함께 최후까지 얼마간은 버텼지만 아, 너무도 적은 병력이었다. 그는 그 시대에 길을 잃고 헤매다 현재까지 떠도는 전쟁 유령 중 하나일 뿐이다. 그는 이 시대의 축제와 평화로운 무도회에서 여러분의 웃음과 현란한 스텝을 흉내 내는, 그저 무해한 해골에 불과하다. 물론 경우에 따라서는 자기가 직접 파트너를 골라 멋들어진 춤사위를 선보이기도 하겠지만.

아무튼 우리가 전속 부관실에 들어가 보니, 참모진이 전부 모여 있었다. 전속 부관은 책상 앞에서 정신없이 바쁜 모습이었다. 병참장교는 퇴창 쪽에서 군의관과 카드놀이를 하고 있었다. 나머지는 옹기종기 모여 앉아서 책을 읽거나 작은 소리로 이야기를 나누고 있었다. 이들과 멀찍이 떨어진 방 한구석, 어두운 불빛이 비추는 소파에 그 '여인'이 베일로 얼굴을 완전히 가린 채 다소곳이 시선을 발치에 떨어뜨리고 앉아 있었다.

"아가씨."

내가 하버턴과 그쪽으로 다가가면서 말했다.

"이 장교분이 해결할 수 있는 문제라면, 성심껏 아가씨를 도와드릴 겁니다. 그럴 수 있을 거라고 생각합니다만."

나는 목례를 한 후 맞은편 구석으로 물러났고, 이야기에 한창인 장교들 틈에 끼어들었다. 물론 나는 거기서 벌어지는 일에 대해서는 한마디도 입에 올리지 않았고, 내색조차 하지 않았다. 관찰력이 있는 사람이라면, 당시에 우리 모두가 각자 다른 일에 몰두한 '척'하면서 하버턴을 예의 주시하고 있다는 것을 알아챘을 것이다.

게다가 하버턴은 볼 만한 구경거리였다. 그 사람 자체가 연애 소설의 호화 양장판이나 다름없었으니까. '아가씨'가 느린 말투로 우리의 불법적인 군사 행동에 대해 불만을 토로하고 약탈당한 그녀의 의상들을 비롯해 재산권에 대한 심각한 침해를 거론하자, 하버턴의 잘생긴 얼굴에는 능란한 연기력에 힘입어 괴로운 연민의 표정이 떠올랐다. 그가 몇 차례 선보인 존경과 동의의 고갯짓은 또 얼마나 절묘하던지, 보고만 있어도 그녀의 옷들을 '주의' 표시와 함께 유리 상자에 보관해 둘걸 하는 애석한 마음이 절로 들 정도였다. 그리고 줄곧 이 불쌍한 하버턴은 아가씨를 향해 자신의 의자를 점점 더 가까이 끌어가는 중이었다. 혹시 누가 보고 있나 확인하려고 한두 번 주위를 둘러보았지만, 우리는 모두 각자의 오락에 정신이 팔려 있는 것처럼 딴청을 피웠다. 낮게 웅얼거리는 말소리, 톡톡 부드럽게 카드를 만지는 소리, 끝없이 종이를 넘기고 의미 없이 낙서를 휘갈기는 전속 부관의 거친 펜 소리, 그것이 방에서 나는 소리의 전부였다. 아니, 다른 소리도 있기는 했다. 긴 간격을 두고 멀리서 들려오는 대포 소리, 그리고 잇따르는 총성. 적군은 자기들끼리 즐기고 있었다.

이때마다 아가씨 혼자만 소스라치게 놀란 것은 아니었다. 그러나 그녀는 유독 놀라서 몇 번씩 두 손을 그러잡고는 소파에서 벌떡 일어서서 공포와 우유부단의 충실한 초상화가 어떤 것인지를 여실히 보여 주었다. 하버턴은 당연히 더없이 온화하게 그녀를 다시 앉히고는 걱정 말라는 안심의 말과 그녀의 위험한 처지에 대한 안타까움을 술술 풀어 냈다. 아마 그 일이 벌어진 것은, 그가 드디어 그녀의 장갑 낀 손을 마주 잡고 바로 옆자리에 앉았을 때였을 것이다. 그러나 그 순간 두 손을 마주 잡은 것은 썩 적절한 행동은 아니었다. 웅 소리와 함께 폭탄이 터졌으니 말이다. 쾅!

우리는 모두 벌떡 일어섰다. 포탄 한 발이 저택, 그것도 바로 우리 위층에서 폭발했다. 회반죽 가루가 떨어져 내렸다. 지금까지 얌전하게 소곤거리던 아가씨도 벌떡 일어섰다.

"빌어먹을! 뛰어!"

그녀가 소리쳤다.

역시나 일어나 있던 하버턴은 마치 자신의 암살 현장에 세워진 동상처럼 꼼짝도 하지 않았다. 한마디 말도 없이 손가락 하나 까딱이지 않고서 그저 당번병 아르망의 얼굴을 뚫어져라 쳐다보고 있었다. 아르망은 이미 베일이고 뭐고 다 벗어 던진 채 자신의 매력을 노골적으로 드러내고 있었다. 그 순간, 불 켜진 야영지와 저 멀리 전선 사이의 어둠 속을 뒤흔드는 소리가 들렸다. 우리의 웃음소리였다!

아, 영웅적인 옛 시절, 남자가 웃는 법을 잊지 않았던 그때에는 삶이 얼마나 즐거웠던가!

하버턴은 천천히 정신을 차렸다. 그는 멍한 기색이 조금은 사라진 눈빛으로 방 안을 휘돌아보았다. 이윽고 그의 얼굴에 세상에서 가장 창백한 미소가 자리 잡기 시작했다. 그는 고개를 젓고는 이제 다 알아챘다는 표정을 지었다.

"어림없어, 누굴 속이려고!"

그가 말했다.

앵무새

1861년 이른 가을의 상쾌한 일요일 오후.* 버지니아 주 남서부 산간 지역의 숲 한복판. 북군 소속의 그레이록 이등병은 커다란 소나무 밑동에 편안히 기대앉아 두 다리를 쭉 뻗고 허벅지를 가로질러 소총을 내려놓은 채, 두 손은 (양 옆으로 축 처져 떨어지지 않도록 깍지를 끼고) 총열에 올린 상태로 발견되었다. 뒤통수가 나무에 닿아 모자가 밀려 내려가면서 두 눈은 보일 듯 말 듯 가려져 있었다. 누가 보았다면 잠이 들었나 보다 생각했을 터였다.

그레이록 이등병은 잠을 자고 있지 않았다. 그것은 미합중국의 국익에 반하는 행동이었다. 그는 진지에서 꽤 먼 거리에 있어서 적군에게 포로로 잡히거나 죽임을 당할 수 있기 때문이었다. 게다가 그

---
* 이 작품은 1891년에 발표되었다.

의 심리 상태는 휴식을 달가워할 상황이 아니었다. 그를 불안하게 만든 원인은 이러했다. 전날 밤, 그는 바로 이 숲에서 초병으로 근무를 섰다. 달이 뜨지 않았지만 밝은 밤이었다. 물론 숲 속의 어둠은 짙었다. 그레이록의 초소는 좌우에 위치한 초소들로부터 무척 멀리 있었는데, 자세한 상황 보고조차 어려울 정도로 초병들이 주둔지에서 쓸데없이 멀리 배치되었기 때문이다. 전쟁 초반이었고, 군 진영은 이런 실수를 반복했다. 적군을 향해 듬성듬성 길게 늘어선 전초선의 보호에 의탁한 채 본대는 수면을 취했다. 물론 가능한 한 밀리서 적군의 접근을 포착할 필요는 있었다. 군인들이 옷을 벗고 있는 — 더없이 군인답지 않은 — 시간이었으니 말이다. 기억에 남을 4월 6일 아침, 남군의 공격이 빗발치던 샤일로에서 그랜트 장군 휘하 상당수의 병사들은 민간인처럼 알몸으로 있었다. 그러나 그건 초병들의 잘못이 아니라는 걸 인정해야만 한다. 그게 아닌 다른 실수가 있었다. 다시 말해 그들에겐 초병들이 없었던 것이다. 이것은 무익한 말장난인지도 모르겠다. 내가 할 일은 독자들로 하여금 한 군대의 운명에 관심을 갖게 만드는 것이 아니다. 우리가 여기서 주목해야 할 부분은 그레이록 이등병의 운명이다.

그 토요일 밤, 쓸쓸한 근무지에 배치된 이후 두 시간 동안 그는 커다란 나무에 기대어 목석처럼 가만히 서서 눈에 익은 것들을 식별해 내기 위해 전방의 어둠을 응시했다. 낮에도 똑같은 지점에서 보초를 섰기 때문이다. 하지만 밤이 되니 모든 것이 달라져 있었다. 구체적인 형태 없이 그저 모여 있는 물체의 윤곽만 보이고 뭔가 더

봐야 할 것이 있다는 느낌만 들 뿐, 낮과는 달리 낯설었다. 얼마 전까지 그 자리에 있던 그 모습이 아니었다. 풍경이라고 해 봐야 온통 나무와 덤불뿐인데 그나마도 또렷하지 않아서 혼란스러웠고, 초점으로 삼을 만한 정확한 지점마저 없었다. 달빛도 없는 어둠까지 더해지는 바람에, 방향 감각을 유지하기 위해서는 보통 이상의 지력과 도시에서 받은 교육 이상의 뭔가가 필요했다. 상황이 이렇다 보니 그레이록 이등병은 어렴풋이 보이는 주변을 되는대로 확인한 후(그래도 임무를 다하겠다는 생각으로 조용히 나무 주위를 한 바퀴 돌고서) 곧 경계심을 풀었고, 보초로서의 유용한 덕목을 포기했다. 초병의 판단력을 상실하고, 어느 쪽이 적진인지 또 어느 쪽이 목숨을 걸고라도 지켜야 할 전우들이 잠들어 있는 곳인지 모르는 상태로 정신까지 흐리멍덩해졌다. 게다가 지금의 상황에서 비롯된 그 밖의 많은 곤경과 자신의 안전까지 생각하니, 매우 불안해졌다. 그에겐 침착성을 회복할 만한 시간적인 여유마저 없었다. 자신이 처한 곤경을 깨닫는 그 순간, 나뭇잎이 흔들리고 나뭇가지가 툭 꺾이는 소리가 들렸기 때문이다. 숨을 죽이고 그쪽을 돌아보자, 어둠 속에서 흐릿한 사람 형체가 나타났다.

"정지!"

강렬한 의무감에 사로잡힌 그레이록 이등병이 단호하게 소리쳤다. 찰칵, 공이치기를 당기는 금속성의 날카로운 소리가 그의 목소리에 힘을 실었다.

"거기 누구냐?"

대답이 없었다. 적어도 1, 2초 동안은 그랬다. 설사 곧이어 대답이 있었다고 해도, 초병이 쏜 총성에 묻혀 버렸을 것이다. 밤과 숲의 침묵 속에서 귀청이 찢어질 듯한 총성은 좀처럼 잦아들지 않았다. 오른쪽과 왼쪽에서 다른 초병들이 덩달아 총을 발사했기 때문이다. 두 시간 동안 민간인 티를 채 벗지 못한 초병들은 저마다 상상 속에서 적군을 만들어 냈고 어느새 각자의 보초지 전방 숲은 상상의 적들로 득시글거렸는데, 그레이록의 총격이 웅크리고 있던 그 적군 전부를 단번에 눈에 보이는 존재로 만들어 버린 것이다. 초병들은 총을 쏘면서 예정된 후방 집결지로 후퇴했다. 딱 한 명, 집결지가 어느 쪽인지 알지 못했던 그레이록 이등병만 예외였다. 적군이 나타나지 않자, 소동이 일었던 진지의 병사들은 다시 군복을 벗고 잠자리에 들었고 전초선이 신중하게 다시 짜여졌다. 이때 용감하게 자신의 위치를 지키고 있는 그레이록을 발견한 소속 장교가 그를 칭찬하면서 비범한 책임감을 지닌 헌신적인 병사라고 추켜세웠다.

한편, 그레이록은 상대를 명중시켰다는 명사수의 직감이 있었기에 자신이 총격을 가한 침입자의 시체를 찾아 주변을 샅샅이 뒤졌지만 소득이 없었다. 그는 타고난 방향 감각으로 조준하지 않고도 상대를 명중시킬 수 있는, 그래서 낮에는 물론 밤에도 위협적인 천부적인 저격수였다. 24년의 삶에서 정확히 절반인 12년 동안, 그는 세 도시에 있는 모든 사격장에서 무서운 명사수로 통했다. 죽은 목표물을 찾아내지 못하자 그레이록은 신중하게 말을 아꼈다. 게다가 퇴각하지 않은 자신의 행동에 대해 상관과 전우들이 우호적으로 나오자

다행으로 여겼다. 어쨌든 그는 퇴각하지 않았다는 이유로 '찬사'를 받았기 때문이다.

그럼에도 그레이록 이등병은 그날 밤의 일에 조금도 만족하지 못했다. 그래서 다음 날에 전초선 주변을 잠시 다녀오겠다는 그럴듯한 구실을 댔고, 간밤에 그가 보여 준 용감한 근무 태도를 알고 있던 사령관은 쾌히 승낙했다. 그리하여 그레이록은 그것이 나타났던 지점을 살필 수 있었다. 교대 근무 중인 초병에게 중요한 물건을 잊어버렸다고 말한 뒤(어찌 보면 거짓말은 아니었다), 총에 맞은 사람을 수색하기 시작했다. 만약 부상만 입었다면 혈흔이라도 찾겠다는 심정이었다. 간밤에 그랬듯이 한낮에도 그의 수색은 성공하지 못했다. '남군' 진영 가까운 곳까지 꽤 넓은 지역을 수색하다가 포기했을 때, 그는 퍽 지쳐 있었다. 그래서 간밤에 목표물이 나타났던 커다란 소나무 밑동에 기대앉아서 좌절감에 빠져들었다.

이 과정을 그레이록의 심성이 잔인하여 무자비한 공훈을 놓친 것을 분하게 여긴 나머지 일어난 일이라고 추측해서는 곤란하다. 크고 맑은 눈, 섬세한 입술, 훤칠한 이마를 한 이 젊은이는 자기와 전혀 다른 입장도 이해할 수 있는 인물이었고, 대담함과 감수성 그리고 용기와 양심이 적절히 안배된 성품의 소유자였다.

"나 자신이 실망스러워."

그가 혼잣말을 했다. 석양이 은은한 바다처럼 숲을 물들이고 있었다.

'내 손에 죽은 사람의 시체를 찾지 못해 실망하다니! 그럼 난 정말 순전히 임무를 위해 사람을 죽여도 좋다고 생각하는 걸까? 하긴 뭘 더 생각하겠어? 어떤 식이든 위협이 닥치면 총으로 막아야 해. 그러려고 내가 거기 있었던 거잖아. 아니야, 나로 인해 불필요하게 죽는 사람이 없었으면 좋겠어. 하지만 난 지금 위선에 빠져 있어. 장교들의 칭찬과 전우들의 부러움을 즐기고 있잖아. 그건 옳지 않아. 나 자신이 용감하다는 건 알지만 난 지금 내가 하지 않은, 아니면 했더라도 질책을 당해야 할 행동으로 오히려 칭찬을 받고 있어. 다들 내가 섣불리 총격을 가하지 않고 용감하게 위치를 사수한 걸로 알지만, 사실 일제 사격을 일으킨 장본인이 바로 나고 당황한 나머지 퇴각하지도 못했어. 그럼 이제 어떡하지? 적을 봤고, 그래서 총을 발사했다고 설명할까? 간밤에 근무를 섰던 초병들도 전부 그렇게 설명했지만, 아무도 그 말을 믿지 않잖아. 수치스럽더라도 사실대로 말할까? 아! 그것도 못할 짓이야. 제발 그자를 찾아내야 하는데!'

그레이록 이등병은 그런 생각을 하다가 결국에는 오후의 나른함과 향긋한 관목 숲에서 윙윙거리는 곤충들의 단조롭고 따분한 소리를 이기지 못하고 잠이 들었다. 그럼으로써 국익을 망각하고 포로가 될지 모르는 위험에 스스로를 노출시킨 셈이다.

그는 소년이 되었다. 그가 사는 저 멀리 아름다운 땅은 높다란 증기선이 검은 연기를 내뿜으며 위풍당당하게 오가는, 그 연기만 봐도 배들이 머잖아 굴곡을 돌아 난바다로 나아갈 것임을 알 수 있는 커다란 강변과 경계를 이루었다. 증기선을 바라보고 있을 때 그의 곁에는 언제나 한 사람이 함께 있었다. 그가 온 마음을 다해 사랑하는 쌍둥이 동생이었다. 그들은 함께 강둑을 거닐었다. 멀리 떨어져 있는 들판을 함께 탐험했고, 언덕에서 톡 쏘는 박하와 향기로운 사사프라스 가지를 함께 땄다. 모든 것이 굽어보이는 그 언덕 너머엔 '추측의 왕국'이 있었고, 커다란 강을 가로질러 남쪽으로는 '마법의 땅'이 설핏 보였다. 홀어머니 슬하의 쌍둥이 형제는 이렇게 손에 손을 잡고 마음과 마음을 나누며 햇살이 비치는 길을 따라 평화로운 계곡을 누볐고, 늘 새로운 태양 아래 새로운 것들을 보았다. 이 아름다운 시절 내내 그치지 않는 소리가 있었으니, 오두막 문가의 새장 속에서 앵무새 한 마리가 만들어 내는 낭랑하고 서늘한 선율이었다. 그 소리는 축복의 음악처럼 병사가 꾸는 꿈의 막간을 채웠다. 쾌활한 앵무새는 늘 노래했다. 노랫소리의 끝없이 다양한 음색은 마치 솟아 나오는 샘물처럼 심장 박동에 맞춰 보글보글 졸졸졸 힘들이지 않고 목구멍에서 흘러나오는 것 같았다. 그 상쾌하고 청아한 가락은 실로 유년의 본질이자, 삶과 사랑의 신비에 대한 이해이고 해석이었다.

그런데 그 달콤한 나날이 비처럼 쏟아지는 눈물과 서글픔 속에 어두워지는 때가 찾아왔다. 착한 어머니가 돌아가셨고, 커다란 강변의 초원에 있던 집은 부서졌으며, 형제는 서로 다른 친척들의 손에 이끌려 헤어졌다. 윌리엄(꿈을 꾸고 있는 병사)은 추측의 왕국에 있는 사람들로 북적이는 도시에서 살게 되었다. 그리고 존은 강 건너 마법의 땅, 사람들이 이상하고 사악한 방식으로 산다는 그 먼 곳으로 갔다. 어머니의 유산 중에서 어쩌면 가장 소중한 앵무새는 존과 함께 갔다. 형제는 헤어졌지만, 앵무새까지 나누어 가질 순 없었다. 그래서 앵무새는 이상한 땅으로, 윌리엄이 도저히 알 수 없는 세 상으로 가 버렸다. 그러나 그 후로도 고독할 때면 앵무새의 노래가 그의 꿈을 가득 채웠고, 언제나 귀와 가슴으로 그 노래를 듣고 있는 것 같았다.

  형제를 입양한 친척들은 서로 앙숙이어서 연락을 끊고 지냈다. 한동안 형제 사이에는 새롭고 더 큰 경험에 대한 허세와 자랑 — 각자 정복한 새로운 세계와 넓어진 삶에 대한 그로테스크한 설명 — 으로 가득한 편지들이 오갔다. 그러나 편지가 점점 뜸해지더니, 윌리엄이 더 큰 도시로 이사하면서 그마저 중단되었다. 하지만 앵무새의 노랫소리만큼은 언제나 그와 함께였다. 눈을 뜨고 멍하니 소나무를 바라보았을 때, 그는 앵무새의 소리가 그친 것으로 꿈에서 깨어났음을 알았다.

  태양은 서녘에 붉은빛으로 낮게 걸려 있었다. 햇빛은 커다란 소나무 가지를 거쳐 수평으로 흩뿌려졌고, 황금빛 그림자가 동쪽으로 드리우다가 마침내 빛과 그늘이 온통 파랗게 뒤섞였다.

  그레이록 이등병은 자리에서 일어나 조심스럽게 주위를 살핀 후, 소총을 어깨에 메고 진지로 출발했다. 1킬로미터 남짓 걸어 월계수 숲을 지날 때, 새 한 마리가 숲 한복판에서 날아오르더니 나뭇가지에 앉았다. 그러고는 가슴을 한껏 부풀리고 신의 모든 피조물 중 오직 하나만이 부를 수 있는 찬미의 노래를 지저귀기 시작했다. 노래가 대단하진 않았다. 그저 부리를 벌리고 숨을 내쉬는 정도였다. 그러나 남자는 감전이라도 된 듯 멈춰 서서 소총을 내려놓고 새를 올려다보았다. 그리고 두 손으로 눈가를 감싸고 아이처럼 엉엉 울었다! 그 순간, 그는 영혼과 기억 속에서 진짜 어린아이였다. 멀리 마법의 땅을 마주 보는 커다란 강변에 사는 소년이었다. 그는 곧 가까스로 마음을 추스르고 소총을 집어 든 뒤, 멍청한 놈이라고 큰 소리로 스스로를 욕하면서 성큼성큼 걸어갔다. 숲 초입의 빈터를 지나는데, 두 팔을 쭉 뻗은 채 반듯이 누워 있는 사람이 있었다. 회색 군복의 가슴팍에 단 하나의 핏자국이 얼룩져 있고, 창백한 얼굴은 뒤로 홱 젖혀져 있었다. 그것은 바로 그 자신의 얼굴이었다! 총격으로 사망한 존 그레이록의 시체는 아직 따뜻했다! 그는 드디어 그자를 찾아낸 것이다.

불운한 병사가 남북 전쟁이 만들어 낸 걸작 옆에 무릎을 꿇고 있는 동안, 저 위 나뭇가지의 새는 노래를 멈추고 심홍색 황혼을 받으며 엄숙한 숲 속을 조용히 날아갔다. 북군 진지에서 이루어진 저녁 점호에 윌리엄 그레이록은 없었고, 그 후로도 나타나지 않았다.

창공의 기수

1

1861년의 어느 화창한 가을 오후, 버지니아 서부의 길가 수풀에 한 병사가 엎드려 있었다.* 발가락을 땅에 대고 납작 엎드려서 머리를 왼쪽 팔뚝에 올려놓은 자세였다. 쭉 뻗은 오른손에 소총이 느슨하게 쥐어 있었다. 그러나 움직임이 없는 팔다리의 위치와 허리띠에 매달린 탄약통이 살짝살짝 흔들리는 것으로 보아 죽은 사람 같기도 했다. 아니, 그는 보초를 서다가 잠이 든 것이었다. 잠을 자다가 발각되면 군법에 따라 사형에 처해질 수도 있었다.

이 한심한 병사가 엎드려 있는 만병초 숲은 남쪽으로 가파르게

---

* 이 작품은 1891년에 발표되었다.

이어지던 오르막길이 갑자기 서쪽으로 꺾이는 지점에 자리 잡고 있었다. 이곳부터 오르막길이 끝나고 백 미터가량 평평한 산등성이가 펼쳐지다가, 다시 남쪽으로 지그재그를 그리며 내리막길이 숲을 지나갔다. 산등성이에서 두 번째 모퉁이를 도는 지점에 크고 평평한 바위가 북쪽으로 튀어나와 깊숙한 계곡을 굽어보고 있었다. 깎아지른 절벽 위에 눌러앉은 그 바위 끝에서 돌을 던지면 3백 미터 아래의 소나무 우듬지로 떨어졌다. 보초병이 잠들지 않았더라면 한눈에 내려다보이는 계곡뿐 아니라 튀어나온 바위와 그 아래 절벽까지 똑똑히 볼 수 있었으리라. 그것은 아마도 그에겐 아찔한 광경이었을 것이다.

천연의 작은 초원과 그 한복판을 지나는 — 산등성이에서 겨우 보일 정도의 — 개울이 있는 계곡의 북쪽 바닥을 제외하고 그 일대는 온통 울창한 숲이었다. 탁 트인 초원은 여느 집 마당만 해 보였지만, 실제로는 수만 평방킬로미터에 달했다. 초원의 풀빛은 주변의 숲보다 더 푸르렀다. 초원 너머로 멀리 거대한 절벽이 솟아 있고, 절벽 사이로 길 하나가 간신히 정상까지 이어져 있었다. 계곡은 완전히 고립된 것처럼 보여서, 길이 과연 어떻게 만들어졌고 또 3백 미터 아래의 초원을 지나가는 개울물은 어디서 와서 어디로 가는지 궁금증을 불러일으키지 않을 수 없었다.

그러나 계곡의 험준함도 전쟁극을 벌이려는 인간들에게는 그리 문제 될 것이 없었다. 계곡 바닥의 숲이 울창한 곳에 50명의 북군이 은밀히 야영을 하고 있었다. 그들은 하루 밤낮을 꼬박 행군하고 휴식을 취하는 중이었다. 어두워지면, 지금 불충한 보초병이 잠들어 있는 곳까지 계곡을 올라 자정 무렵에 산등성이 반대편에 주둔 중인 적군을 급습할 계획이었다. 계획이 실패한다면 그들은 아주 위험한 상황에 빠지고, 계곡의 야영지나 그들의 움직임이 적에게 발각된다면 모든 계획은 수포로 돌아갈 터였다.

2

만병초 숲에서 깜박 잠이 든 버지니아 청년은 카터 드루즈였다. 부잣집 외아들인 그는 버지니아 서부의 산간 마을에서 선망받는 세련되고 안락한 생활을 누려 왔다. 그의 고향 집은 지금 엎드려 있는 곳에서 고작 수 킬로미터 거리에 있었다. 어느 날 아침, 그는 아침 식사를 마치고 조용하면서도 심각하게 말했다.

"아버지, 북군이 그래프턴에 도착했대요. 거기 지원할 생각입니다."

아버지는 길고 숱 많은 머리를 들어 조용히 아들을 쳐다보다가 말했다.

"그래, 가거라. 무슨 일이 생기든, 네가 의무라고 생각하는 일을 해라. 너는 이제 버지니아의 배반자가 되었지만, 너 없이도 이 땅은 잘 견디어 낼 게다. 우리 둘 다 전쟁이 끝날 때까지 살아남아서 더 많은 얘기를 나누자꾸나. 너도 알다시피, 의사가 말하기로 네 어미는 지금 위독한 상태다. 몇 주밖에는 살 수 없다고 하지만, 그래도 그 시간이 얼마나 소중하냐. 그러니 어머니한테는 말하지 않는 게 좋겠다."

카터 드루즈는 아버지에게 공손히 인사했고, 아버지는 절통한 마음을 숨긴 채 기품 있게 아들을 배웅했다. 의협심과 용기 그리고 헌신과 씩씩한 기상으로 그는 곧 동료와 상관들에게 좋은 인상을 주었다. 그런 자질과 더불어 그 지역의 지리에 밝다는 이유로 최전방 부대에서, 그것도 매우 위험한 보초 임무를 띠게 된 것이다. 그러나 피로감은 굳은 결의보다 더 강해서, 그는 깜빡 잠이 들고 말았다. 군법에 회부될 수 있는 상황에서 그를 깨워 낸 것이 선한 천사였는지 아니면 악한 천사였는지 누가 감히 말할 수 있을까? 아무런 움직임도 소리도 없는 오후의 깊은 정적과 나른함 속에서, 보이지 않는 운명의 전령들이 그의 눈꺼풀을 들어 올리고 지상의 것이 아닌 신비한 말로 그의 영혼을 깨웠다. 그는 팔에 댄 이마를 들어 만병초 사이를 살피면서 무의식적으로 소총의 개머리판을 더듬거렸다.

처음에 그가 느낀 감정은 예술적인 환희 같은 것이었다. 절벽의 커다란 바위 — 하늘을 배경으로 우뚝 솟은 바위의 날카로운 가장자리 — 에 기수가 도도한 자태로 서 있었다. 남자는 꼿꼿하고 늠름한 자세로 말에 올라 있었지만 움직임이 없는 그리스의 신상처럼 평화로워 보였다. 회색빛 제복은 창공과 잘 어울렸고, 그림자에 가려진 기수의 금속 장신구는 부드럽고 은근한 빛을 던지고 있었다. 말의 피부빛은 온통 어두웠다. 남자가 오른손으로 개머리판을 붙잡고 안장머리에 올려놓은 기병총은 이상하리만큼 작아 보였고, 고삐를 잡고 있는 왼손은 가려져 보이지 않았다. 하늘을 등지고 윤곽을 드러낸 말의 옆모습은 양각으로 아로새긴 것처럼 선명했다. 금방이라도 드높은 창공을 날아 맞은편 절벽을 뛰어넘을 것만 같았다. 살짝 돌린 기수의 얼굴은 관자놀이와 수염만 간신히 보였는데, 계곡 아래를 내려다보고 있었다. 하늘을 배경으로 훨씬 커 보이는 느낌과 적이 너무도 가까이에 있다는 경계심 때문에, 기수와 말의 군상은 더없이 용맹하고 거대해 보였다.

불현듯 드루즈는 전쟁이 끝날 때까지 잠을 잤고 불명예스럽게 잠들기 전까지 자신이 보여 준 영웅적 행동을 기념하고자 저 고지에 세워 놓은 숭고한 예술품을 바라보고 있는 듯한 묘한 느낌이 들었다. 말과 기수가 약간 움직이는 순간, 드루즈의 상념은 곧 사라졌다. 말은 다리를 움직이지 않은 채 가장자리에서 뒤쪽으로 몸을 조금 끌어당겼고, 남자는 그대로 앉아 있었다. 상황의 심각성에 퍼뜩 정신을 차린 드루즈는 조심스럽게 수풀 사이로 소총을 내밀어 기수의 가슴을 겨냥했다. 방아쇠에 손가락을 살짝 걸칠 때까지는 모든 것이 순조로웠다. 그런데 갑자기 기수가 적이 숨어 있는 숲 쪽으로 고개를 돌렸다. 마치 드루즈의 얼굴과 눈 그리고 용감하고 다정한 마음까지 꿰뚫어 보는 것 같았다.

전쟁에서 적군을, 자신뿐 아니라 전우의 목숨까지 위협하는 적을 죽이는 것이 그토록 끔찍한 짓일까? 카터 드루즈의 안색은 점점 더 창백해졌다. 그는 온몸을 부들부들 떨었고 정신이 아찔했다. 눈앞에서 시커먼 형상의 말과 기수가 시뻘건 창공으로 솟구쳤다 떨어졌다

하면서 원형으로 빙빙 돌았다. 그는 소총을 놓고 천천히 낙엽에 얼굴을 묻었다. 대담한 신사이자 용맹한 군인이 북받치는 감정을 주체하지 못하고 거의 정신을 잃기 직전이었다.

그런 상황은 오래가지 않았다. 곧 그는 낙엽 더미에서 얼굴을 들고 다시 소총을 잡았다. 정신과 시력은 깨끗했고, 의식과 이성은 명료했다. 기수를 생포할 가능성은 없었다. 겁주어 쫓아 버린다면 그는 적지로 돌아가 북군의 야영지를 찾아냈다고 보고할 것이다. 군인으로서 드루즈의 임무는 분명했다. 지금 엎드려 있는 숲에서 기수를 쏘아 죽여야 했다. 경고도 일말의 망설임도 없이, 속으로 기도 한 줄 외워 줄 필요도 없이 그렇게 해야 했다. 그러나 아직 희망은 있었다. 기수가 아무것도 발견하지 못했을 수도 있었다. 그저 경치를 구경하고 있었는지도 모른다. 그렇다면 기수는 무심하게 방향을 돌려 자신이 왔던 방향으로 사라질 것이다. 그가 무엇을 알고 있는지는 돌아서는 모습을 보면 판단할 수 있으리라. 그런데 기수는 뭔가를 집중해서 보았고, 그 시선을 따라 드루즈는 계곡 깊숙한 밑바닥을 내려다보았다. 푸른 초원에 말과 사람들이 꾸물꾸물 움직이고 있었다. 어느 미련한 연대장이 자신을 호위하는 병사들과 함께 훤히 보이는 곳까지 나와서 말에게 물을 먹이고 있었다.

드루즈는 계곡에서 시선을 들어 창공에 떠 있는 말과 기수를 노려보다가 다시금 소총을 겨누었다. 그러나 이번에는 말을 조준했다. 헤어질 때 아버지가 했던 말이 신성한 명령처럼 머릿속을 울렸다.

"무슨 일이 생기든, 네가 의무라고 생각하는 일을 해라."

그는 이제 침착해졌다. 이를 지그시 물었다. 잠든 아기처럼 마음이 평온했고, 몸은 조금도 떨리지 않았다. 정확히 조준할 때까지 참았던 숨을 천천히 규칙적으로 내쉬었다. 의무가 먼저였다. 그의 정신은 육체에 이렇게 말했다.

"가만, 침착히."

그는 방아쇠를 당겼다.

3

북군 장교는 모험심이랄까 탐구욕이 강한 사람이었다. 그는 계곡의 숨겨진 야영지에서 벗어나 하릴없이 작은 공터 쪽으로 걷다가 더 멀리 가 봐도 괜찮지 않을까 생각했다. 4백 미터쯤 떨어진, 그러나 아주 가깝게 느껴지는 거리에 소나무를 비집고 거대한 암석이 튀어나와 있었다. 그 높이가 어찌나 까마득하던지, 하늘을 등지고 선 날카롭고 울퉁불퉁한 암석의 윤곽선을 올려다보노라니 눈앞이 아찔할 지경이었다. 매끄럽게 깎아지른 듯한 암석의 측면은 파란 하늘과 그만큼이나 파란 먼 산들을 배경으로 반쯤 모습을 드러냈고, 밑부분은 나무 우듬지가 가리고 있었다. 암석의 꼭대기로 시선을 옮기던 장교는 충격적인 광경을 보았다. 말을 탄 남자가 계곡 밑으로 똑바로 떨어지고 있는 것이 아닌가!

남자는 군인처럼 안장에 꼿꼿이 앉아서 너무도 맹렬한 추락의 속도를 줄여 보려는 듯 틀어쥔 고삐를 뒤로 당기고 있었다. 긴 머리칼이 깃털처럼 위로 휘날렸다. 두 손은 말의 솟구친 갈기에 가려 보이지 않았다. 말발굽이 단단한 땅에 닿아 있기라도 한 듯 말의 몸뚱이는 수평을 이루고 있었다. 떨어지는 속도가 대단히 빨랐지만, 장교의 눈에는 정지된 장면처럼 보였다. 말의 네 다리는 도약대에서 뛰어내리듯 모두 앞쪽으로 향해 있었다. 하지만 그곳은 지상이 아니라 허공이었다!

허공에 뜬 기수를 보고 충격과 공포에 사로잡힌 장교는 새로운 요한의 묵시록이라도 훔쳐본 듯한 강렬한 감정에 압도되었다. 그는 다리가 풀려 휘청거리다가 주저앉았다. 거의 동시에 나무 사이에서 쿵 하는 소리가 들려왔다. 소리는 메아리 없이 곧 사라졌고, 주위는 쥐 죽은 듯 고요해졌다.

장교는 온몸을 부들부들 떨며 일어섰다. 힘없이 후들거리던 정강이에 감각이 다시 돌아오기 시작했다. 그는 비틀거리며 절벽 아래로 뛰어갔다. 절벽 발치에서 꽤 떨어진 곳에서 남자를 찾았으나 당연히 보이지 않았다. 놀라운 추락 장면의 우아함과 느긋함 그리고 작정하고 떨어지는 듯한 의도성 같은 것이 너무도 강렬했던 나머지, 장교는 그 공중의 기수가 수직으로 하강했다는, 그래서 절벽 맨 아래를 찾아봐야 한다는 생각을 미처 하지 못했던 것이다. 30분 후 그는 야영지로 돌아왔다.

장교는 현명했다. 그 믿을 수 없는 광경을 침묵으로 남겨 놓았으니 말이다. 그는 자신이 본 것에 대해 함구했으나, 정찰한 결과를 묻는 연대장의 질문에 이렇게 대답했다.

"예, 연대장님. 남쪽에서 이 계곡으로 내려오는 길은 없습니다."
사령관이 미소를 지었다.

4

방아쇠를 당기고 난 이등병 카터 드루즈는 소총을 다시 장전하고 경계 태세를 취했다. 10분이 채 지나지 않아 북군 상사가 조심스럽게 그의 옆으로 기어 왔다. 드루즈는 계속 앞쪽만 바라보면서 상사를 아는 체하지 않았다.
"자네가 총을 쐈나?"
상사가 목소리를 낮추고 물었다.
"예."
"뭘 쐈나?"
"말입니다. 저기 멀리 바위에 있었습니다. 지금은 없습니다. 절벽 아래로 떨어졌습니다."
그의 얼굴은 하얗게 질려 있었지만, 아주 무감각해 보였다. 대답을 마치자, 고개를 돌리고 더는 말이 없었다. 상사는 선뜻 이해할 수 없었다.
"이봐, 드루즈."
잠시의 침묵을 깨고 상사가 말했다.
"둘러댈 생각 마라. 정확히 보고하도록. 말에 사람이 타고 있었나?"

"예, 그렇습니다."

"그래?"

"저의 아버지였습니다."

상사는 자리에서 일어나 걸어가며 말했다.

"세상에!"

철학자, 파커 애더슨

"포로, 이름은?"*

"내일 아침이면 잃어버릴 이름이니 굳이 숨길 필욘 없겠지요. 파커 애더슨입니다."

"계급은?"

"낮습니다. 귀한 장교들을 위험한 스파이 임무에 희생시킬 순 없으니까요. 상삽니다."

"소속 부대는?"

"이해해 주십시오. 그 질문에 답한다면, 대치 중인 우리 군의 정보를 장군님에게 알려 주는 셈입니다. 제가 이곳에서 얻으려 했고 발설해서는 안 되는 정보도 그런 것입니다."

---

* 이 작품은 1891년에 발표되었다.

"재치가 없진 않군."

"장군님이 인내심을 갖고 기다린다면, 넉넉잡고 내일 아침까지는 제가 얼마나 지루한 인간인지 알게 될 겁니다."

"내일 아침에 죽게 된다는 걸 어떻게 알았나?"

"밤에 붙잡힌 스파이의 운명, 그것이 군의 관례입죠. 괜찮은 관례 중 하납니다."

이쯤에서 장군은 남군 고위 장성이라는 지위와 저명인의 위엄을 버리고 미소를 머금었다. 그러나 그의 부하라면, 특히 눈 밖에 난 군인이라면 누구든, 겉으로 드러나는 그 미소에서 좋은 징조를 예감하지는 못했을 것이다. 그 미소는 온화한 것도, 따라 웃을 만한 것도 아니었다. 장군을 미소 짓게 한 장본인인 포로와 그를 군막으로 데려와 조금 떨어진 곳에 서서 누런 촛불 아래 지켜보던 무장 경비병에게 그것은 아무 의미도 전해 주지 않았다. 미소를 짓는 것은 전사의 의무와는 거리가 멀었다. 포로가 장군의 군막에 들어와 있는 것은 다른 목적 때문이었다. 대화가 다시 시작되었다. 그것은 일종의 사형 재판이었다.

"귀관은 스파이라는 걸 인정했다. 남군 복장으로 위장하고 내 진지에 들어와 병력과 군대의 사기 등 정보를 캐내려고 했다는 사실을 말이다."

"특히 병력의 수를 알아내려고 했지요. 군대의 사기가 어떤지는 이미 알고 있습니다. 우울한 분위기더군요."

장군이 다시 미소를 머금었다. 한편 경비병은 더욱 강한 책임감을 느꼈던지 표정을 엄숙하게 가다듬고 자세를 한층 꼿꼿이 세웠다. 스파이는 챙 달린 회색 모자를 검지로 빙빙 돌리면서 유유히 주변을 살펴보았다. 장군의 군막은 그야말로 소박했다. 평범한 집 모양 천막으로, 폭 2미터 50센티미터에 길이는 3미터 정도였다. 총검 손잡이에 수지 양초 한 자루를 끼워 소나무 탁자에 꽂아서 불을 밝혀 놓았다. 탁자 앞에서는 장군이 불청객의 존재를 잊어버린 듯 뭔가 열심히 쓰고 있었다. 땅바닥에 덮어 놓은 낡고 너덜너덜한 융단, 그보다 더 낡은 가죽 가방 하나, 간이 의자와 돌돌 말아 놓은 담요가 막사 안에 있는 전부였다. '의식과 겉치레'의 간소화와 소박함을 추구하는 클레이버링 장군의 신조가 제대로 실천된 환경이었다. 입구 쪽 막사 기둥에 박아 놓은 커다란 못에는 긴 기병도가 꽂힌 검대와 권총집에 든 권총, 그리고 퍽 생뚱맞은 사냥칼이 매달려 있었다. 군대에 어울리지 않는 그 무기에 대해 장군은 자신이 평범한 시민이었던 평화로운 시절의 기념품이라고 즐겨 말하곤 했다.

폭풍우 치는 밤, 장대비가 폭포수처럼 막사 위로 떨어졌다. 각각의 막사 안에 있는 병사들에게 빗소리는 둔중한 북소리처럼 익숙하게 들렸다. 요란한 돌풍이 몰아치자, 막사의 약한 구조물이 흔들리면서 말뚝에 묶어 놓은 밧줄이 팽팽해졌다.

장군이 쓰기를 마치고 종이를 반으로 접더니, 애더슨을 감시하던 병사에게 건넸다.

"타스만, 이것을 부관에게 전달하고 오게."

"장군님, 저 포로는 어떻게 할까요?"

경례를 붙인 병사가 불운한 포로를 힐끔거리면서 말했다.

"명령대로만 해."

장군이 퉁명스럽게 말했다.

종이를 받아 든 병사가 몸을 숙이고 막사를 빠져나갔다. 클레이버링 장군이 잘생긴 얼굴을 돌려 북군 스파이를 똑바로 응시하더니 그리 매몰차지 않은 목소리로 말했다.

"고약한 밤이로군."

"제 처지도 그런 것 같네요."

"내가 뭐라고 썼는지 짐작하겠나?"

"감히 말하자면, 읽을 만한 가치가 있는 것이겠지요. 건방진 소리일지 모르나, 아마 저에 관한 이야기가 포함되어 있을 거라고 생각합니다."

"맞아. 기상나팔이 울리자마자 귀관의 처형을 준비하라고 적었네. 또 준비 절차에 대해 헌병 사령관에게 몇 가지 지시한 내용도 있지."

"장군님, 바로 제 자신의 처형식이니 제대로 준비되었으면 좋겠습니다."

"혹시 따로 원하는 것이 있나? 군목을 만나고 싶다든가."

"군목의 휴식 시간을 좀 축낸다고 해서 제 휴식 시간을 더 늘릴 수 있을 것 같진 않군요."

"허허, 이런! 그럼 그저 실없는 소리나 지껄이며 죽음을 맞고 싶은 겐가? 이게 심각한 일이라는 걸 모르나?"

"제가 어떻게 알겠습니까? 평생 죽어 본 일이 없는데요. 죽음이 심각한 일이라는 소린 들었지만, 죽음을 경험한 사람들한테서 직접 들은 적은 없습니다."

장군은 잠시 침묵했다. 포로가 그의 흥미를 끌었다. 아마도 그를 즐겁게 해 준 듯했다. 이런 사람은 지금껏 만나 본 적이 없었다. 장군이 입을 열었다.

"죽음이란, 일종의 상실이네. 우리가 누리고 있는 행복의 상실, 앞으로 더 많은 행복을 누릴 기회의 상실."

"우리가 의식하지 못하는 상실이라면 태연히 견딜 수 있고, 두려움 없이 대할 수 있습니다. 장군님도 똑똑히 보셨을 겁니다. 장군님이 가시는 길 위에 흩뿌려져 군인으로서의 기쁨을 만끽하게 해 주는 주검들엔 하나같이 유감스러워하는 기색 따위는 없다는 것을요."

"죽었다는 것이 유감스러운 건 아닐지도 모르지. 하지만 그렇게 되는 것, 이를테면 죽어 가는 과정만큼은 유감스러울 것이네. 아직 느낄 수 있는 사람에겐 분명 불쾌한 일일 테니까."

"고통은 당연히 불쾌한 것입니다. 고통을 겪을 때 저는 늘 불쾌했으니까요. 하지만 오래 살수록 고통에 더 많이 노출됩니다. 장군님이 말씀하시는 죽어 가는 과정이란 그저 마지막 고통일 뿐입니다. 죽어 가는 과정 같은 건 세상에 없습니다. 일례로 만약 제가 탈출을 시도한다고 해 보십시오. 아마도 장군님은 무릎께에 정중하게 숨겨 놓은 권총을 꺼내 들 테고……."

장군은 소녀처럼 얼굴을 확 붉히더니 가지런한 치아를 드러내면서 씩 웃었다. 그는 잘생긴 얼굴을 약간 숙였지만 아무 말도 하지 않왔다. 스파이가 계속 말했다.

"저에게 쏘겠지요. 제 배 속에는 삼키지도 않은 총알이 들어오고요. 저는 쓰러질 테지만 곧바로 죽지는 않습니다. 30분쯤 고통스러워하다가 죽겠지요. 하지만 그 30분 동안 저는 죽은 것도 아니고 산 것도 아닐 겁니다. 과도기 같은 건 없습니다.

내일 아침 제가 교수형을 당할 때도 똑같은 상황일 겁니다. 살아 있는 동안은 의식이 있을 것이고, 죽으면 의식이 없겠지요. 자연의 섭리라는 게 제가 원하는 것과 같아 보입니다. 저라도 그렇게 했을 방식이지요. 죽음은 너무도 간단합니다."

그는 이 대목에서 미소를 머금었다.

"교수형을 당하는 것 자체가 아무런 가치도 없어 보일 정도로 말입니다."

그가 말을 마친 후, 오랫동안 침묵이 흘렀다. 장군은 무표정하게 앉아서 포로의 얼굴을 응시하고 있었지만, 포로의 말에 신경 쓰지 않는 눈치였다. 마치 생각은 다른 데 팔려 있으면서 포로에겐 눈길만 주고 있는 것처럼 보였다. 이윽고 장군이 악몽에서 깨어난 사람처럼 길고도 깊은 숨을 내쉬더니, 거의 들리지 않는 소리로 외쳤다.

"죽음은 끔찍해!"

"야만스러운 우리 조상들에겐 죽음이 정말 끔찍했겠죠."

스파이가 심각하게 말했다.

"의식의 개념을 그것이 겉으로 표현되는 육체의 개념에서 분리해 낼 만큼 지혜롭지 못했으니까요. 이를테면 원숭이보다 조금 나은 지능 수준에 있었던 거죠. 원숭이도 거주자 없는 집을 상상하진 못할 것이고, 폐허가 된 집을 보면 고통 받는 집주인을 떠올릴 테니 말입니다. 우리에게 죽음이 끔찍한 이유는 그런 사고방식을 물려받았기 때문이죠. 황당하고 공상적인 '내세'라는 개념 말입니다. 설명하는 신화에 따라 내세를 일컫는 다른 명칭들도 많고, 그것을 정당화하는 무분별한 철학들도 난무하지요. 장군님은 저를 교수형에 처할 수 있겠지만, 장군님의 사악한 힘도 거기서 끝입니다. 제가 천국에 갈지 말지까지 결정할 순 없으니까요."

장군은 포로의 얘기를 듣지 않는 것 같았다. 스파이는 장군의 생각을 익숙지 않은 주제로 돌려놓았을 뿐, 결론은 각자 내키는 대로 내리면 그만이었다. 폭풍우가 멈추었다. 밤의 엄숙한 분위기가 저절로 장군의 생각에 영향을 끼쳤고, 두 사람 모두 초자연적인 공포의 여운을 느꼈다. 뭐랄까, 예지 같은 것이 깃든 분위기였다.

"난 죽고 싶지 않아."

장군이 말했다.

"이런 밤에는 말이야."

그가 무슨 말을 더 하려고 했는지는 모르지만, 그를 방해하는 것이 있었다. 군막 입구에 헌병 사령관 해스터릭 대령이 나타난 것이다. 장군은 퍼뜩 정신을 차렸다. 공허한 표정도 얼굴에서 사라졌다.

"대령."

장군이 부하의 경례를 받고 말했다.

"이자는 위법한 문서를 지닌 채 우리 영내에서 붙잡힌 북군 스파이다. 제 입으로 실토했다. 날씨는 어떤가?"

"폭풍우가 멎었습니다, 장군님. 달빛이 비추고 있습니다."

"좋아. 병사들과 함께 이자를 즉시 연병장으로 데려가 사살하라."

스파이의 입에서 날카로운 외마디 비명이 터졌다. 그는 몸을 앞으로 던지고 목을 빼더니 눈을 휘둥그레 뜬 채 두 손을 꽉 쥐었다.

"오, 하느님!"

그는 거의 알아들을 수 없는 쉰 목소리로 외쳤다.

"이러면 안 됩니다! 아침까지 살아 있을 거라고 했잖습니까?"

"나는 그런 말을 한 적이 없다."

장군이 차갑게 말했다.

"그건 네 추측이었지. 너는 지금 죽는다."

"하지만, 장군님, 제발 기억을 떠올려 보십시오. 저는 교수형당해야 합니다! 교수대를 세우려면 시간이 걸립니다. 두 시간, 아니 한 시간이라도. 스파이는 교수형당합니다. 제겐 군법에 따라 죽을 권리가 있습니다. 제발, 장군님, 어떻게 금세 교수대를 만들 수……"

"대령, 내 명령대로 하게."

칼을 빼 든 대령이 포로에게 막사 입구로 가라고 눈짓을 보냈다. 포로는 망설였다. 대령이 그의 목덜미를 움켜잡고 앞으로 슬쩍 밀었다. 그런데 막사 기둥에 가까워졌을 때, 포로가 미친 사람처럼 뛰어올라 고양이처럼 날쌔게 사냥칼의 칼자루를 잡아챘다. 그러고는 칼집에서 사냥칼을 빼 들고 대령을 위협해 옆으로 물리친 뒤, 광기로 번뜩이며 장군에게 달려들어 함께 바닥으로 곤두박질쳤다. 탁자가 엎어지고, 촛불이 꺼졌다. 두 사람은 어둠 속에서 필사적으로 싸웠다. 헌병 사령관은 상관을 돕기 위해 엎치락뒤치락하는 싸움판에 가세했다. 뒤엉킨 몸과 팔다리 사이에서 고통과 분노에 찬 욕설과 알아들을 수 없는 외침이 터져 나왔다. 막사가 그들 위로 무너졌지만, 그 와중에도 싸움은 계속되었다. 심부름을 다녀온 타스만 이등병이 어렴풋이 상황을 짐작하고 소총을 내려놓은 뒤 마구 들썩이는 천막을 붙잡고 안에서 사람을 끄집어내려 했지만 소용이 없었다. 이등병은 감히 근무지를 벗어나지 못한 채 무너진 막사 앞을 안절부절못하며 오가다가 소총을 발사했다. 총성이 진지를 깨웠다. 북소리가 길게 울렸고, 집합을 알리는 나팔 소리가 들려왔다. 군복을 반쯤 몸에 꿴 병사들이 달빛 아래로 쏟아져 나와 달리면서 마저 입었고, 장교들의 날카로운 명령에 따라 급히 대오를 갖추었다. 이것은 잘한 일이었다. 병사들은 대오를 갖추고 통제하에 들어왔다. 장군의 참모와 호위병들이 무너진 천막을 걷고 숨이 끊어진 채 피를 흘리는 그 기이한 결투의 주인공들을 떼어 놓는 동안, 병사들은 무장 상태로 서 있었다.

실제로 숨을 쉬지 않는 사람은 한 명이었다. 사냥칼이 대령의 목을 관통했고, 칼 손잡이는 아래턱에 꽉 눌려 있었다. 그래서 찌른 상대방도 칼을 다시 빼내지 못했다. 시체의 손은 칼을 움켜쥐고 있었는데, 산 사람의 힘으로도 도저히 뗄 수 없었다. 칼날에서 손잡이까지 붉은 피로 얼룩져 있었다.

스파이는 가장 경미한 부상을 입었다. 오른팔이 부러진 것 외에는 일반적인 전투에서 생기는 경상 수준이었다. 그러나 그는 정신을 차리지 못했고, 무슨 일이 벌어졌는지도 모르는 것 같았다. 그는 자신을 간호하는 사람들을 피해 바닥에 움츠리고는 횡설수설 항의의 말을 내뱉었다. 얼굴은 타박상으로 붓고 피로 얼룩져 있었다. 그러나 헝클어진 머리칼 아래 드러난 안색은 시체만큼이나 하얗게 질려 있었다.

"제정신이 아니야."

붕대를 준비하던 군의관이 누군가의 질문에 그렇게 대답했다.

"공포 때문에 정신이 나갔어. 그런데 대체 이자는 누구지?"

타스만 이등병이 상황을 설명하기 시작했다. 그것은 그가 목숨을 부지할 수 있는 기회였다. 그는 그날 밤의 사건과 자신의 행적이 관련된 부분에 대해 빠짐없이 말했다. 이등병은 설명을 마친 후, 아무도 관심이 없는데도 여차하면 같은 얘기를 되풀이하기 위해 만반의 태세를 갖추었다.

장군이 막 의식을 회복했다. 그는 팔꿈치를 땅에 짚고 상체를 일으켰다. 그리고 주위를 둘러보다가 모닥불 옆에서 감시를 받으며 웅크리고 있는 스파이를 발견하고 간단히 말했다.

"저자를 연병장으로 데려가 사살해."

"장군님은 아직 의식을 완전히 회복하지 못하셨습니다."

가까이 서 있던 장교 한 명이 말했다.

"장군님의 의식은 말짱합니다."

장군의 참모 장교가 말했다.

"이 일과 관련하여 장군님의 지시 사항을 전달받았습니다. 장군님은 해스터릭 대령에게도 똑같은 지시를 남겼습니다."

그는 죽은 헌병 사령관을 손으로 가리켰다.

"그러니 무슨 일이 있어도 명령에 따르십시오."

10분 후, 북군 군인이자 재기 넘치는 철학자인 파커 애더슨 상사는 달빛 아래 무릎을 꿇고 횡설수설 살려 달라고 애원하다가 스무 명의 처형대에 의해 사살되었다. 일제 사격의 총성이 한밤의 공기를 뒤흔들자, 붉은 모닥불 불빛을 받으며 창백한 모습으로 누워 있던 클레이버링 장군은 크고 파란 눈을 뜨고 주변의 병사들을 향해 유쾌하게 말했다.

"이 얼마나 조용한가!"

군의관이 엄숙하고 의미심장한 표정으로 참모를 바라보았다. 환자의 눈이 천천히 감겼다. 장군은 잠시 그렇게 누워 있었다. 곧 그의 얼굴에 더없이 감미로운 미소가 번졌다. 그가 희미한 목소리로 말했다.

"이런 게 죽음인가 보군."

그는 그렇게 세상을 떠났다.

어떤 장교

1
정중함의 활용법에 대하여

"랜섬 대위, 귀관은 알 것 없네.* 내 명령에 따르는 것으로 충분하네. 명령을 다시 말해 주지. 전방에서 군대의 어떤 움직임이라도 포착되면 즉시 공격을 개시하게. 그리고 최대한 현 위치를 사수하게. 내 말 알아듣겠나?"

"재론의 여지가 없겠군. 프라이스 중위."

랜섬 대위는 이제 막 명령을 하달받으러 달려온 자신의 부하 장교에게 말했다.

---

* 이 작품은 1893년에 발표되었다.

"장군님은 의지가 확고하시네. 안 그런가?"

"그렇습니다."

중위는 근무 위치로 돌아갔다. 캐머런 장군과 랜섬 대위는 각자 말에 탄 채 말없이 서로를 응시했다. 더 이상의 말은 필요 없었다. 앞서 말한 것만으로도 이미 지나치게 충분했다. 상관은 무뚝뚝하게 고개를 끄덕인 후 말을 몰아갔다. 포병대 대위는 최대한 예를 갖추어 천천히 경례를 붙였다. 군대 예절의 미묘함에 익숙한 사람이라면 대위가 깍듯이 예의를 차림으로써 자신이 질책당했다는 감정을 겉으로 드러냈다고 말할 것이다. 정중함의 중요한 활용법 중 하나는 분개심을 표현하는 것이다.

장군이 약간 떨어진 거리에서 자신을 기다리던 참모와 호위병이 있는 곳에 도착하자, 기병대 전체가 포병대 오른쪽 방향으로 이동하여 이내 안개 속으로 사라졌다. 랜섬 대위는 기마상처럼 미동도 하지 않은 채 묵묵히 혼자 남아 있었다. 시나브로 짙어지던 안개가 눈에 보이는 운명처럼 그를 휘감았다.

2
총에 맞아 죽고 싶지 않은 상황

하루 전에 벌어졌던 전투는 산만하고 뜨뜻미지근했다. 충돌 지점의 나뭇가지 사이에 포연이 피어올랐다가, 내리는 빗줄기에 흔적도 없이 씻겼다. 질척해진 땅에 포차와 탄약차의 바큇자국이 깊은 고랑을 만들었다. 축축한 군복 차림에 소총을 망토로 어설프게 보호한 보병들은 군화에 들러붙는 진흙 때문에 이동하는 데 애를 먹는 것 같았다. 그들은 빗물이 떨어지는 숲과 물에 잠긴 들판을 가로질러 구불구불한 길을 따라 발을 끌었다. 검은 갑옷처럼 반짝이는 고무 비옷 위로 머리를 내민 기병 장교들은 혼자서 혹은 몇 명씩 하달받지도 않은 명령에 긴장한 표정으로 병사들 사이를 하릴없이 오갔다. 군복이 흙탕물에 더러워지고 얼굴은 담요로 덮여 있거나 누런 진흙처럼 빗속에 드러낸 전사자들이 여기저기 널려 있었다. 그 모습은 가뜩이나 살풍경한 분위기에 별난 좌절감과 불편함까지 덧씌웠다. 이 혐오스러운 주검들은 전혀 영웅적으로 보이지 않았고, 보는 이로 하여금 애국적인 감화를 일으키지도 않았다. 그들은 물론 전쟁터에서 죽은 자들이었다. 그러나 전쟁터가 너무도 축축이 젖어 있을 때는 또 달랐다.

산발적이고 간헐적인 충돌이 이어질 뿐, 모두의 예상처럼 전면전은 벌어지지 않았다. 내키지 않는 공격은 열의 없는 저항을 일으켰고, 그 저항마저 곧 물러나는 것으로 끝났다. 기계적인 충성심으로 명령에 따를 뿐, 누구도 맡은 임무 이상은 하지 않았다.

"병사들이 오늘은 몸을 사리는군."

북군 여단의 사령관인 캐머런 장군이 부관에게 말했다.

"병사들이 추위에 떨고 있습니다."

부관이 말했다.

"물론, 그러고 싶어서 그러는 건 아닙니다."

그는 누런 물웅덩이에 누워 있는 한 구의 시체를 가리켰다. 시체의 얼굴과 군복은 말발굽과 포차에서 튄 진흙으로 얼룩져 있었다.

무기들도 군대의 태만을 공유하고 있는 것 같았다. 총성마저 무료하고 하찮게 들렸다. 그 소리는 무의미했고, 대기 중인 병사들에게 집중력이나 긴장감을 불러일으키지 못했다. 머잖은 곳에서 들려오는 포성도 그 크기며 진동이 보잘것없었다. 귓가에 전해지는 섬뜩함과 울림이 부족했다. 총포를 조준하지 않은 채 건성으로 발사하고 있는 것 같았다. 그렇게 또 헛된 하루가 서서히 황량한 끝을 향했고, 다음 날을 걱정하는 불편한 밤이 다시 이어졌다.

군대는 저마다 개성을 지니고 있다. 구성원들의 개인적인 생각과 감정 아래에서 군대는 하나의 단위처럼 생각하고 느낀다. 크고 포괄적인 이 감각 속에는 지혜를 전부 더한 단순한 총합보다 더 슬기로운 지혜가 깃들어 있다. 그 음울한 아침에 이 거대한 야만의 군대는 해초와도 같은 나무 사이에서 안개의 흰 바다 밑을 더듬거리면서 상황이 좋지 않다는 것을 둔감하게 깨닫고 있었다. 이날의 작전은 군대가 예정된 위치에서 이탈하고 병력이 분산되는 실패로 이어졌다. 병사들은 불안감 속에서 저마다 아는 빈약한 군사 용어를 동원해가며 전술적인 실수를 화제로 삼았다. 영관급 장교와 병과 장교들은 삼삼오오 모여서 좀 더 유식하게 불안감을 토로했으나 그들이라고 상황을 더 명확히 알고 있는 것도 아니었다. 사단과 연대의 지휘선들도 서로의 연락 상태를 초조히 확인하면서 참모들에게 상황 파악을 지시하는가 하면, 막연하고 의심스러운 지역에 척후병을 조심스럽게 출동시키기도 했다. 전선의 일부에서는 중대들이 자체 판단에 따라 삽과 도끼 소리를 죽여 가며 방어 진지를 구축했다.

대포 여섯 문으로 구성된 랜섬 대위의 포병 중대도 그중에 포함되어 있었다. 그의 병사들은 밤 동안 부지런히 참호를 팠고, 어느새 대포는 위풍당당한 토루의 총안으로 시커먼 포구를 내밀고 있었다. 토루는 약간 오르막인 관목이 없는 곳에 자리 잡고 있어서 방해물 없이 전방을 향해 포화를 쏟아부을 수 있었다. 한마디로 더없이 좋은 위치였다. 나침반을 철저히 신봉하는 랜섬 대위의 관측 덕분에 가능했던 선택이었다. 그의 진지는 북쪽을 마주하고 있는 반면, 장군 휘하의 병력들은 동쪽을 향하고 있음이 분명했다. 사실 랜섬의 중대는 위치상 '폐기용'이었다. 말하자면, 적군에서 멀리 떨어진 후방에 위치하고 있었다. 이것은 랜섬 대위의 중대가 본대의 왼쪽 측면에 있다는 의미였다. 전선의 군대가 지표면의 상황에 따라 부대를 후방으로 이동시킨다면, 그 측면은 취약 지점이 된다. 실제로 랜섬 대위는 전선의 좌측 끝에 있었으며, 그의 중대 왼쪽으로는 아군이 보이지 않았다. 대포 바로 뒤에서는 그와 그의 부관 사이에 위에서 말한 상황보다 좀 더 결정적이고 상세한 대화가 오갔다.

3
명령 없이 대포를 운용하는 법

말에 오른 랜섬 대위는 꼼짝도 하지 않고 침묵을 지키고 있었다.

몇 미터 거리에서 그의 부하들이 각자의 대포 옆에 서 있었다. 수 킬로미터 반경 안에 적군과 아군을 포함해 수많은 병사들이 있었다. 그러나 그는 혼자였다. 안개가 그를 완전히 고립시켜서 마치 사막 한복판에 혼자 있는 것 같았다. 그의 군마에 짓밟힌 젖은 땅 몇 평방미터가 그의 세계였다. 이 으스스한 지역에 있는 전우들은 그 모습이 보이지도, 소리가 들리지도 않았다. 상념에 잠기기 딱 좋은 상황이었기에, 그는 생각에 골몰해 있었다. 잘생긴 얼굴에는 무슨 생각을 하고 있는지 아무런 단서도 드러나지 않았다. 그의 얼굴은 스핑크스의 얼굴처럼 불가사의했다. 스핑크스의 얼굴엔 특별히 눈에 띄는 것이 없는데도 뭔가 사연이 있지 싶은 건 왜일까? 발소리가 들려오자, 대위는 그쪽으로 시선을 옮겼다. 안개에 휩싸여 거인처럼 보이는 상사 한 명이 다가오더니, 본래의 모습대로 보이는 거리에서 경례를 하고 부동자세를 취했다.

"모리스, 자네로군."

대위가 경례를 받은 후 말했다.

"프라이스 중위의 지시를 받고 왔습니다. 보병 대부분이 철수했다고 합니다. 지원 병력이 부족합니다."

"알고 있다."

"부하를 시켜 백 미터 전방을 정찰한 결과 우리 중대 전방에는 전초선이 없습니다."

"그래."

"정찰병들이 적군의 소리가 들릴 정도로 가까이 접근했다가 돌아

왔습니다."

"그래."

"포차가 움직이는 소리와 지휘관들의 명령을 들었다고 합니다."

"그래."

"적군은 우리 진지를 향해 이동하고 있습니다."

자신의 부관과 기마병들이 안개에 휩싸여 있는 전선 뒤쪽 지점을 바라보던 랜섬 대위는 다른 방향으로 말을 돌려세웠다. 그러고는 전처럼 말에 앉은 채 움직이지 않았다.

"그런 보고를 한 병사들이 누군가?"

랜섬 대위는 상사를 쳐다보지 않고 물었다. 그는 말 머리 너머 안개 속을 똑바로 응시하고 있었다.

"하스먼 상병과 매닝 포병대원입니다."

랜섬 대위는 잠시 말이 없었다. 안색이 약간 창백해지고 입술이 살짝 씰룩였지만, 그런 변화를 눈치채려면 모리스 상사보다 더 가까운 거리에 있어야 했다. 그의 목소리에는 아무런 변화가 없었다.

"상사, 프라이스 중위에게 치하의 말을 전하고, 총공격을 하라고 전하게. 포도탄으로."

상사는 경례를 하고 안개 속으로 사라졌다.

4
매스터슨 장군 소개하기

캐머런 장군과 그의 호위대가 사단장을 만나기 위해 전선을 따라 랜섬 중대의 오른쪽 1.5킬로미터 지점까지 이동했지만, 사단장은 이미 군단장을 만나러 가고 없었다. 모두가 저마다 직속상관을 찾아다니는 것 같았다. 불길한 상황이었다. 아무도 침착하게 있을 수 없다는 의미였다. 캐머런 장군은 8백 미터쯤 말을 더 몰았고, 다행히 복귀 중이던 사단장 매스터슨 장군을 만날 수 있었다.

"아, 캐머런."

캐머런의 직속상관이 말고삐를 잡아당기고 말했다. 그는 오른발을 안장 앞머리 위에 걸쳐 놓았는데, 이것은 군인의 행동과는 지극히 거리가 멀었다.

"무슨 일인가? 귀관의 포대가 좋은 위치를 찾아냈나 보군. 안개 속에서 더 좋은 위치라는 게 의미가 있다면 말일세."

"네, 장군님."

상대는 낮은 계급에 어울리게 한층 위엄 있는 어조로 말했다.

"저희 포대는 훌륭하게 배치를 마쳤습니다. 덧붙이자면, 뛰어난 지휘관의 명령을 받고 있습니다."

"어, 무슨 소린가? 랜섬 말인가? 그 친구 괜찮지. 우리 군은 그 친구를 자랑스러워해야 해."

'우리 군'이라는 말은 정규군 장교들의 습관 같은 표현이었다. 가

어떤 장교 237

장 큰 도시들이 가장 지방적인 것처럼, 귀족들의 자기도취도 가장 서민적인 법이다.

"랜섬은 자기주장이 아주 강합니다. 그건 그렇고, 랜섬이 주둔한 언덕을 점령하려면 병력을 위험하게 전개해야 합니다. 언덕이 좌측, 그러니까 우리 군의 좌측면에 있습니다."

"아, 아냐. 하트의 여단이 후방에 있네. 간밤에 드라이타운에서 이동해서 자네 쪽으로 밀착하라고 지시했네. 어서 가서……."

그 말은 미처 끝을 맺지 못했다. 왼쪽에서 격렬한 포성이 울렸기 때문이다. 수행원들이 질서 정연하게 뒤따르는 가운데 두 장군은 그 지점으로 급히 말을 몰았다. 그러나 그들은 곧 멈춰 서야 했다. 안개 속에서 시야가 미치는 곳마다 병사들이 우르르 그들의 길목을 지나고 있었기 때문이다. 모든 전선에서 긴장감이 감돌았다. 병사들은 분주히 전투 대형을 갖추었고, 칼을 뽑아 든 장교들도 계급에 맞게 정렬하고 있었다. 기수들이 깃발을 들어 올렸고, 나팔수들은 집합 신호를 알렸으며, 의무병들이 들것을 들고 나타났다. 장교들이 말에 올랐다. 그들의 거추장스러운 짐은 보관을 위해 후방의 흑인 노예들에게 보내졌다. 으스스한 숲의 뒤쪽에서 장교들의 소지품을 챙기는 웅얼거림과 부스럭거림이 들려왔다.

이런 식의 준비가 다 헛된 것은 아니었다. 5분도 채 되지 않아서 랜섬 대위의 대포들이 의뭉스러운 공백을 깨고 전 지역을 포성으로 뒤흔들었기 때문이다. 적군이 거의 사방에서 공격해 오고 있었다.

5
소리는 어떻게 그림자와 싸울 수 있는가

 랜섬 대위는 빠르면서도 절도 있게 포탄을 내뿜는 포열 뒤에서 이리저리 오가고 있었다. 포병대원들은 긴장한 상태였으나 서두르거나 흥분하는 기색은 없었다. 사실 흥분할 이유는 없었다. 안개 속으로 포탄을 발사하는 것은 그리 대단한 일이 아니었다. 그 정도는 누구라도 할 수 있다.

 대포를 쏘는 것이 새삼스러운 임무도 아니었기에 포병들은 요란한 포성에 미소를 머금고 있었다. 그들이 호기심을 느낀 것은, 진지의 사격 발판 위에 올라가 포탄의 효과를 확인하듯 흉벽 너머를 바라보는 대위의 행동이었다. 그러나 확인할 수 있는 효과라고는 안개를 대신한 넓고 낮은 포연뿐이었다. 그런데 갑자기 불분명한 방향에서 큰 함성이 들려오더니, 포탄이 멈춘 공백을 놀라울 정도로 또렷하게 채우는 것이었다. 여유 있게 관찰할 수 있는 소수의 장교들이 볼 때, 그 소리는 참으로 이상했다. 너무 크고 가까운 데다 지나치게 위협적인 반면 눈에 보이는 것이 없었다. 포병들은 더 이상 미소를 머금지 않았다. 그 대신 진지하고 맹렬한 기세로 포를 쏘기 시작했다.

 진지에서 흉벽 너머를 바라보고 있던 랜섬 대위는 엄청난 수의 희끄무레한 잿빛 형체들이 안개 속에서 점차 모습을 드러내고 바로 아래쪽 오르막을 득시글거리며 올라오는 광경을 보았다. 그러나 포탄 또한 빠르고 맹렬한 기세를 뿜고 있었다. 포도탄과 산탄이 병사들로 가득한 오르막을 연신 후려쳤고, 천둥 같은 폭음 사이로 윙윙 소리가 들려왔다. 이 끔찍한 철의 폭풍 속에서 공격자들은 포진지를 향해 총을 쏘면서 전우의 시체를 넘어 한 발 한 발 전진하기 위해 사력을 다하고 있었다. 총을 재장전하고 쏘기를 반복하다 차례차례 쓰러지고, 앞서 쓰러진 전우보다 조금 더 전진하기를 되풀이했다. 곧 모든 광경을 뒤덮어 버릴 정도로 포연이 짙어졌다. 포연은 공격군을 휘감았다가 뒤쪽으로 밀려가 대포 진지까지 뒤덮었다. 포병대원들은 흐려진 시야 때문에 포를 발사하는 데 애를 먹었고, 간간이 흉벽까지 접근한 적군의 모습이 보였다. 이렇게 접근한 적들은 운 좋게 두 개의 총안 사이를 파고들어 포 사격을 피할 수 있었다. 이들은 너무도 허약해 보여서 보병들이 그들과 육박전을 벌이며 참호 안으로 나뒹구는 것조차 무익하게 느껴질 정도였다.

전투 중인 포대의 지휘관으로서 랜섬 대위는 적군의 해골을 하나씩 부수는 것보다 더 좋은 방법이 있다고 생각했다. 그래서 진지에서 물러나 포열 뒤의 원래 위치로 돌아갔다. 그곳에 팔짱을 끼고 서자, 그 옆에 나팔수가 대기했다. 전투가 가장 치열해졌을 때, 진지 안에서 막 용감한 적군 한 명을 칼로 물리친 프라이스 중위가 랜섬에게 다가왔다. 두 장교 사이에 활기찬 — 적어도 엄청난 포성을 뚫고 자신의 의견을 알리기 위해 힘찬 손짓을 섞어 가며 상관의 귀에 연신 고함을 질러 대는 중위의 입장에서는 — 대화가 이어졌다. 중위의 손짓은 배우의 냉정한 연기처럼 항의를 전하고 있었다. 누가 보았다면 그가 현재의 전투에 반대하고 있다고 말했을 것이다. 그는 항복을 원하는 것인가?

　랜섬 대위는 안색이나 태도의 변화 없이 중위의 말에 귀를 기울였다. 그리고 중위의 장광설이 끝났을 때, 그를 냉정하게 응시하면서 주변의 소음이 조금 잦아들기를 기다려 이렇게 말했다.

　"프라이스 중위, 자네한테는 그 무엇도 알 권한이 없다. 내 명령에만 따르면 된다."

　중위는 자신의 위치로 돌아갔다. 진지에서의 소란이 모두 해결된 것을 확인한 랜섬 대위는 다시 그쪽으로 가 전세를 살폈다. 그가 사격 발판에 올라서는 순간, 적군 한 명이 크고 화려한 깃발을 흔들며 뛰어올랐다. 대위는 허리에서 권총을 뽑아 적을 사살했다. 앞으로 곤두박질친 시체가 진지 안쪽 가장자리에 몸을 걸친 채 늘어졌다. 두 팔을 축 늘어뜨린 시체의 두 손은 여전히 깃발을 움켜쥐고 있었다. 적군 몇 명이 잇따라 나타났다가 곧 밑으로 나뒹굴었다. 대위는 흉벽 너머에 살아 있는 것을 볼 수 없었다. 적진에서 발사되는 총성도 없었다.

　그가 나팔수에게 신호를 보내자, 사격 중지를 알리는 나팔이 울렸다. 다른 곳에서도 남군의 패배와 함께 공격이 멈춘 상태였다. 포성이 멈춘 전장엔 완벽한 침묵이 흘렀다.

6

A한테 뺨 맞고 B에게 화풀이하는 것이 최선이 아닌 이유

매스터슨 장군은 말을 몰아 진지로 들어갔다. 병사들이 모여서 발짓 손짓을 섞어 가며 큰 소리로 떠들고 있었다. 그들은 줄줄이 쓰러져 있는 시체들을 가리켰고, 지저분하고 뜨거워진 무기도 잊고 겉옷을 추스르는 것도 잊었다. 병사들은 진지 난간까지 달려가 그 너머를 살펴보았고, 일부는 도랑까지 뛰어 내려갔다. 죽은 병사의 손에 꽉 쥐어 있는 깃발 주변으로 스무 명가량의 병사들이 모여들었다.
"제군들, 잘 싸워 주었네."
장군이 유쾌하게 말했다.
병사들은 물끄러미 쳐다보았으나 아무도 장군의 말에 대꾸하지 않았다. 높은 상관이 함께 있다 보니 당혹스럽고 긴장한 분위기였다.
짐짓 소탈한 척 유쾌한 말을 던졌지만 아무 반응이 없자, 이 느긋한 장군은 잘 알려진 노래의 한두 소절을 휘파람으로 불면서 시체를 힐끔거리며 전방의 흉벽으로 말을 몰아갔다. 그러다 갑자기 말머리를 돌려 포열 뒤쪽을 따라 질주하면서 주위를 훑어보았다. 한 장교가 포열 한 곳에 앉아서 담배를 피우고 있었다. 장군이 질주해 오자, 장교가 일어서서 침착하게 경례를 붙였다.
"랜섬 대위!"
칼날이 맞부딪치는 듯 날카롭고 오싹한 목소리였다.
"자네 지금까지 아군과 전투를 한 건가? 우리 편 말이다. 듣고 있

나? 하트의 여단과 말이야!"

"장군님, 알고 있습니다."

"알아? 그걸 알면서 여기 앉아 담배를 피워? 아, 빌어먹을! 어이 해밀턴, 정말 열 받는군."

뒷말은 해밀턴 헌병 사령관에게 한 것이었다.

"랜섬 대위, 귀관이 왜 아군과 전투를 했는지 설명해 줄 수 있을 거라고 믿네."

"설명할 수 없습니다. 제가 받은 명령에는 그것에 관해서는 아무런 정보가 없었습니다."

장군은 그 말이 무슨 뜻인지 이해하지 못한 것 같았다.

"어느 쪽이 공격했나? 귀관인가 아니면 하트 장군인가?"

그가 물었다.

"접니다."

"귀관은 아군을 공격하고 있다는 걸 몰랐고, 알 수도 없었단 말인가?"

대답은 놀라웠다.

"알고 있었습니다, 장군님. 하지만 제가 상관할 일이 아니라고 생각했습니다."

잠시 쥐 죽은 듯한 침묵이 흘렀고, 그 침묵을 깬 것도 랜섬 대위였다.

"캐머런 장군에게 물어보십시오."

"캐머런 장군은 전사했네. 이 군대에 있는 여느 병사들처럼 죽었단 말일세. 시신은 저기 나무 아래 있네. 혹시 캐머런 장군이 이 끔찍한 일과 관련이 있다고 말하는 건가?"

랜섬 대위는 대답하지 않았다. 두 사람 주변으로 결과를 궁금해하는 병사들이 모여들었다. 병사들은 몹시 흥분한 기색이었다. 포격으로 조금 흩어졌던 안개가 다시 짙어지자, 병사들은 말에 탄 판관과 그 앞에 차분하게 서서 질타를 받고 있는 대위 가까이 거리를 좁혀 왔다. 군사 재판 치고는 지극히 비공식적인 상황이었지만, 모두들 그것이 앞으로 있을 정식 재판의 결과와 다르지 않을 것이라고 느꼈다. 재판권은 없었지만 예언적인 의미는 있었다.

"랜섬 대위."

장군이 충동적으로 소리를 질렀지만, 목소리는 오히려 애원조에 가까웠다.

"귀관의 이해할 수 없는 행동을 설명하는 데 좀 더 참작이 될 만한 어떤 것이라도 말해 주길 바라네."

이 너그러운 장군은 화를 누그러뜨리고 말했다. 그는 불명예스러운 죽음을 코앞에 둔 용감한 군인에게 자연스레 연민을 느꼈고, 그것을 정당화할 수 있는 뭔가를 찾고 싶었다.

"프라이스 중위는 어디에 있나?"

대위가 말했다.

프라이스 중위가 앞으로 나왔다. 피 묻은 손수건으로 이마 주위를 감싸고 있어서 검은 얼굴이 퍽 으스스해 보였다. 그는 자신이 불려 나온 이유를 알고 있었기에 굳이 말을 하라고 종용할 필요는 없었다. 그는 대위를 외면한 채 장군을 향해 말했다.

"전투 중에 저는 사태를 파악하고 중대장님에게 보고했습니다. 포 사격을 중지해야 한다고도 말했습니다. 하지만 모욕적인 언사와 함께 위치로 돌아가라는 명령을 받았습니다."

"내가 어떤 명령을 받고 작전을 수행했는지 아는 것이 있나?"

대위가 물었다.

"중대장님이 어떤 명령을 받고 작전을 수행했는지는, 아는 바 없습니다."

중위가 여전히 장군을 향한 채 말했다.

랜섬 대위는 자신의 세계가 발치에서 무너져 내리는 것을 느꼈다. 그는 중위의 냉정한 말 속에서 수 세기에 걸친 시간의 웅얼거림이 영원의 해변에 부딪쳐 스러지는 소리를 들었다. 그 운명의 목소리는 차갑고 매정하고 절제된 소리로 이렇게 말했다.

"준비, 조준, 발사!"

랜섬 대위는 자신의 심장을 박살 내는 총알을 느꼈다. 그는 관 속에서 지상의 소리를 들었고, (만약 신이 그 정도로 관대하다면) 잊힌 자신의 무덤 위에서 지저귀는 새소리를 들었다. 그는 묵묵히 기병도를 풀어 헌병 사령관에게 넘겨주었다.

전초지에서 생긴 일

1
죽고자 하는 소망에 관하여

두 남자가 앉아서 이야기를 하고 있었다.* 한 명은 주지사였다. 때는 전쟁이 한창이던 1861년이었고, 주지사는 연방군을 위해 주의 모든 병력과 자원을 아낌없이 지원하는 등 비범한 지성과 열정을 지닌 인물로 널리 알려져 있었다.

"뭐! 자네가?"

---

* 1897년에 발표된 이 작품은 샤일로 전투 직후가 배경이다. 실제로 샤일로 전투 후 몇 주간 지속된 소강상태의 와중에 저명한 정치인들이 전장을 방문하였다. 작품 속에 등장하는 주지사는 당시 인디애나 주지사로서 인디애나 제9연대를 방문한 올리버 P. 모턴을 모델로 한 것으로 알려져 있다.

주지사가 놀란 기색으로 말을 이었다.

"자네도 장교로 임관하고 싶은가? 나팔 소리와 북소리가 자네의 신념을 어지간히 바꿔 놨나 보군. 병사를 충원하는 일에 까다롭게 굴어서는 안 되겠지. 하지만, 음, 충성 서약이 필요하다는 걸 잊었나?"

그의 말투는 어딘지 반어적이었다.

"저의 신념이나 공감, 어느 것도 변하지 않았습니다."

상대방이 침착하게 말했다.

"주지사님이 친히 상기시켜 주셨듯 저는 남부에 공감하고 있습니다만, 북부가 옳다는 것을 추호도 의심한 적이 없습니다. 저는 실제로도 그렇고 감정상으로도 남부인입니다. 하지만 중요한 문제에서는 감정이 아니라 생각한 대로 행동하는 게 저의 방식입니다."

주지사는 무심결에 연필로 탁자를 톡톡 두드렸다. 그는 곧바로 대꾸하지 않았다. 잠시 후에 그가 한 말은 이랬다.

"세상에는 별의별 사람이 다 있으니 자네 같은 사람도 있기 마련이고, 자네가 자기 자신에 대해 뭐라고 생각하든 그것이 틀렸다고 할 수는 없겠지. 나는 자네를 오랫동안 알아 왔네. 미안하지만, 난 자네와 생각이 다르네."

"저의 지원을 거절하시는 겁니까?"

"그렇네. 난 자네의 남부적인 성향을 상당한 결격 사유라고 생각하는데, 자네가 그런 내 생각을 돌릴 수 없는 한 그렇다네. 난 자네의 진정성을 의심하지 않아. 총명한 데다 전문 훈련까지 받았으니 장교로서 손색이 없다는 점도 인정하네. 자네는 북군의 대의명분을 더 높이 평가한다고 말했지만, 나는 그 명분을 마음 깊이 공감하는 사람을 더 원하네. 병사들은 마음으로 싸우니 말일세."

"그런데 말입니다, 주지사님."

젊은이가 온기 없는 밝은 미소를 머금고 말했다.

"저는 마음을 단단히 먹고 왔습니다. 이 자리에서 자격에 관한 말이 나오지 않기를 바랐습니다. 어느 위대한 군인은 훌륭한 군인이 되는 간단한 비법을 이렇게 말했죠. '죽을 각오로 임하라.' 제가 바로 그런 목적으로 군대에 지원하려는 겁니다. 어쩌면 제 충성심이 그리 대단한 것은 아니겠지만, 저는 죽을 각오를 하고 있습니다."

주지사의 눈초리가 험악해지더니 약간 싸늘하게 변했다.

"죽겠다면야 더 간단하고 솔직한 방법이 있지."

그가 말했다.

"주지사님, 저희 집안은……."

젊은이가 대답했다.

"그렇게 하지 않습니다. 아미스테드 집안 사람들은 절대로 그런 선택을 한 적이 없습니다."

오랜 침묵이 흘렀고, 두 사람은 서로의 눈길을 외면했다. 이윽고 주지사가 또 톡톡 탁자를 두드리던 연필에서 눈을 떼고 말했다.

"그 여자는 누군가?"

"제 아내입니다."

주지사는 책상에 연필을 던지고 일어서서 두세 번 방 안을 오갔다. 그러고는 역시 일어나 있던 아미스테드를 향해 더욱 차가운 눈빛을 던지면서 말했다.

"하지만 그자가 살아남는 것보다 자네가 살아남는 게 낫지 않겠나? 아니면 아미스테드 집안은 가정일과 공적인 일을 혼동하지 않는다는 '불문율'을 어기겠다는 것인가?"

아미스테드 가의 일원으로서 충분히 모욕을 느낄 만한 발언이었다. 젊은이의 얼굴이 벌겋게 달아올랐다가 곧 창백해졌지만, 그는 자신의 목적을 위해서 마음을 누그러뜨렸다.

"저는 그 남자가 누군지 모릅니다."

그가 아주 차분하게 말했다.

"내 말이 지나쳤군. 미안하네."

주지사가 그렇게 말했지만, 그리 뉘우치는 기색은 아니었다. 그는 잠시 생각에 잠겼다가 이렇게 말했다.

"현재 테네시 주 내슈빌에 주둔 중인 제10보병대의 장교 임명장을 내일 받게 될 걸세. 잘 가게."

"안녕히 계십시오, 주지사님. 고맙습니다."

혼자 남겨진 주지사는 한동안 책상에 가만히 기대어 있었다. 이윽고 짐을 벗어 후련하다는 듯 어깨를 으쓱해 보였다.

"이런 일은 참 고약하군."

그는 난로 앞에 앉아서 제일 가까이에 있는 책을 집어 아무 곳이나 펼쳐 들었다. 이런 문장이 눈에 들어왔다.

"신이 세상의 부정한 아내로 하여금 자신의 죄를 덮기 위해 남편에게 거짓말을 하도록 만들었을 때, 남자들에겐 우둔함을 주어 그 거짓말을 믿게끔 하는 배려도 잊지 않았다."

그는 책의 제목을 살펴보았다. 『바보 각하』. 그는 책을 난롯불 속에 집어 던졌다.

2
들을 만한 가치가 있는 말을 하는 법

적군은 이틀 동안 치러진 피츠버그랜딩 전투에서 패한 뒤, 진격의 출발점이었던 코린스로 서서히 후퇴했다. 한편 그랜트 장군의 군대는 뷰얼의 군인다운 용맹과 노련함 덕분에 괴멸되거나 포로로 붙잡힐 위험에서 간신히 벗어났지만, 장군 자신은 무능함을 드러냄으로써 지휘권을 박탈당했다. 그런데 정작 지휘권을 물려받은 사람은 뷰얼이 아니라, 능력이 검증되지 않았을 뿐 아니라 태만하고 우유부단한 이론가인 홀렉이었다. 홀렉의 군대는 적의 호전적인 척후병에 대비하고 결코 오지 않는 적의 특공대를 막기 위해 늘 전선에 배치되어 있었는데, 이들은 언제든 교전이 벌어진다면 먼동이 트기 직전의 유령처럼 순식간에 패할 운명의 적군을 향해 50킬로미터의 숲과 늪지를 건너 조금씩 진격해 갔다. 이것은 몇 가지 상반된 목적과 명령으로 이루어진 정찰 및 후퇴 작전으로, 일명 '갈팡질팡' 작전이라 불렸다. 몇 주 동안 벌어진 이 엄숙한 광대극은 전쟁의 공포를 통해 안전하게 얻을 수 있는 것이 무엇인지 알고 싶어 하는 야심만만한 정치가들의 주의를 끌었다. 그 저명한 정치인들 중에는 우리의 친애하는 주지사도 포함되어 있었다. 주지사는 군 사령부와 자신의 주 출신 군대가 주둔하는 야영지 곳곳에서 말끔한 옷차림에 실크해트를 쓰고 개인 수행원을 대동한 채 으스대며 말을 타고 나타나기 예사였다. 이런 행색은 전쟁의 바다 너머 평화로운 땅을 암시하듯 이채로웠다. 주지사 일행이 지나가자, 참호에 있던 지저분한 몰골의 병사가 삽에 기대어 올려다보더니 들릴 만한 목소리로 자신과 비교되는 그들의 부적절한 행색을 힐난했다.

"주지사님, 제 생각엔 말입니다."

어느 날 비공식적인 모임에 말을 타고 나타난 매스터슨 장군이 한쪽 다리를 안장 앞머리에 걸치고(그가 가장 좋아하는 자세였다) 말했다.

"제가 주지사님이라면 그쪽 방향으로 더 들어가진 않을 겁니다. 그쪽은 전위대 외에 아무것도 없습니다. 그래서 여기에 중포를 배치해 둔 겁니다. 전위대가 적진으로 들어갈 경우 중포를 제때 옮기지 못하면 곤란한 상황에 빠질 수 있으니까요. 이 포들은 제법 무겁습니다."

이 직설적인 군대식 유머는 실크해트 위로 내리는 가랑비가 아니더라도 새겨들을 이유가 충분했다. 그런데도 주지사는 조금도 기죽지 않고 이렇게 대꾸했다.

"제가 알기로 저쪽에 저희 주 출신 병사들이 있습니다. 아미스테드 대위가 지휘하는 제10보병대 말입니다. 허락해 주신다면 한번 만나 보고 싶군요."

"그 사람이라면 만나 볼 가치가 있지요. 하지만 저쪽은 험한 밀림 지역이니 말은 놔두고 가시는 게 좋을 겁니다. 또……."

그는 주지사의 수행원을 힐끗 쳐다보고 덧붙였다.

"다른 짐도 놔두고 가십시오."

주지사는 홀로 걸어서 갔다. 30분 동안 늪지를 빽빽하게 뒤덮은 덤불 속을 헤치고 나가자, 탁 트인 단단한 지대가 나타났다. 그곳에 중대원 절반이 소총을 걸어총으로 쭉 세워 놓고 빈둥거리고 있었다. 병사들은 허리띠, 탄약통, 군낭, 수통에 이르기까지 군장을 갖추고 있었다. 일부는 마른 낙엽 위에 대자로 누워서 선잠에 빠져 있었다. 또 몇 명은 옹기종기 모여 잡담을 나누거나 카드놀이를 하는데, 소총이 있는 곳에서 멀리 떨어진 병사는 없었다. 민간인의 눈에 비친 이 광경은 부주의하고 산만하며 태만했다. 물론 병사가 봤을 때 이 장면은 기다림이고 준비였다.

약간 떨어진 곳에 작업복 차림에 무장을 한 장교가 쓰러진 나무 위에 앉아 있었다. 그는 한 병장이 무리에서 일어나 방문객에게 다가가는 것을 지켜보았다.

"아미스테드 대위를 만나고 싶소."

주지사가 말했다.

병장은 그를 유심히 살펴보더니 아무 말 없이 장교를 가리켰다. 그러고는 소총을 집어 들고 주지사를 장교에게 데려갔다.

"이 사람이 중대장님을 만나고 싶어 합니다."

병장이 경례를 붙였다. 장교가 일어섰다.

눈썰미가 좋지 않았다면, 주지사는 대위를 알아보기 힘들었을 것이다. 불과 몇 달 전만 해도 갈색이었던 대위의 머리칼에 잿빛이 섞여 있었다. 햇볕에 그을린 얼굴은 노인처럼 트고 갈라져 있었다. 이마에 길게 난 흉터는 칼자국이었다. 한쪽 뺨은 총상 때문에 찢기고 오그라들어 있었다. 이런 몰골일망정 잘생겼다고 생각할 사람은 아마도 충성스러운 북부의 여성밖에 없을 터였다.

"아미스테드…… 대위."

주지사가 악수를 청했다.

"나를 모르겠소?"

"알고 있습니다. 주지사님. 제 고향의 주지사님을 향해 경례를 하겠습니다."

그는 오른손을 눈높이로 올렸다가 절도 있게 내렸다. 군대 예절에 악수는 없다. 민간인의 예법은 통용되지 않는다. 주지사의 얼굴에는 놀라고 섭섭한 심정이 드러났다.

"이 손으로 자네의 지원서에 서명을 했네."

그가 말했다.

"서명만 한 게 아니라……."

대위는 이 말을 끝내지 못했다. 전방에서 날카로운 총성이 연거푸 들려왔다. 총알 하나가 쇳소리를 내며 숲을 지나와 근처 나무에 박혔다. 병사들이 용수철처럼 일어섰다. "집합!"이라는 대위의 높고 또렷한 목소리가 걸어총한 소총 너머에 닿기도 전이었다. 곧이어 일제 사격의 요란한 소음을 뚫고 또 한 번 강단지고 신중한 명령이 떨어졌다.

"공격!"

여기저기서 소총을 집어 드는 소리가 들렸다.

대부분 빗나가긴 했지만 보이지 않는 적진에서 총알이 연달아 날아들었다. 회전하는 총알들이 나뭇가지에 부딪치면서 윙윙 소리를 냈다. 앞쪽에 있던 병사 두세 명이 이미 총격을 받고 쓰러진 상태였다. 한두 명의 부상병은 덤불 속 전초선에서 빠져나와 절뚝거리며 후방을 향해 왔다. 그들은 창백한 얼굴로 이를 악물고 계속 움직였다.

갑자기 육중한 소리와 진동에 이어 포탄 하나가 무서운 기세로 머리 위를 지나 수풀 가장자리에서 폭발했다. 낙엽에 불이 붙었다. 이 소란을 헤집고 높이 솟구치는 새의 노래처럼 모든 소리를 압도하는, 거칠지만 느리고 단조로운 대위의 명령이 들려왔다. 강조도 억양도 없는 그의 목소리는 보름달 아래 올리는 저녁 기도처럼 음악적이고 평온하기까지 했다. 이 절체절명의 순간에도 차분한 영창조의 명령에 익숙한, 입대한 지 1년 남짓한 신출내기 병사들은 주술에 홀린 듯 고참병처럼 침착하고 정확하게 명령을 수행했다. 나무 뒤에 숨어서 자존심과 두려움 사이를 오가던 저명한 민간인마저도 그 목소리의 매력과 설득력에 감화될 정도였다. 주지사는 마음을 굳게 먹었고, 후방으로 집결하라는 명령에 따라 전초병들이 쫓기는 토끼처럼 숲에서 나와 전열을 가다듬을 때까지 용케 버티었다. 그리고 도망쳤다. 병사들은 숨을 거칠게 몰아쉬면서 살아남은 것에 감사했다.

3

전장에서 마음이 떠난 자의 싸움

 부상을 입고 도주하던 주지사는 '험한 밀림'을 뚫고 돌아가기 위해 악전고투를 벌였다. 숨이 가쁘고 조금 혼란스러웠다. 산발적인 총성만 있을 뿐, 뒤에서 전투가 벌어지는 소리는 들리지 않았다. 적군은 여전히 상대편의 규모와 배치 상태를 파악하지 못한 상태였기 때문에 다시 공격해 올 때까지는 완전한 소강상태였다. 도망자는 조국을 위해 자신이 살아 있어야 한다고 생각했고, 그것을 전적으로 신의 뜻에 맡기기로 결심했다. 그러나 수풀이 별로 없는 지역에서 작은 시내를 건너다가 발목을 삐는 불상사를 당했다. 그 또한 신의 뜻일 터였다. 한 발로 절뚝거리기에는 너무 뚱뚱해서 계속 도망칠 수가 없었다. 몇 차례 부질없이 시도를 해 보다가 통증만 심해지자, 땅바닥에 주저앉아서 자신의 무능을 달래는 한편 현재의 군사적 상황에 분통을 터뜨렸다.
 어느새 총격이 재개되면서 사방으로 총알이 벌 떼처럼 날아다녔다. 계속되는 소음에 이어 양측의 일제 사격이 시작되었고, 고함과 환호성이 들려왔다. 그러나 그 소음들은 천둥소리 같은 포성에 모두 묻혀 버렸다. 주지사는 아미스테드의 소규모 중대가 수세에 몰린 가운데 근처에서 싸우고 있음을 간파했다. 그가 떠나온 부상병들이 병력 충원으로 눈에 띄게 수가 불어서 양쪽으로 흩어지기 시작했다. 그들은 한 명씩 혹은 두세 명씩 자기보다 부상이 심한 동료를 부축

해 가면서, 그러나 도와 달라는 주지사의 애원에는 모두 귀를 막고 서 숲을 지나 사라졌다. 총성은 점점 더 거세지고 또렷해졌다. 잠시 후 고통에 신음하는 패주병에 이어 걸음이나마 제대로 걸을 수 있는 병사들이 모습을 드러냈는데, 그들은 간간이 주위를 살피며 총을 발사하고 다시 후퇴하면서 걷는 도중에 총을 재장전하기도 했다. 주지사가 지켜보는 동안 두세 명이 쓰러져 움직이지 않았다. 그중 아직 목숨이 붙어 있는 병사 하나가 숨을 곳을 찾아 가련히 버둥거렸다. 그 옆을 지나던 병사가 응사를 한 후, 부상자의 회생 불능 상태를 한눈에 살펴보고는 부루퉁하게 탄알을 장전하면서 떠나 버렸다.

그 어디에도 전쟁의 웅장함이나 영광의 흔적 따위는 없었다. 절망과 위험 속에서도 이 무력한 민간인은 그 상황을 화려한 행렬과 자신의 명예로운 모습 — 눈부신 제복, 음악, 현수막, 행진 — 에 대비해 보고픈 충동을 참지 못했다. 그가 처한 상황은 추하고 역겨웠다. 더구나 그의 예술가적 감수성에 비추어 보면 더욱 혐오스럽고 야만적이며 고약하기 그지없었다.

"욱!"

그가 신음하며 몸서리쳤다.

"짐승 같은 짓이야! 전쟁의 매력은 대체 어디 있지? 고양된 감정, 헌신, 영웅, 이런 건 대체 어디……."

적군이 추격해 오는 방향 가까운 거리에서 낭랑하고 신중하고 단조로운 아미스테드 대위의 목소리가 들려왔다.

"천천히, 부대, 속도를 줄여라. 정지! 사격 개시!"

스무 정 남짓한 소총의 덜컥거림이 소음을 뚫고 또렷하게 들렸다. 예의 귓속을 파고드는 가성(假聲)이 다시 들려왔다.

"사격 중지. 후퇴…… 후퇴!"

잠시 후, 병사들이 주지사의 오른쪽을 지나 천천히 후퇴하기 시작했다. 병사들은 여섯 보 정도의 간격을 유지하고 있었다. 행렬의 맨 왼쪽, 몇 미터 뒤에서 대위의 모습이 나타났다. 민간인이 대위를 소리쳐 불렀으나, 그는 듣지 못했다. 회색 군복을 입은 병사들이 득시글거리며 엄폐에서 나와 추격에 나섰는데, 진격 방향이 하필이면 주지사가 쓰러져 있는 곳이었다. 지형의 특성상 그쪽 방향으로 몰리게 된 것이다. 그 수는 점점 불어났다. 주지사가 목숨과 자유를 위해 필사적으로 일어서려고 버둥거리며 뒤를 돌아보았을 때, 대위가 그를 쳐다보고 있었다. 곧 느리고 정확한 명령이 대위의 입에서 흘러나왔다.

"부대, 정지!"

병사들이 멈춰 서서 적군 쪽을 바라보았다.

"집결!"

병사들은 총에 칼을 장착하면서 달려와 대위 주변에 느슨하게 대오를 갖추었다.

"우리의 주지사를 구출하라…… 뛰어…… 진격!"

이 놀라운 명령에 복종하지 않은 병사는 단 한 명, 전사자였다! 병사들은 함성과 함께 30여 미터를 돌진했다. 가장 가까운 거리에 있던 대위가 제일 먼저 도착했고, 그와 동시에 적군이 달려들었다. 대위를 향해 제대로 조준되지 않은 섣부른 총격이 대여섯 번 가해진 후, 맨 앞에 있던 적병 — 군모를 쓰지 않고 맨가슴을 드러낸 거구의 사내 — 이 소총을 거꾸로 쥐고 대위의 머리를 향해 곤봉처럼 휘둘렀다. 대위는 그것을 막느라 팔이 부러졌지만, 동시에 거인의 가슴 깊숙이 기병도를 찔러 넣었다. 거구의 적병이 소총을 움켜잡은 채 쓰러졌고, 대위가 권총을 빼 들려는 찰나 또 다른 적병이 호랑이처럼 달려들었다. 적병은 두 손으로 대위의 목을 틀어쥐더니, 그때까지도 일어서려고 버둥대던 주지사 뒤쪽에 대위를 쓰러뜨렸다. 이 적병은 곧 북군 병장의 총검에 찔렸고, 대위의 목을 붙잡았던 두 손도 떨어져 나갔다. 대위가 다시 일어서자, 부하들이 그 주변으로 몰려들어 수적 열세에도 조직력을 앞세워 적과 육박전에 돌입했다. 양쪽 모두 소총을 다시 장전해야 했지만, 그럴 만한 시간도 탄알도 부족했다.

  남군은 대부분 총검이 없는 상황이라 육박전에 불리했다. 그들은 곤봉으로 싸웠다. 총을 거꾸로 쥔, 일명 소총 곤봉은 가공할 만한 무기였다. 대전을 알리는 투우장의 신호음처럼 요란한 소리와 함께 육박전이 시작되었다. 여기저기서 두개골이 부서지는 섬뜩한 소리, 총검에 배를 찔려 내뱉는 신음 소리가 들렸다. 대위가 부하 한 명이 쓰러져 생긴 빈 공간을 뚫고 튀어나와, 부러진 왼팔을 대롱거리면서 오른손으로 권총을 뽑아 들고 전광석화처럼 연속으로 방아쇠를 당겼다. 바글바글한 회색 군복 사이에 그 총격이 가져온 효과는 대단했다. 그러나 앞에 있던 적군은 뒤쪽의 동료들에게 떠밀려 죽은 전우를 짓밟고 전진해 왔다. 적군은 북군의 지칠 줄 모르는 총검에 차례차례 쓰러지면서도 진격을 멈추지 않았다. 이제 적의 가슴을 겨눌 총검도 몇 자루밖에 남지 않아 전부 합해도 고작 여섯 자루뿐이었다. 이 악전고투는 몇 분 동안 지속되다가 몇 안 되는 병사들이 서로 등을 맞댄 채 대단원의 막을 내릴 운명이었다.

갑자기 왼쪽과 오른쪽에서 활기찬 총성이 울렸다. 북군 지원대가 남군을 밀어붙이면서 돌격해 오고 있었다. 또 한 번 이 요란한 전장 뒤로 2백 미터 거리의 나무 사이에서 북군 전위대가 어렴풋이 모습을 드러냈다.

남군은 순순히 후퇴하지 않았다. 그들은 육박전을 펼치던 소수의 북군을 상대로 마지막 힘을 행사했다. 무기를 사용할 수 없을 정도로 뒤엉킨 상황에서 북군의 팔다리와 목과 얼굴이 짓밟혔다. 그러고 나서야 적군은 피 묻은 군화로 자기편 전사자를 넘어 대대적으로 후퇴를 하기 시작했다. 이렇게 일전은 끝났다.

4
위대한 자가 위대한 자에게 경의를 표하다

의식이 없던 주지사가 눈을 뜨고 주위를 바라보면서 천천히 그날의 사건을 떠올렸다. 소령 계급장을 단 남자가 그 옆에 웅크리고 있었다. 군의관이었다. 주위에 모여 있는 사람들은 주지사의 부하 직원들이었는데, 당연히 근심 어린 표정을 하고 있었다. 그들과 조금 떨어진 곳에서는 매스터슨 장군이 다른 장성을 향해 시가를 든 손을 움직여 가며 대화에 한창이었다. 그가 하던 말은 이랬다.

"역사상 가장 멋진 전투였습니다. 장군님, 맹세코 위대한 전투였습니다!"

멋과 위대함은 가지런히 놓인 전사자들의 시체와 조금은 편안한 자세로 붕대를 칭칭 감고 불안한 표정을 짓고 있는 반나체의 부상자들에 의해 입증되고 있었다.

"주지사님, 어떠십니까? 외상은 없습니다만."

군의관이 물었다.

"괜찮은 것 같소."

환자가 일어나 앉으면서 말했다.

"발목을 다쳤소."

군의관은 주지사의 발목으로 시선을 옮기고 부츠를 찢었다. 사람들의 시선이 전부 군의관의 메스를 따라 움직였다.

주지사가 다리를 움직이다가 접힌 종이 한 장을 발견했다. 그는 무심코 종이를 집어서 펼쳤다. 석 달 전 '줄리아'라는 여성이 보낸 편지였다. 주지사는 그 이름을 눈여겨보면서 편지를 읽었다. 그리 대단한 내용은 아니었다. 내연의 남자로부터 버림받은 부정한 아내의 참회였다. 그 편지는 아미스테드 대위의 호주머니에서 떨어진 것이었다. 편지를 읽은 주지사는 말없이 자신의 호주머니에 집어넣었다.

군 사령관의 전속 부관이 말을 타고 나타났다. 그는 주지사에게 다가와 경례를 붙였다.

"주지사님, 부상을 당하셨다니 유감입니다. 사령관께서는 주지사님의 부상에 대해서는 모르고 계십니다. 사령관님이 주지사께 치하의 말을 전하라고 저를 보내셨습니다. 그리고 주지사님을 위해 내일 대규모 열병식을 준비하라고 지시하셨습니다. 주지사님이 괜찮다면 사령관 전용 마차를 제공하시겠답니다."

그가 말했다.

"사령관님의 친절에 아주 감사드린다고 전해 주세요. 잠시만 기다려 준다면 좀 더 확실한 대답을 드릴 수 있을 듯한데요."

주지사는 환하게 웃으면서 군의관과 부하 직원들을 훑어보고 이렇게 덧붙였다.

"일단 이 평화로운 공포에 대해 비유를 하나 곁들여도 좋다면, 현재 나는 '친구들의 수중에' 있는 셈이로군."

이 위대한 인물의 유머는 전염성이 강했다. 모두 웃음을 터뜨렸다.

"아미스테드 대위는 어디 있소?"

주지사가 어딘지 개운치 않은 표정으로 물었다.

주지사의 발목을 살피던 군의관이 고개를 들더니, 가장 가까운 시체 한 구를 조용히 가리켰다. 전사자들의 얼굴은 모두 손수건으로 정성스레 가려져 있었다. 군의관이 가리킨 시체는 손을 뻗으면 닿을 정도로 아주 가까웠지만, 주지사는 손을 뻗지 않았다. 혹시 피가 새어 나올까 봐 무서워서 그랬는지도 모르겠다.

두 목숨의 사나이

 이 기이한 이야기는 데이비드 윌리엄 덕에게서 직접 들은 것이다.*
덕은 일리노이 주 오로라에서 두루 존경을 받으며 살고 있는 노인이
다. 그런데 그는 '죽은 덕'으로 더 많이 알려져 있다.
 "1866년 가을, 나는 제18보병대의 이등병이었소. 우리 부대는 캐
링턴 대령의 지휘 아래 필 키어니 요새에 주둔 중이었소. 그 지역은
수족 원주민이 81명의 장병을 살육한 사건**으로 꽤 알려져 있지요.

---

* 이 작품은 1905년에 발표되었다.
** 북아메리카 평원의 원주민인 수(Sioux)족은 1865~1867년 보즈먼 도로를 건설하
려는 미국 정부에 대항하여 전투를 벌인다. 전투 중이던 1866년, 필 키어니 요새
근처에서 80여 명의 미군이 납치되거나 살해되는 일명 페터먼 학살이 일어난다.
그 결과 미국 정부는 보즈먼 도로 건설을 중단하기로 동의하고, 미주리 강 서쪽의
사우스다코타 지역을 수족이 독점하도록 보장한다.

용감하지만 무모했던 페터먼 대위가 사령관의 명령을 따르지 않은 덕에 단 한 명도 살아남지 못했다오. 그 일이 벌어졌을 때, 나는 빅혼에 있는 C. F. 스미스 요새로 긴급한 전문을 전하러 가는 중이었소. 인근에 잔인한 원주민들이 득시글거렸기 때문에 밤에 이동을 하고 새벽녘에는 최대한 몸을 숨겼소. 헨리 소총과 사흘 치 식량을 가지고 도보로 이동했소.

  나는 어둠 속에 험준한 산등성이 사이로 난 좁은 협곡의 초입처럼 보이는 곳을 두 번째 은신처로 택했소. 산비탈에서 떨어진 커다란 바위들이 많았소. 그중 한 곳 뒤에 산쑥 덤불이 있기에 잠자리를 만들고 곧 잠이 들었소. 잠을 청한 지 얼마 되지 않은 느낌이었지만 실제로는 한낮이 가까워진 때에, 총성에 잠을 깼소. 내가 숨어 있던 바위 바로 위쪽으로 총알이 날아들었소. 나를 추적해 오던 원주민 무리에 포위되다시피 한 상황이었소. 그 오싹한 총알은 산 중턱에서 나를 발견한 원주민이 발사한 것이었소. 소총 연기로 그자의 위치를 확인한 나는 곧바로 내리막 쪽으로 몸을 굴렸소. 그러고는 자세를 낮추고 산쑥 덤불 사이를 달리기 시작했는데, 보이지 않는 곳에서 총알이 빗발처럼 거세게 쏟아졌소. 그런데 놈들이 곧장 나를 쫓아오지 않아 이상한 생각이 들었소. 내가 어디로 도망치는지 뻔히 아는 데다 상대라고는 나 혼자였는데 말이오. 놈들이 왜 그랬는지는 잠시 후에 밝혀졌소. 백 미터 남짓 달렸을까, 나는 이미 도주의 끝에 다다라 있었소. 협곡인 줄 알았던 그곳은 알고 보니 낭떠러지였다오. 낭떠러지는 암석이 움푹 들어간 지점에서 끝나고 있었는데,

수직에 가까운 데다 식물도 거의 눈에 띄지 않았소. 독 안에 든 쥐나 마찬가지 상황이었으니 애초부터 추격할 필요가 없었던 게요. 놈들은 그저 기다리기만 하면 되었소.

놈들은 기다렸소. 꼬박 이틀 동안 나는 낭떠러지를 등진 채 메스키트 관목으로 덮인 바위 뒤에 웅크리고 갈증과 임무 실패의 고통에 시달리면서 원거리의 적들과 싸웠소. 나와 적들은 서로의 소총에서 나는 연기를 조준하여 간헐적으로 총격을 주고받았소. 나는 밤에도 마음 편히 잠을 잘 수 없었고, 수면 부족은 가장 고통스러운 고문이었소.

사흘째 아침이 밝자, 그날이 내게 남겨진 마지막 날이라는 걸 알 수 있었소. 어렴풋이 기억나는 건, 절망과 환각에 사로잡힌 내가 평지로 뛰쳐나가 아무 곳이나 마구 총을 쏘기 시작했다는 것이오. 그러곤 그때의 싸움에 대해 더는 기억나는 게 없소.

그다음 생각나는 건, 밤에 강에서 빠져나온 것이오. 나는 실오라기 하나 걸치지 않은 상태였고, 어디에 있는지조차 알 수 없었소. 추위와 아픈 발 때문에 고통스러워하면서도 밤새 북쪽을 향해 걸었소. 먼동이 틀 무렵, 나는 불현듯 목적지였던 C. F. 스미스 요새에 도착했음을 깨달았소. 하지만 내가 전달해야 할 문건은 이미 사라지고 난 뒤였소. 맨 처음 만난 사람은 윌리엄 브리스코 상사인데, 잘 아는 사람이었소. 그런 몰골로 나타났으니 그가 날 보고 얼마나 놀랐을지는 상상이 갈 것이오. 그런데 그가 나더러 누구냐고 묻는 바람에 나 역시 크게 놀라고 말았소.

'데이브 덕입니다.'

내가 대답했소.

'아니면 제가 누구라고 생각하십니까?'

그는 눈을 껌벅거리면서 나를 쳐다보았소.

'그렇게 보이는군.'

그런데 그가 나한테서 조금 뒷걸음질을 치는 게 보였소. 다시 그가 물었소.

'무슨 일이지?'

나는 하루 전날 내게 벌어진 일을 말해 주었소. 그는 묵묵히 나를 쳐다보면서 끝까지 듣고만 있었소. 그러고는 이렇게 말했소.

'이봐, 자네가 데이브 덕이라면, 이렇게 말해 줄 수밖에 없겠군. 내가 자네를 두 달 전에 묻었다고 말이야. 나는 소규모 정찰대와 함께 나갔다가 자네의 시체를 발견했어. 온몸에 총구멍이 나 있고, 머리 가죽이 벗겨진 지 얼마 안 된 상태였지. 이런 말을 하게 돼서 유감이네만, 자네 시체를 발견한 곳이 바로 자네가 싸웠다고 말한 그 장소야. 내 막사로 가지. 자네의 옷과 지니고 있던 편지들을 보여 주겠네. 자네가 전달하기로 한 문건들은 사령관에게 가져다 드렸어.'

그는 자신의 말대로 했소. 내게 옷을 보여 주었고, 나는 주저 없이 그것을 입었소. 그리고 편지들은 호주머니에 집어넣었소. 그는 구태여 제지하지 않았고, 나를 곧 사령관에게 데려갔소. 사령관은 내 말을 듣더니 브리스코를 향해 나를 영창에 집어넣으라고 싸늘하게 명령했소. 가는 길에 내가 이렇게 말했소.

'빌 브리스코 상사님, 이 옷을 입은 시체를 묻었다는 게 사실입니까?'

'그래. 내가 말한 그대로야. 시체는 분명히 데이브 덕이었어. 우리 대부분이 그 얼굴을 잘 알고 있지. 그리고 너, 빌어먹을 사기꾼 놈, 네놈의 정체를 밝히는 게 좋을 게다.'

나는 이렇게 대답했소.

'이미 밝혔습니다.'

그로부터 일주일 후, 나는 영창에서 탈출하여 가능한 한 빨리 그 지역을 벗어났소. 두 번 정도 산속의 그 저주스러운 장소를 찾아 돌아가 봤지만, 끝내 찾을 수 없었소."

두 건의 군대 처형

1862년 봄, 뷰얼 장군의 대군이 샤일로 전투의 승리를 목전에 두고 전열을 가다듬고 있었다.* 그들의 일부는 웨스트버지니아와 켄터키의 산간에서 전투를 치른 풍부한 경험과 임무 수행력을 갖추고 있었으나, 대부분은 훈련이 되지 않은 풋내기 병사들이었다. 전쟁이 벌어진 지 얼마 안 된 시점이었고, 미국의 청년들은 군인이라는 새로운 직업에 대해 전적으로 공감할 수 없었으며 이해심도 부족했다. 특히 군인의 핵심인 규율과 복종에 대해 그랬다. 어린 시절부터 모든 인간은 동등하다는 매혹적인 허위에 감화되어 온 미국 청년들의 입장에서 명령에 대한 무조건적인 복종이란 쉽게 체득할 수 있는 성질의 것이 아니었다. 군율에 가장 적응하지 못한 이들이 바로 자원

---

* 이 작품은 1862년 4월의 샤일로 전투를 배경으로 한 것으로 1906년에 발표되었다.

입대한 '풋내 나는' 미국 병사들이었다. 뷰얼의 부하 한 명에게 벌어진 일도 이런 배경에서 비롯된 것이었다. 베넷 스토리 그린 이등병은 장교를 구타했다. 전쟁 후반이었다면 그도 앤드루 에이규치크* 처럼 절대 그런 짓을 하지 않았을 터이다. 그러나 시기적으로 군대에 적응하는 과정이었다는 점이 문제였다. 장교의 고발이 있은 직후, 그린 이등병은 체포되어 군사 재판에서 사형을 선고받았다.

"넌 날 실컷 때리고 그것으로 끝낼 수도 있었어."

사형수가 장교에게 말했다.

"네가 평범한 윌 더들리였을 때 학교에서 그랬던 것처럼 말이야. 나도 그랬으니까. 내가 널 때리는 걸 본 사람은 아무도 없어. 굳이 군법으로 처리하지 않아도 되었잖아."

"벤 그린, 네 말이 맞을지도 모르지."

중위가 말했다.

"날 용서해 주겠나? 그래서 널 보러 왔어."

대답이 없었다. 그때, 이들이 대화를 나누던 군막에 한 장교가 얼굴을 들이밀고 면회 시간이 끝났음을 알렸다. 다음 날 아침, 부대원 전원이 지켜보는 가운데 그린 이등병은 동료들에게 총살당했다. 더들리 중위는 이 안타까운 장면을 등진 채 그린을 위해 그리고 그 자신을 위해 기도를 올렸다.

그로부터 몇 주 후, 뷰얼의 군대는 그랜트의 패군을 지원하기 위

---

* 셰익스피어의 희극 『십이야』의 등장인물.

해 배를 타고 테네시 강을 건너고 있었다. 시나브로 밤이 가까워 오는 시간, 사위는 어두웠고 날씨는 험악했다. 뷰얼의 군대는 황폐화된 전장을 지나 퇴각하여 전열을 정비 중인 적진을 향해 조금씩 전진해 갔다. 번개라도 치지 않으면 칠흑처럼 어두웠다. 번개는 한순간도 멈추지 않았고, 천둥소리가 나지 않을 땐 어둠 속을 비틀비틀 더듬어 가는 부상병들의 신음 소리가 대신했다. 이미 전사자들이 아주 많았다.

잿빛 여명 속에 군대는 대오를 갖추기 위해 잠시 행군을 멈추었다. 전초병들이 전방에 배치되었고, 점호가 시작되었다. 더들리 중위가 소속된 중대의 선임 하사가 앞으로 나와 알파벳순으로 병사들의 이름을 불렀다. 그는 기록해 둔 명단을 가지고 있지 않았지만 기억력이 비상했다. G까지 호명하는 동안, 병사들은 일사천리로 자신의 이름에 대답했다.

"고램."

"옛!"

"그레이록."

"옛!"

선임 하사의 비상한 기억력도 습관을 피해 가진 못했다.

"그린."

"옛!"

그 대답은 또렷하고 분명하여 의심의 여지가 없었다.

이 뜻밖의 사건을 접한 중대원들이 전기에 감전된 듯 심한 동요를 일으켰다. 선임 하사는 창백해진 얼굴로 점호를 중단했다. 중대장이 재빨리 선임 하사 곁으로 와서 엄하게 말했다.

"그 이름 다시 불러 봐."

이렇듯 심령학회보다 앞서 미지의 대상에 호기심을 품은 사람들은 많았다.

"베넷 그린."

"옛!"

모든 중대원들이 귀에 익은 목소리가 들려오는 방향으로 고개를 돌렸다. 원래 그린의 자리에서 양쪽에 서 있던 병사들도 고개를 돌리고 서로를 정면으로 바라보았다.

"한 번 더."

굽힐 줄 모르는 중대장이 다시 명령하자, 이번에도 — 약간 주눅 든 목소리로 — 전사자의 이름이 불렸다.

"베넷 스토리 그린."

"옛!"

그 순간 한 발의 총성이 멀리 전초선 너머 전방에서 들려왔다. 곧이어 총알이 가까이 접근해 오는 섬뜩한 쇳소리가 들렸다. 그 소리는 중대장의 외침과 동시에 멈추었다.

"이게 대체 무슨 일인가?"

뒤쪽에 있던 더들리 중위가 병사들을 헤치고 앞으로 나왔다.

"무슨 일이냐면…… 바로 이겁니다."

그가 이렇게 말하고 상의를 벌리자, 가슴에서 점점 번져 가는 핏자국이 나타났다. 그는 무릎을 꿇었고, 부자연스럽게 쓰러지더니 숨을 거두었다.

　잠시 후 중대는 병력이 집중된 전방의 혼란을 덜기 위해 후방으로 빠지라는 명령을 받았고, 이후 이 사건은 재론되지 않았다. 군 처형대의 명사수였던 베넷 그린도 이후로 두 번 다시 자신의 존재를 드러내지 않았다.

실패한 매복

　레디빌과 우드버리를 연결하는 16킬로미터가량의 도로는 대단한 격전지였다.* 레디빌은 머프리스버러에 주둔 중인 북군의 전초 기지였고, 우드버리는 털러호마에 주둔 중인 남군의 전초 기지였다. 스톤 강의 대전투 이후 몇 달 동안 양군의 전초 기지는 지속적으로 전투를 벌여 왔고, 대부분의 충돌은 방금 언급한 도로 상에서 일어났다. 종종 보병대와 포병대가 양측의 강한 의지를 보여 주기 위해 전투에 참가하곤 했다.
　어느 날 밤, 용감하고 노련한 자이델 소령 휘하의 북군 기병대가 보안과 신중을 요하는 극히 위험한 임무를 띠고 레디빌 전초 기지를 떠났다.

---

* 이 작품은 1906년에 발표되었다.

그들은 보병 전초대를 지나, 어둠 속에서 전방을 응시하고 있는 두 명의 전초 기병을 향해 다가갔다. 원래 전초 기병으로 배치된 병사는 세 명이었다.

"나머지 한 명은 어디 있나?"

소령이 말했다.

"더닝에게 오늘 밤 이 위치를 지키라고 분명히 명령했다."

"앞쪽에 있습니다, 소령님."

기병 한 명이 대답했다.

"방금 전에 총성이 났습니다. 하지만 상당히 먼 거리였습니다."

"더닝은 명령을 어긴 것이다. 그런 짓을 하다니 제정신인가?"

소령은 크게 분노했다.

"더닝이 전방으로 간 이유가 뭔가?"

"모릅니다, 소령님. 더닝은 무척 불안해 보였습니다. 겁을 먹은 것 같았습니다."

이렇게 독특한 추론을 펼친 병사와 그 옆의 동료가 특수 임무를 맡은 기병대에 합류하자, 일행은 곧 전진하기 시작했다. 대화는 금물이었다. 무기와 군복은 수다를 허용하지 않는다. 말발굽 소리만이 가득했고, 이동은 최대한 느리게 진행되었다. 구름 저편에 달이 살그머니 고개를 내밀었지만, 자정이 넘어 칠흑처럼 어두운 시간이었다.

3, 4킬로미터쯤 지났을 때, 기병대의 선두는 도로 양쪽으로 울창한 삼나무 숲이 시작되는 지점을 눈앞에 두고 있었다. 이곳에서 소령은 불필요하게 정지 명령을 내림으로써 자신이 살짝 '겁먹었다'는

것을 드러내고는 혼자서 정찰을 하러 나아갔다. 그러나 부관과 세 명의 기병이 약간의 거리를 두고 눈에 띄지 않게 소령의 뒤를 따라 왔기 때문에 곧 벌어진 일을 전부 목격했다.

숲 쪽으로 백 미터쯤 이동했을 때, 소령은 갑자기 말고삐를 홱 잡아채더니 그대로 굳어 버렸다. 도로변에서 열 걸음 남짓 떨어진 작은 공터에 한 남자가 소령과 마찬가지로 굳은 채 서 있는 모습이 흐릿하게 보였다. 소령이 제일 먼저 느낀 감정은 기병대를 뒤에 남겨 두어 다행이라는 것이었다. 만약 상대가 적군이어서 도망을 쳐야 할 경우 따로 보고할 필요가 없기 때문이었다. 그의 기병대는 아직 적에게 포착되지 않았다.

그런데 서 있는 남자의 발치에 검은 물체가 희미하게 드러났다. 소령은 그것이 무엇인지 정확히 알 수 없었다. 그는 타고난 기병으로서의 본능과 묘한 예감 때문에, 총을 발사하는 대신 기병도를 뽑아 들었다. 그런데도 서 있는 남자는 여전히 움직이지 않았다. 상황은 긴박했고 조금 극적이기까지 했다. 그때 갑자기 구름 사이에서 달이 나왔고, 커다란 삼나무 그늘 속에 있던 소령은 창백한 달빛 아래 서 있는 남자를 또렷이 보았다. 무장을 하지 않고 군모도 쓰지 않은 기병대원, 더닝이었다. 그의 발치에 있던 물체는 죽은 말이었고, 말의 목을 지나 오른쪽으로 비스듬히 시체 한 구가 달빛 속에 얼굴을 위로 향한 채 누워 있었다.

'더닝이 사투를 벌인 게로군.'

소령은 이렇게 생각하고 앞으로 말을 몰아가려고 했다. 그런데 더닝이 손을 들어 물러나라는 경고를 보냈다. 그러고는 손을 내리면서 울창한 숲 사이로 도로가 사라지는 지점을 가리켰다.

그 의미를 이해한 소령은 말을 돌려 후방에 대기 중이던 기병대 쪽으로 갔다. 소령을 바짝 뒤따르던 부하들은 소령의 분노를 살까 두려워 이미 멀찍이 물러나서 기병대 선두에 합류해 있었다.

"더닝이 바로 앞에 있다."

소령이 대위에게 말했다.

"적군을 죽인 상태인데, 뭔가 보고할 게 있는 모양이다."

그들은 기병도를 뽑아 들고 끈질기게 기다렸지만 더닝은 돌아오지 않았다. 한 시간 후 먼동이 트기 시작하자, 기병대 전체가 조심스럽게 전진했다. 소령이 더닝 이등병에게 품었던 기대가 전부 들어맞지는 않았다. 특수 임무는 실패했지만, 처리해야 할 일이 남았다.

도로변 작은 공터에 말이 쓰러져 있었다. 말의 목을 지나 오른쪽으로 비스듬히 머리에 총을 맞고 얼굴을 위로 한 채 누워 있는 기병대원 더닝의 시체가 있었다. 죽은 지 몇 시간이 지나 돌처럼 딱딱하게 굳어 있었다.

조사 결과, 30분 전까지 삼나무 숲 일대에 강력한 남군 보병대가 매복하고 있었다는 증거가 발견되었다.

또 다른 투숙객들

"그 기차를 타려면 말입니다."*

레버링 대령이 월도프 아스토리아 호텔에 앉아서 말했다.

"애틀랜타에서 꼬박 밤을 새워 기다려야 할 겁니다. 애틀랜타는 좋은 도시긴 하지만, 큰 호텔 중 하나인 브리시트 하우스는 피하세요. 그곳은 낡은 목조 건물인데, 보수 공사가 시급하니까요. 벽면 여기저기에 고양이가 지나다닐 정도로 커다란 틈이 벌어져 있습니다. 객실 문에는 잠금장치가 없고, 가구라고는 달랑 의자 하나뿐이고, 게다가 침대는 침구도 없이 매트리스만 깔아 놨습디다. 이런 형편없는 시설마저도 혼자 사용할 수 있다는 보장이 없어요. 여차하면 많은 사람들과 섞여서 방을 써야 합니다. 선생, 하여간 그 호텔은 세상

---

* 이 작품은 1907년에 발표되었다.

에서 가장 끔찍한 곳입니다.

내가 어느 날 밤 그곳에 묵었는데, 날씨가 참 고약했습니다. 퍽 늦은 시간이었고, 호텔 야간 당직자가 미안한 표정으로 일층에 있는 객실을 보여 주더니 나를 생각해 주는 듯 들고 있던 수지 양초를 두고 갑디다. 나는 이틀 밤낮으로 기차를 타고 오느라 몹시 지친 데다 머리에 입은 총상이 완전히 회복된 상황도 아니었습니다. 더 나은 숙소를 찾아다니느니 그냥 옷을 입은 채 매트리스에 누워 곧 잠이 들어 버렸습니다.

잠에서 깬 건 먼동이 틀 무렵이었습니다. 커튼이 없는 창가에 달빛이 비쳤고, 딱히 이상한 구석은 없는데도 은은하고 푸르스름한 달빛에 드러난 방 안이 어딘지 으스스하더란 말입니다. 달빛이란 게 가만히 살펴보고 있노라면 원래 다 그런 분위기를 띠기 마련이지요. 그런데 객실 바닥에 못해도 열 명이 넘는 사람들이 있는 걸 발견했으니, 그때 내가 얼마나 놀라고 화가 났겠소! 나는 개념 없는 호텔의 조치에 욕설을 퍼부으며 몸을 일으키고 앉아서는, 미안한 표정을 짓고 수지 양초까지 두고 간 직원과 한바탕할 생각으로 침대를 박차고 나갈 참이었습니다. 그런데 뭐랄까, 묘한 분위기 때문인지는 몰라도 몸을 움직이는 게 내키지 않더란 말입니다. 소설가들이 '공포에 얼어붙었다'고 말하는, 그런 상황이었던 것 같아요. 왜냐하면, 바닥에 있는 사람들이 모두 죽은 게 분명했으니까!

그들은 세 벽면을 따라 가지런히 누워 있었고, 벽 쪽에 발을 놓은 자세였습니다. 남은 한 벽, 그러니까 출입문에서 가장 먼 맞은편 벽에 침대와 의자가 놓여 있었습니다. 그들의 얼굴은 모두 흰색 천으로 덮여 있었는데, 창가에서 가까운 두 구의 시체는 달빛을 곧바로 받아 천 아래 코와 턱의 옆모습 윤곽이 또렷이 드러나 있었어요.

나는 악몽을 꾸는 거라고 생각하고 소리를 지르려고 했습니다. 하지만 악몽을 꿀 때는 소리를 치고 싶어도 마음대로 되지 않는 법이지요. 결국에는 간신히 발을 바닥에 대고 시체 사이를 지나 그 지옥을 벗어났고, 곧바로 프런트로 달려갔습니다. 야간 당직자가 거기, 그러니까 책상 앞에 희미한 수지 양초 불빛에 의지해 앉아 있더군요. 그냥 앉아서 나를 물끄러미 쳐다보고 있었습니다. 날 보고도 일어서지 않았습니다. 그때 분명 내 얼굴도 송장처럼 질려 있었을 텐데, 그런 몰골로 갑자기 나타난 나를 보고도 꿈쩍을 안 하더란 말입니다. 그때 문득 좀 전에 저 친구를 찬찬히 살펴보지 못했다는 생각이 들었습니다. 체구가 작고 핏기 없는 얼굴에다, 내가 그때까지 본 사람 중 가장 창백하고 휑한 눈을 하고 있더군요. 그 얼굴은 내 손등만큼이나 무표정했습니다. 옷은 지저분한 회색이었고요.

'빌어먹을!'

내가 말했습니다.

'무슨 수작이야?'

그때 나는 사시나무처럼 오들오들 떨고 있었는데, 이번에도 말을 했다는 생각만 들 뿐이지 실제로는 목소리가 나오지 않았습니다.

야간 당직자가 일어서더니 (미안한 듯) 고개를 숙였습니다. 그러고는 감쪽같이 사라져 버렸습니다. 곧 뒤에서 내 어깨를 잡는 손길이 느껴졌습니다. 그런 상황, 상상이 가십니까? 완전히 겁에 질려 돌아보니, 온화한 얼굴에 풍채 좋은 신사가 이렇게 묻더군요.

'친구분, 무슨 일입니까?'

내가 자초지종을 다 말하기도 전에 그 신사의 얼굴이 창백하게 질렸습니다.

'이봐요. 꾸며 낸 얘기 아니지요?'

그 말을 듣자, 그때까지의 공포가 분노로 바뀌더군요.

'나를 의심한다면, 당신을 죽여 버리겠소.'

나는 그렇게 말했습니다.

'아닙니다.'

그가 대답하더군요.

'그러지 마시고 일단 앉아서 내 말을 들어 보세요. 이곳은 호텔이 아닙니다. 예전에는 그랬었지요. 나중에는 병원으로 사용되었답니다. 지금은 텅 빈 채 환자를 기다리고 있지요. 선생이 말한 방은 영안실입니다. 언제나 시체로 넘쳤던 곳이지요. 그리고 선생이 야간 당직자라고 말한 사람은 직원으로 일하다가 나중엔 환자들의 접수를 맡았습니다. 그 사람이 여기 있다니, 이해할 수 없군요. 몇 주 전에 죽었으니까요.'

'그렇다면 당신은 누구요?'

내가 불쑥 물었습니다.

'아, 나는 이 건물의 관리인입니다. 방금 이곳을 지나가다가 안에서 불빛이 새어 나오는 걸 보고 무슨 일인가 싶어 들어온 겁니다. 그

방에 한번 가 볼까요?'

그가 프런트에서 양초를 집어 들면서 말했습니다.

'당신이나 실컷 봐!'

나는 출입문을 지나 거리로 뛰쳐나왔습니다.

선생, 애틀랜타에 있는 브리시트 하우스는 정말 고약한 곳이라오! 절대 거기 묵지 마시오."

"맙소사! 얘기를 듣고 보니 묵어갈 곳은 절대 아니로군요. 그런데 대령님, 그게 언제 적 일인가요?"

"1864년 9월, 애틀랜타가 함락된 직후였어요."

3+1=1

1861년, 스물두 살의 바 래시터는 부모님과 누나와 함께 테네시 주 카티지 근처에 살고 있었다.* 가족은 규모도 작고 그리 비옥하지도 않은 경작지를 일구면서 근근이 생계를 꾸렸다. 노예가 없었기 때문에 그들은 이웃에게 '가장 훌륭한 사람들'로 평가받지는 못했다. 그러나 좋은 교육을 받았고 행실 또한 흠잡을 데 없는 정직한 사람들이어서, 함의 후손들**에 대한 지배력으로만 따지지 않는다면 어떤 가족보다도 존경받을 만했다. 이 집의 가장인 래시터 씨는 의무에 대해 지나치리만큼 완고하고 엄격한 편이어서 종종 따뜻하고 다정한 성품이 가려지곤 했다. 순교자에 버금갈 만큼 심지가 굳은

---

* 이 작품은 1908년에 발표되었다.
** 흑인을 말한다. 구약 성경의 창세기를 바탕으로 노아의 세 아들 셈, 함, 야벳이 각각 황인종, 흑인종, 백인종의 기원이 되었다는 견해에서 비롯되었다.

인물인 데다 착한 사람에게는 한층 고결하고 온화하게 대하는 천성을 타고났지만, 겉으로 드러나는 딱딱함을 애써 좋게 꾸미거나 누그러뜨리는 법이 없었다. 가장의 이런 강직한 성품은 유전과 환경에 힘입어 다른 가족에게도 어느 정도 영향을 미쳤다. 가족애가 부족하지 않았음에도 래시터 씨의 가정은 그야말로 의무의 요새나 다름없었다. 의무, 아, 그것은 죽음처럼 잔인하지 않던가!

전쟁이 발발하자, 미국의 대다수 가정처럼 이 집안에도 갈등이 생겼다. 아들은 북군에 호의적인 반면, 다른 가족들은 극도의 적개심을 드러냈다. 이 갈등은 견딜 수 없는 가족의 고통으로 이어졌다. 분란을 일으킨 아들이자 동생이 북군에 입대하겠다는 선언과 함께 어떤 운명이 기다리고 있을지 모르는 세상으로 떠날 때, 한 번의 악수도 한마디의 작별 인사도 무사히 돌아오라는 기원도 없었다.

뷰얼 장군의 군대가 이미 점령한 내슈빌로 향하던 그는 맨 처음 마주친 켄터키 기병 연대에 입대하여 풋내기 지원병에서 노련한 기병으로 거듭나는 군사적 진화 과정을 모두 거쳤다. 이 이야기의 출처랄 수 있는 그 자신의 설명 어디에도 그런 말은 없지만, 그는 진정 훌륭한 기병이었다. 이 사실은 살아남은 그의 전우로부터 나온 증언이었다. 바 래시터는 죽음이라는 이름의 상사에게 부름을 받고 "네"라고 용감히 대답했기 때문이다.

입대한 지 2년이 지났을 때, 소속 부대가 그의 고향 근처를 지나게 되었다. 마을 곳곳은 격렬한 전투와 처참한 약탈이 번갈아 (혹은 동시에) 일어나면서 전쟁의 황폐함으로 고통 받고 있었다. 래시터의 집 근처에서도 이런 일이 벌어졌지만, 이 젊은 기병은 그 사실을 알지 못했다.

주둔지에서 집이 가까웠기에 그가 부모님과 누나를 보고 싶어 한 것은 당연한 이치였다. 그동안 시간이 흘렀고 서로 헤어져 있었으니 부자연스러웠던 악감정도 많이 누그러졌기를 바랐다. 그해 늦여름 저녁, 그는 외출 허가를 받은 후 보름달이 뜨자마자 자갈길을 걸어서 자신이 나고 자란 집을 향해 출발했다.

전쟁을 치르는 병사들은 빠르게 나이를 먹는 법이기에, 젊은 시절의 2년은 퍽 긴 시간이다. 래시터는 자신이 많이 늙은 것 같았고, 집은 폐허가 되어 황량해져 있으리라 생각했다. 그런데 외관을 보니 아무것도 변하지 않았다. 익숙하고 소중한 풍경이 보이자 그는 깊은 감회에 젖었다. 심장이 뛰었고, 가슴이 벅차올랐다. 목이 메었다. 자기도 모르게 뛰듯이 걸음을 서둘렀고, 그의 긴 그림자는 금방이라도 집에 닿을 듯 기괴하게 움직였다.

집은 불이 꺼진 채 문이 열려 있었다. 그가 다가가서 마음을 진정시키느라 잠시 걸음을 멈추었을 때, 모자를 쓰지 않은 아버지가 집 밖으로 나와 달빛 아래 섰다.

"아버지!"

청년이 두 팔을 벌리고 뛰어가면서 소리쳤다.

"아버지!"

노인은 엄한 눈길로 아들의 얼굴을 쳐다보며 잠시 가만히 서 있더니, 이내 말없이 집 안으로 들어가 버렸다. 좌절감과 굴욕감 그리고 이루 말할 수 없는 상처에 휩싸여 의기소침해진 청년은 투박한 의자에 주저앉아 떨리는 손으로 머리를 감싸 쥐었다. 그러나 그는 마냥 그러고만 있지는 않았다. 훌륭한 병사인 그는 문전박대를 당했다고 좌절하지 않았다. 그는 일어서서 집 안으로 들어가 곧장 '거실'로 향했다.

커튼을 치지 않은 동쪽 창문을 통해 희미한 빛이 새어 들고 있었다. 거실에 있는 물건이라고는 난롯가의 낮은 의자가 전부였다. 어머니가 그 의자에 앉아서 깜부기불과 차가운 재가 뒤섞인 난로를 물끄러미 바라보고 있었다. 그는 뭔가 미심쩍은 듯 머뭇거리면서 부드럽게 어머니에게 말을 걸었다. 그러나 어머니는 아무런 대답 없이 꼼짝 않고 앉아 있을 뿐, 놀란 기색조차 없었다. 하긴 남편한테서 죄지은 아들이 돌아왔다는 말을 이미 전해 들었을 터였다. 그가 좀 더 다가가서 어머니의 손을 잡으려는데, 누나가 옆방에서 나와 그를 빤히 쳐다보면서 아는 체도 하지 않고 뒷문으로 나가 버렸다. 그는 누나를 좇아 돌아보았지만 이미 보이지 않았기에 다시 어머니에게 시선을 옮겼다. 그러나 어머니 또한 자리를 뜨고 없었다.

바래시터는 현관문으로 성큼성큼 걸어 나갔다. 환한 달빛을 머금은 잔디밭은 마치 물결치는 바다 같았다. 나무와 그 검은 그림자들이 미풍에 흔들렸다. 자갈길의 윤곽이 흐려져 고르지 못하고 발을 딛기에 어딘지 불안해 보였다. 눈물이 어려 생겨난 착시 현상 때문이었다. 그는 두 뺨에 눈물을 느꼈고, 기병복의 앞섶에 흩뿌려진 물기를 보았다. 그는 집을 떠나 주둔지로 돌아갔다.

다음 날, 그는 딱히 설명할 수 없는 감정과 의도를 품고 다시 집을 찾아갔다. 집을 1킬로미터 남짓 남겨 두었을 때, 어릴 적 소꿉친구이자 학교 친구였던 부시로드 앨브로를 만나 반갑게 인사를 건넸다.

"집에 가는 길이야."

병사가 말했다.

상대방은 그를 싸늘하게 쳐다보았지만 아무 말도 하지 않았다.

"알아. 우리 가족은 변하지 않았다는 거. 하지만……."

래시터가 말했다.

"변했어."

앨브로가 친구의 말꼬리를 잘랐다.

"모든 건 변해. 괜찮다면 같이 가자. 얘기는 가면서 하지 뭐."

그러나 앨브로는 말이 없었다.

그들이 집 대신 발견한 것은 빗줄기에 파인 잿더미와 포연에 그을린 집터뿐이었다.

래시터는 소스라치게 놀랐다.

"뭐라고 말을 해야 할지 모르겠다."

앨브로가 말했다.

"1년 전 전투에서 너희 집은 북군 포탄에 타 버렸어."

"그럼 우리 가족은? 어디 있지?"

"명복을 빈다. 포탄에 전부 돌아가셨어."

되찾은 정체성

1
반기듯 돌아보기

어느 여름밤, 드넓은 숲과 들녘을 굽어보는 산에 한 남자가 서 있었다.* 지금 그의 눈앞에는 서쪽에 낮게 걸린 보름달이 없었더라면 보이지 않았을 것들도 드러나 있었다. 새벽이 가까운 시간이었다. 지면을 따라 깔린 옅은 안개 때문에 낮은 쪽의 풍광은 일부 가려져 있었으나, 그 위로 키 큰 나무들은 맑은 하늘을 배경으로 또렷한 형

---

* 비어스는 1907년에 남북 전쟁의 격전지들을 여행했다. 1908년에 발표된 이 작품은 종전 후 오랜 시간이 흘렀음에도 전쟁의 상처와 기억에서 자유롭지 못한 모든 이들(산 자와 죽은 자들)의 넋을 위로하는 듯하다.

태를 드러내고 있었다. 안개를 뚫고 두세 채의 농가가 보였지만 어느 곳에도 불빛은 없었다. 사실, 멀리서 개가 짖어 대는 소리 외에 삶의 흔적일랑 없었다. 기계적으로 반복되는 개의 울음소리는 주위의 적막함을 쫓아 버리기보다 외려 더 두드러지게 했다.

남자는 호기심 어린 눈빛으로 사방을 둘러보았다. 낯익은 풍광이건만, 자신의 집이 정확히 어디인지 분간해 낼 수 없었다. 시체로 있다가 깨어난 뒤 판단력이 돌아오기를 기다리는 상태, 아마도 이 남자의 행동을 이렇게 설명한다면 얼추 맞을 것이다.

백 미터 거리에 직선 도로 하나가 달빛을 받아 하얗게 드러나 있었다. 남자는 측량사나 탐험가처럼 방향을 잡으려고 애쓰며 도로를 따라 천천히 시야를 움직였다. 그런데 남쪽으로 4백 미터 거리에서 희미한 잿빛 안개를 뚫고 북쪽으로 향하는 한 무리의 기병대를 발견했다. 기병대 뒤로는 병사들이 도보로 행진하고 있는데, 비스듬히 어깨총한 소총들이 희미하게 반짝였다. 그들은 느리게 조용히 이동했다. 또 다른 기병대와 보병들이 줄줄이 그의 시야에 들어와 지나갔고 이내 멀리 사라졌다. 포병대도 보였다. 포병들은 포차의 앞차와 탄약차에 팔짱을 끼고 올라타 있었다. 남쪽 어딘가에서 시작되어 북쪽 어딘가로 향하는 이 행군은 끝없이 이어졌다. 한마디 말소리도, 말발굽 소리도, 바퀴 소리도 없었다!

남자는 그 상황을 이해할 수 없었다. 자기 귀가 먹었다고 생각했다. "귀가 먹었어"라고 말해 보니 자신의 목소리가 들렸다. 그런데 그 목소리에서 왠지 섬뜩하고 낯선 기운이 느껴졌다. 음색과 울림

면에서 그의 목소리는 실망스러웠다. 그렇다고 귀가 먹은 것은 아니었고, 당장은 그 정도로도 충분했다.

남자는 불현듯 누군가 '음향 음영'*이라고 했던 자연스러운 현상을 떠올렸다. 이 상태에 있으면 한쪽 방향에서 나는 소리는 들을 수 없게 된다. 남북 전쟁에서 가장 치열한 전투로 손꼽히는 게인스밀 전투 때, 백 문의 대포가 불을 뿜는 가운데 2.5킬로미터쯤 떨어진 치카호미니 강 반대편에서 이 광경을 또렷이 지켜보던 사람들은 정작 아무 소리도 듣지 못했다. 포트로열의 포격 소리가 남쪽으로 240킬로미터 떨어진 세인트어거스틴에서도 들리고 느껴졌지만, 북쪽으로 3킬로미터 거리에서는 다른 소음이 없는 상황에서도 아무 소리도 들을 수 없었다. 애퍼매톡스에서 항복이 있기 며칠 전, 셔리던과 피켓이 이끄는 군대 사이에 격렬한 교전이 있었다. 그런데 후방 1.5킬로미터 거리에 있던 병사들은 그런 사실을 까맣게 모르고 있었다.

이 남자가 이런 예들을 미리 알고 있었던 것은 아니지만, 관찰만으로도 비슷한 상황을 능히 짐작할 수 있었다. 그는 극심한 동요를 느끼고 있었다. 비단 달빛 아래 행군하는 적들의 기이한 침묵 때문만은 아니었다.

---

* 신체 내 서로 다른 조직의 경계 면에서 소리 저항의 차이가 생기게 되는데 이러한 차이가 클수록 두 경계 면의 뒤쪽에 음향 음영이 생긴다고 한다. 신체에서는 뼈, 창자 내 가스, 담석 등에서 이러한 음향 음영을 볼 수 있다.

"맙소사!"

그가 혼잣말을 했다. 이번에도 다른 누군가가 그의 생각을 대신 말해 주는 듯한 느낌이 들었다.

"저 병력이 바로 내가 생각하고 있는 사람들이라면, 우리가 전투에서 패한 것이고 저들은 지금 내슈빌로 가고 있는 거야!"

그는 곧 자기 자신에 대해 생각했다. 위험에 처해 있다는 불안과 공포의 강렬한 감정이 일었다. 그는 재빨리 나무 그늘 속으로 몸을 피했다. 여전히 침묵의 군대는 안개 속에서 천천히 행군하고 있었다.

그의 목덜미에 갑자기 싸늘한 바람이 느껴졌다. 바람이 불어온 쪽을 바라보고 다시 동쪽으로 시선을 옮기자, 지평선을 따라 희미한 잿빛 여명이 비치고 있었다. 날이 밝아 오는 첫 징조는 그의 불안을 더욱 가중시켰다.

'여기서 빠져나가야 해. 아니면 곧 발각되어 붙잡히고 말 거야.'

그는 나무 그늘에서 빠져나와 잿빛에 물든 동쪽을 향해 빠르게 걷기 시작했다. 좀 더 안전한 삼나무 숲에 이르자, 뒤를 돌아보았다. 군대는 그의 시야에서 사라지고 없었다. 하얀 직선 도로는 달빛 아래 황량했다.

좀 전에는 당혹스러웠다면, 지금 그는 크게 놀랐다. 그렇게 느린 속도로 그토록 빨리 사라지고 없다니! 도저히 납득할 수 없는 일이었다. 시간이 계속 흐르고 있었지만, 그는 알아차리지 못했다. 시간 감각을 잃어버린 것이다. 그는 이 미스터리를 풀기 위해 무진 애를 썼지만 소용이 없었다. 그가 마침내 멍한 상태에서 벗어나 정신을 차렸을 때는 산 너머로 해의 가장자리가 보이기 시작했다. 그러나 이 낯선 상황에서는 햇빛마저도 그의 머릿속 암흑을 밝혀 주지 못했다. 그의 이해력은 여전히 검은 의혹에 휩싸여 있었다.

사방에 펼쳐진 경작지에는 전쟁의 흔적도 황폐함도 없었다. 농가 굴뚝마다 가늘게 피어오르는 파란 연기는 평화로운 하루 일과가 시작되었음을 알리고 있었다. 사라지기 직전의 달을 향해 일장연설을 늘어놓은 개 한 마리가 노새에 쟁기를 매는 흑인을 신이 나서 거들고 있었다. 이 이야기의 주인공은 이런 목가적인 풍경을 난생처음 보는 양 멍하니 지켜보았다. 이윽고 그는 손으로 머리를 긁적이고는 손바닥을 유심히 바라보았다. 어딘지 독특한 행동이었다. 그러고는 뭔가 결심이 섰는지 자신 있게 도로를 향해 걸어갔다.

2
목숨을 잃었을 땐 의사를 찾아가라

머프리스버러의 스틸링 맬슨 박사는 10킬로미터쯤 떨어진 내슈빌 도로변에 사는 환자에게 왕진을 갔다가 밤새 거기 있었다. 새벽녘이 되자 당시 그 지역의 관행대로 의사는 말을 타고 집으로 출발했다. 그가 스톤 강 전투지 근처에 접어들었을 때, 길가에서 한 남자가 다가오더니 오른손을 모자챙까지 올려 군대식 경례를 붙였다. 그러나 모자는 군모가 아니었고, 남자는 군복 차림도 아닌 데다 태도 또한 군인 같지는 않았다. 의사는 정중하게 고개를 숙여 보이면서 속으로는 낯선 남자가 개인적인 이력 때문에 군대식 경례를 붙였나 보다 생각했다. 남자가 말을 하고 싶은 기색을 비치기에 의사는 말고삐를 당기고 기다렸다.

"저, 선생님이 민간인 신분이긴 하지만 우리한테는 적입니다."

낯선 남자가 말했다.

"나는 의사요."

그 대답은 다소 애매한 것이었다.

"고맙습니다."

남자가 말했다.

"저는 헤이즌 장군의 참모이며 계급은 중위입니다."

그는 말을 멈추고 날카로운 눈빛으로 의사를 쳐다보았다. 그러고는 이렇게 덧붙였다.

"북군입니다."

의사는 그저 고개를 끄덕여 보였다.

"이곳에서 무슨 일이 벌어졌는지 말씀해 주시겠습니까? 군대는 어디에 있습니까? 누가 이겼습니까?"

남자가 물었다.

의사는 실눈을 뜨고 상대를 묘하게 쳐다보았다. 의사다운 관찰을 끝낸 그는 마냥 기다리고 있기도 뭐해서 마침내 입을 열었다.

"미안하오만, 나도 궁금한 것이 있소. 혹시 부상을 당했소?"

그가 미소를 머금고 물었다.

"심각하지는 않습니다. 제 생각에는."

낯선 남자가 모자를 벗더니 손으로 머리를 긁적이다가 손바닥을 유심히 쳐다보았다.

"총에 맞아서 의식을 잃었었습니다. 총알이 스친 정도의 가벼운 부상입니다. 출혈도 없고 통증도 없습니다. 선생님이 굳이 치료해 주지 않아도 됩니다. 다만 혹시 아신다면 저의 소속 부대, 그러니까 북군이 어느 쪽에 있는지 알려 주시겠습니까?"

이번에도 의사는 곧바로 대답하지 않았다. 그는 의학서에 기록된 자아 상실과 그것을 회복하는 과정 따위를 떠올리고 있었다. 이윽고 그가 미소를 머금은 채 상대방을 똑바로 쳐다보고 말했다.

"중위님, 지금 소속과 계급에 맞는 군복을 입고 있지 않군요."

이 말을 들은 남자가 자신의 민간인 옷을 내려다보고 당황한 기색으로 말했다.

"그렇군요. 도, 도무지 이해할 수가 없습니다."

과학을 업으로 하는 사람으로서 의사는 여전히 날카로운 눈매로, 그러면서도 측은하게 남자를 살펴보고는 무뚝뚝하게 물었다.

"몇 살이오?"

"스물셋입니다. 왜 그런 질문을 하시는지 모르겠습니다만."

"그렇게 보이지 않소. 그렇게 어릴 거라고는 생각하지 못했소."

남자가 점점 조바심을 내기 시작했다.

"그런 걸 가지고 노닥거릴 여유가 없습니다."

그가 말했다.

"군대에 대해 알아야겠습니다. 두 시간 전에도 군대가 이 길을 따라 북쪽으로 이동하는 것을 봤습니다. 선생님도 그들을 봤을 겁니다. 제발 그들이 입고 있던 군복의 색깔만이라도 알려 주십시오. 그것을 확인하지 못했습니다. 그러면 더는 귀찮게 굴지 않겠습니다."

"군대를 봤다는 게 사실이오?"

"네? 어이구, 선생님, 그 수를 셀 수 있을 만큼 또렷하게 봤습니다!"

"허허 참."

의사는 자기가 『아라비안나이트』에 나오는 수다스러운 이발사 같다고 생각하면서 말했다.

"재미있군요. 난 군대를 보지 못했으니 말이오."

남자가 의사를 차갑게 쏘아보았다. 마치 그 자신이 직접 의사와 이발사의 닮은 점을 찾아낸 것 같은 눈초리였다.

"확실합니다. 댁이 나를 도와주든 말든 상관없습니다. 선생, 이만 가 보시오!"

남자는 이렇게 말하고는 돌아서서 이슬 머금은 들판을 성큼성큼 걸어갔다. 딱히 방향을 정하지 않고 되는대로 가는 것 같았다. 조금 지나쳤나 보다 뉘우치던 의사는 말안장에 앉은 채 남자가 나무 너머로 사라질 때까지 말없이 지켜보았다.

3
웅덩이를 들여다보는 행동의 위험성

남자는 도로를 벗어난 뒤 속도를 늦추고 퍽 꾸불꾸불한 길을 따라 전진했다. 피로감이 몰려왔다. 마을 의사와의 지루한 수다를 통해 이미 단서가 주어졌음에도 정작 그 자신은 상황을 납득하지 못했다. 그는 바위에 앉아서 무릎에 손등을 대고 손바닥을 쳐다보았다. 야위고 시든 손이었다. 그는 두 손을 들어 얼굴로 가져갔다. 얼마나 주름이 많고 거칠던지, 손가락 끝으로 그 주름을 짚어 갈 수 있을 정도였다. 참 이상하지 않은가! 그저 총에 맞아 잠시 정신을 잃었을 뿐인데 이런 육체적인 손상을 입다니!

"꽤 오랫동안 병원에 있었는지도 몰라."

그가 큰 소리로 말했다.

"아, 이 멍청한 놈! 전쟁은 12월이었고, 지금은 여름이잖아!"

그가 크게 웃었다.

"아까 그 의사는 나를 보고 정신 병원에서 탈출했다고 생각했을 거야. 그런데 아냐. 난 그냥 탈출한 환자니까."

조금 떨어진 곳에 돌벽으로 둘러싸인 작은 땅 한 구획이 그의 시선을 사로잡았다. 그는 별 생각 없이 일어서서 그쪽으로 향했다. 땅 한가운데에 돌을 깎아 만든 정사각형의 단단한 비석이 세워져 있었다. 비석은 군데군데 이끼가 덮이고 세월의 풍파로 갈색으로 변했으며 귀퉁이가 모두 닳아 있었다. 커다란 돌 더미 사이에 풀이 삐져나와 있고, 풀뿌리들이 지렛대처럼 돌을 벌려 놓았다. 이 야심만만한 구조물의 도전에 답하듯 시간은 그 위에 파괴의 손길을 뻗었고, 머잖아 그곳도 '니네베와 티레'*로 변할 터였다. 비석 한쪽에 새겨진 익숙한 명칭이 그의 시선을 잡아끌었다. 그는 흥분에 휩싸여 몸을 떨면서 돌벽 너머로 상체를 숙이고 비문을 읽었다.

스톤 강에서 숨진 병사들을 기리며
1862년 12월 31일
헤이즌 여단

남자는 돌벽에서 뒷걸음질 치면서 숨을 헐떡였고 구토를 했다. 팔을 뻗으면 닿을 거리에 땅이 움푹 들어간 곳이 있었고, 최근에 내린 깨끗한 비가 그곳에 웅덩이를 만들어 놓았다. 그는 정신을 가다듬은 후 웅덩이로 기어갔다. 부들부들 떨리는 두 팔에 의지해 상체를 일으킨 후 자신의 얼굴을 웅덩이에 비춰 보았다. 그는 처절한 비명을 토했다. 두 팔이 힘없이 꺾였다. 그는 웅덩이에 얼굴을 처박고 쓰러짐으로써 사후 세계까지 연장되었던 목숨을 버렸다.

---

* 기원전 700년 아시리아의 수도가 된 니네베는 가장 눈부시고 거대한 도시이자 세계의 중심지였다. 그러나 강성했던 아시리아의 멸망과 더불어 니네베 또한 기원전 612년에 홀연히 사라지고 폐허로 남았다. 티레는 고대 페니키아 최대의 항구 도시로 10세기 이후 번성했다가 십자군 원정 말기부터 쇠퇴의 길을 걸었다. 니네베와 티레는 그 화려한 전성기와 극명하게 대비되는 파멸을 두고 종종 회자되며 성경에도 자주 등장한다.

작가에 대하여

실종된 지 99년, 실종 당시 71세, 살아 있다면 170세. 미국 10대 실종 사건 중 하나의 주인공. 이 사람의 생존 가능성은 '희박하다.' 그런데도 여전히 살아 있다거나 뱀파이어가 되어 세상을 떠돌고 있다는 설마저 돈다. 그리고 웬일인지 이런 황당한 주장을 우스갯소리로 넘기기보단 곰곰이 곱씹게 된다. 앰브로즈 귀네트 비어스 Ambrose Gwinnett Bierce. 작품뿐 아니라 작가 개인의 행적에 관해서 이처럼 많은 호기심을 불러일으키는 작가도 드물다.

앰브로즈 비어스는 1842년 6월 24일, 오하이오 주 메이그스 카운티에서 열세 남매 중 열째로 태어났다. 아버지 마커스 오릴리어스 비어스는 가족의 생계보다는 독서에 더 관심이 많았다고 한다. 그 자신의 이름은 로마 황제 아우렐리우스의 이름을 딴 것인데, 무슨 이유에선지 자식들에게 모두 'A'로 시작하는 이름을 지어 주었다. 어머니 로라 셔우드 비어스는 엄격한 칼뱅주의 집안 출신으로 청교

도적 양육 방식을 고수했다.

비어스의 유년 시절은 유복함이나 평온함과는 거리가 멀었다. 양친이 결혼한 후 이주해 온 오하이오 주는 복음주의 운동이 강한 지역이었다. 지역의 엄숙한 분위기와 경제적 궁핍은 유년의 비어스에게 종교에 대한 반감과 더불어 부모의 사랑을 받지 못했다는 결핍감을 안겨 주었다. 훗날 그가 『악마의 사전The Devil's Dictionary』에서 종교를 일컬어 "알 수 없는 본질에 대한 무지를 설명하는 희망과 공포의 딸"이라고 정의한 데는 그러한 영향도 있을 것이다.

그래서인지 비어스는 일찍 가족의 품을 떠났다. 1857년 열다섯 살의 비어스가 인디애나 주 워소로 떠난 것이 양친의 동의하에 이루어진 것인지는 알려져 있지 않다. 어쨌든 비어스는 1856년에 설립된 노예 폐지론 신문인 「노던 인디애니언」 지에서 견습 인쇄공으로 일한다. 이 신문사를 창립한 루번 윌리엄스는 철저한 공화당원이자 지역에서 신망이 두터운 인물이었다. 윌리엄스는 비어스의 멘토 역할을 하면서 자신의 집으로 데려가 함께 지낸다. 이때의 경험은 비어스에게 두 가지 중요한 영향을 미친다. 저널리스트로서의 토대를 마련한 것과, 윌리엄스의 정치 이념의 영향을 받아 후일 북군으로 참전하는 계기가 된 것이다. 그러나 신문사와의 관계는 오래 지속되지 못했다. 비어스가 절도 혐의로 누명을 쓰는데, 곧 결백이 밝혀지긴 했지만, 자존심에 상처를 입은 그가 신문사와 윌리엄스를 떠나 버렸기 때문이다.

일자리를 잃은 비어스는 오하이오 주 애크런에 살던 삼촌 루시어스 비어스를 찾아간다. 변호사이자 애크런의 시장으로 오하이오 의용군을 이끈 군인이었던 루시어스는 몽상적인 성품을 지닌 열혈남아였다. 비어스는 루시어스에게서 이상적인 아버지 상을 발견하고 삼촌처럼 살고 싶다는 포부를 밝힌다. 1859년 비어스는 삼촌의 손에 이끌려 켄터키 군사 학교에 입학한다. 그러나 채 1년을 못 채우고 인디애나 주로 돌아와 잡다한 직업을 전전하면서 방황한다. 그러던 1861년 4월, 그의 인생에 일대 전환점이 되는 사건이 발생한다. 내면에 도사린 결핍감과 불안, 분노가 외부의 적에게 투사될 수 있는 기회라는 점에서 전쟁은 일종의 탈출구였다. 그는 남북 전쟁이 발발한 지 닷새 만에 인디애나 제9의용군 C 중대에 자원입대한다. 한 달의 군사 훈련 후, 순진한 낙관론과 낭만적인 애국심에 경도된 열아홉 살의 이상주의자는 매클레런 원정대에 합류하여 남부 연합의 근거지인 버지니아로 출정한다.

비어스가 훌륭한 군인이었다는 평가에는 이견이 없다. 참전했던 또래 젊은이들 대다수와 달리, 그는 짧으나마 군사 학교 시절의 경험을 바탕으로 뛰어난 지력과 결단력을 보였다. 7월 말 별다른 성과 없이 의용군이 해산되지만, 인디애나 시민들은 귀향한 군인들을 열렬히 환영했다. 얼마 후 2년 기한으로 의용군이 재편성되자 비어스는 병장으로 재입대하고, 곧 선임 하사관으로 진급한다. 인디애나 의용군은 1862년 2월 내슈빌로 이동하여 윌리엄 B. 헤이즌 대령의 지휘를 받았다. 뛰어난 전략가이자 엄격한 교관이었던 헤이즌은 지위 고하를 막론하고 직언을 서슴지 않는 인물이었다고 한다. 자유분방

한 시골뜨기나 다름없었던 비어스는 헤이즌의 지도 아래 진정한 군인으로 탈바꿈한다.

1862년 4월 헤이즌 여단은 뷰얼 장군의 군대에 합류, 미시시피로 진격한다. 당시 뷰얼은 테네시 강 인근의 샤일로에 주둔한 그랜트 장군을 지원하기 위해 진군해 오고 있었다. 그런데 뷰얼이 도착하기 전, 남군이 그랜트 군을 선제공격한다. 이것이 그 유명한 샤일로 전투의 시작이다. 뷰얼의 지원을 받지 못하는 상황에서 기습 공격을 당한 그랜트 군은 큰 혼란에 빠지고, 헤이즌 여단은 강 건너편에서 그 모습을 지켜본다. 비어스가 속한 인디애나 의용군은 포격을 뚫고 진격하라는 명령을 받는다. 이들은 남군의 포격에 효과적으로 대응하며 전진하여 상당한 전과를 올린다. 후일 비어스는 이 전투에서 목격한 전쟁의 참상과 충격을 「내가 샤일로에서 본 것」에서 생생하게 묘사하였다. 적절한 치료만 받으면 회복될 수 있는 부상병들이 방치된 채 속수무책으로 불에 타 죽는 모습은 그에게 큰 충격을 주었다. 현대적 신무기로 무장한 군대들 간의 대량 살상은 어린 병사들이 막연히 꿈꾸던 낭만적인 영웅상이 실현되는 중세적 전쟁터와는 완전히 달랐다.

1862년 5월 소위로 진급한 비어스는 엄격한 교관으로 변모하고 말수도 극히 적어진다. 이듬해 2월에는 중위로 진급하여 헤이즌의 참모가 된다. 그의 임무는 '지형 전문가', 다시 말해 지도 제작이었다. 꼼꼼한 성격의 비어스에게 잘 어울리는 일이었고, 이 경험은 후일 그가 쓴 작품들에도 생생하게 녹아든다. 같은 해 9월 비어스는 치카마우가 전투에 참가하는데, 이 전투는 샤일로 전투, 스톤 강 전투와 더불어 남북 전쟁에서 가장 치열했던 10대 전투 중 하나로 꼽힌다. 후일 비어스는 단편 「치카마우가」에서 이 경험을 생생하게 묘사하였다.

1863년 12월 인디애나 의용군의 2차 임기가 만료되지만 비어스를 포함한 부대원들은 재입대를 결정한다. 이 무렵 비어스는 워소에서 십대 시절부터 사귀었던 버니스 라이트('티마')와 단출한 약혼식을 올린다. 비어스는 한껏 멋을 낸 모습으로 애인을 에스코트하고 다니기도 하고, 책을 읽어 주기도 했다. 그러나 전쟁의 상흔은 이미 이때부터 비어스의 내면 깊숙이 자리 잡고 있었다. 들뜬 티마가 장난을 걸어도 비어스는 혼자 심각해지곤 했다. 티마는 에드거 앨런 포의 음울한 소설을 자주 읽어 주는 이 예민한 남자의 절망과 고뇌를 거의 알아채지 못했다.

1864년 2월 티마와의 짧고도 불안한 로맨스를 뒤로한 채 비어스는 군대에 복귀한다. 좀처럼 절망과 고통의 그림자에서 벗어나지 못하던 비어스는 티마의 편지가 중단된 6월경에는 더욱 침체되어 그녀의 여동생인 클라라에게 이렇게 쓴다. "너를 다시 볼 수 있을 것 같지가 않아. 차라리 그 편이 나을 거야. 매일 누군가 죽어 가고, 그 중에는 나보다 훨씬 뛰어난 사람들도 많아. 테네시 주의 클리블랜드를 떠난 이후, 우리 부대의 삼분의 일 가까이 전사하거나 부상당했어. (중략) 곧 내 차례가 오겠지."

그의 예언이 실현된 것이었을까? 실제로 1864년 6월 23일 비어스는 케네소 산에서 정찰대를 이끌던 중 머리에 총상을 입는다. 왼쪽 귀 뒤쪽 두개골에 총알이 박히는 중상이었다. 그는 채터누가의 병원으로 후송되었다가 퇴원 후 병가를 받고 워소로 돌아온다. 그러나 그를 기다리고 있던 것은 티마의 배신이었다. 티마는 다른 남자를 만나고 있었다. 비어스는 티마와 파혼한다. 이때의 배신감은 여성에 대한 분노로 이어지고, 이는 전쟁 후 집필한 작품들에서 잘 드러난다. 「레사카에서 죽다」와 「전초지에서 생긴 일」에서 주인공들은 표면적으로 용감하고 장렬하게 죽음을 맞는데, 그 이면에는 모두 여성의 변심이 있었다.

부상의 후유증으로 갑자기 기절하는 경우도 많았지만 비어스는 쉽게 전쟁터를 떠나지 못했다. 부모와의 불화와 티마의 배신, 그에게 안주할 수 있는 보금자리는 없었다. 1864년 9월 복귀한 비어스의 부대는 도주 중인 남군의 존 벨 후드 장군을 추격하는 임무를 맡는다. 비어스는 줄줄이 쓰러져 죽음을 맞는 남군의 최후를 지켜본다.

1865년 1월 부상의 후유증으로 전역한 비어스는 한동안 재무성 소속으로 버려진 남부의 소유지를 조사하는 일을 돕다가 헤이즌의 권유로 도로 지도를 제작하는 일에 합류한다. 1871년 비어스는 부유한 광산업자의 딸 몰리 데이와 결혼하지만 1888년에 별거에 들어가 1905년에 이혼하였다. 이 기간 동안, 2남 1녀의 자식 중 두 아들을 잃는 슬픔을 겪기도 한다.

비어스가 본격적으로 작가의 길을 모색한 것은 생계를 위해 샌프란시스코 조폐국에서 야간 경비원으로 일한 1867년경부터였다. 이

후 제임스 왓킨스의 후임으로 「샌프란시스코 뉴스레터 앤드 캘리포니아 애드버타이저」지의 편집장이 되는 기회를 잡는다. 비어스는 『아르고노트』와 『와스프』 등 여러 잡지의 편집을 담당하는 한편, 문학적 한담과 풍자를 결합한 '프래틀(Prattle, 허튼소리)' 칼럼으로 명성을 얻는다. 저널리스트로서 촌철살인의 필치를 과시하면서 일련의 단편을 발표하는 창작 활동도 병행하였다.

비어스가 쓴 아흔 편 안팎의 단편들은 크게 공포와 남북 전쟁이라는 두 가지 주제로 나뉜다. 비어스 문학의 가장 큰 축인 남북 전쟁, 그것이 작가 개인의 삶에 얼마나 큰 영향을 미쳤는지는 가늠하기 쉽지 않다. 62만 명의 사망자와 물리적 파괴 면에서 미국 역사상 가장 큰 희생을 낸 남북 전쟁에 대한 평가는 엇갈린다. 노예제를 종식하고 새로운 국가 정체성의 확립과 더불어 미국이 경제 대국으로 가는 초석을 놓았다는 긍정적인 평가도 있지만, 남부에 대한 지배력을 확대하기 위한 부당한 전쟁이었다는 부정적인 평가도 공존한다.

저널리스트로서 비어스는 부패한 정치가, 전쟁에 혈안이 된 장군, 야합하는 사업가, 무능한 문인을 가리지 않고 대립각을 세웠다. 이런 태도는 작가로 전업한 후에도 바뀌지 않았다. 생전에 제대로 인정받지 못했던 비어스가 재평가되기 시작한 것은 1920년대부터다. 그는 어리석은 사회의 속박에서 자유롭고 시대에 순응하지 않은 작가로 조명되었다. 1930~1940년대에는 풍자 문학과 사회 비평의 선구자로 평가되었다. 많은 작가들이 비어스를 전범으로 삼았지만, 비어스만큼 성공하지는 못했다. 1970년대부터는 재평가 작업이 더욱 활발해져 오늘날까지 두루 읽히는 작가의 반열에 올랐다.

  1912년, 작품집 출간을 마무리한 비어스는 50년 전 자신이 참전했던 남북 전쟁의 유적지를 찾아다닌다. 이듬해 11월 그는 텍사스로 가서 멕시코로 향한다. 내전이 계속되던 멕시코에서 종군 기자로 판초 비야의 군대에 합류한 것이다. 12월 26일, 판초 비야의 군대를 따라 오히나가로 향한다는 마지막 편지를 쓴 이후 그의 행방은 묘연해지고, 1914년 1월 오히나가에서 포로로 잡혔다가 사살되었을 거라는 추측만 남는다. 비어스는 전쟁터의 군인이었고, 그것을 기억하는 작가였다. 일흔한 살의 노구를 이끌고 떠난 또 다른 전장에서 그는 '아직' 돌아오지 않고 있다.

옮긴이 정 탄

작가 연보

1842년 6월 24일 오하이오 주 메이그스 카운티에서 아버지 마커스 오릴리어스 비어스와 어머니 로라 셔우드 비어스 사이에 열 번째 아이로 앰브로즈 귀네트 비어스 태어남. 이후 태어난 동생들까지 모두 13남매를 이룸.
1846년 가족이 인디애나 주 코스키우스코 카운티 워소 근방의 월넛크리크로 이주함. 이곳에서 학교를 다니고 버니스 라이트('티마')를 처음 만남.
1857년 홀로 워소로 가 노예 폐지론 신문 「노던 인디애니언」에서 견습 인쇄공으로 일함.
1859년 오하이오 주 애크런으로 가 삼촌 루시어스 베러스 비어스와 함께 살다가 프랭클린 스프링스의 켄터키 군사 학교에 입학함.
1860년 켄터키 군사 학교를 그만두고 인디애나 주 엘크하트로 가서 벽돌 공장 노동자와 상점 직원 등 여러 직업을 전전함.
1861년 4월 남북 전쟁 발발 5일 만에 인디애나 제9의용군 C 중대에 이등병으로 자원입대함. 6월 버지니아 주 필리피에서 처음으로 남군과 전투를 경험함. 7월 웨스트버지니아 주 리치 산 전투에서 교전 중 치명상을 입은 전우를 구해 냄. 인디애나 제9의용군의 임기가 끝남. 8월 병장으로 재입대하여 곧 선임 하사관으로 진급함.

1862년 4월 오하이오 주 뷰얼 장군 군대의 헤이즌 여단에 배치받아 내슈빌로 이동하여 샤일로 전투에 참가함. 5월 소위로 진급함. 12월 스톤 강 전투에 참가함.

1863년 2월 중위로 진급함. 헤이즌 여단장의 참모로 임명되어 전장의 지도를 만드는 '지형 전문가'의 임무를 맡음. 9월 치카마우가 전투에 참가함. 11월 미셔너리 산맥 전투에 참가함. 12월 인디애나 제9의용군의 2차 임기가 만료되나 재입대함. 휴가 기간에 버니스 라이트와 약혼함.

1864년 2월 군대에 복귀함. 5월 피켓밀 전투에 참가함. 6월 케네소 산 전투에서 머리에 부상을 당해 채터누가의 병원으로 후송됨. 병가를 받고 워소로 돌아옴. 버니스 라이트와 파혼함. 9월 자대로 복귀함. 10월 게일즈빌 근처에서 남군에게 포로로 잡혔다가 탈출함. 11월 프랭클린 전투에 참가함. 12월 내슈빌 전투에 참가함.

1865년 1월 머리 부상 후유증으로 전역함. 4월 남북 전쟁이 끝남. 비어스는 앨라배마에서 재무성 사무관으로 일함. 9월 휴가차 파나마를 방문함.

1866년 7월 헤이즌의 부대의 원정에 합류하여 서부 지역 군사 요충지를 돌며 지도 제작에 참여함. 11월 원정에서 돌아와 샌프란시스코 조폐국에 야간 경비원으로 취직함.

1867년 9~12월 「캘리포니언」지에 최초의 시와 논평들이 게재됨.

1868년 3월 「샌프란시스코 뉴스레터 앤드 캘리포니아 애드버타이저」에 처음으로 글을 게재함. 12월 같은 신문의 편집장이 되어 '타운 크라이어' 칼럼을 쓰기 시작함.

1871년 7월 최초의 단편 소설 「유령의 계곡」이 『오버랜드 먼슬리』에 실림. 12월 메리 엘런('몰리') 데이와 결혼함.

1872년 3월 「뉴스레터」에서 사직함. 4월 몰리와 함께 런던으로 건너가 『편』, 『피가로』 등의 잡지에 기고함. 12월 아들 데이 비어스 태어남.

1873년 기고문을 모은 첫 번째 책 『악마의 기쁨』과 두 번째 책 『금덩어리와 가루』 출간.

1874년 4월 아들 리 비어스 태어남. 『텅 빈 해골의 거미줄』 출간.

1875년 가족 모두 샌프란시스코로 돌아옴. 비어스는 조폐국 시금소에 취직함. 10월 딸 헬렌 비어스 출생.

1876년 2월 아버지 사망.

1877년 『아르고노트』의 부편집장이 되어 '프래틀' 칼럼의 연재를 시작함. 이 칼럼으로 저널리스트로서 유명세를 얻음.

1878년 5월 어머니 사망.

1880년 사우스다코타 주 로커빌의 블랙힐 사광 채광 회사에서 간부로 일하면서 부도덕하고 부패한 기업 사회와 법 체계에 환멸을 느낌.

1881년 1월 샌프란시스코로 돌아옴. 3월 『와스프』 지에 '프래틀' 칼럼을 계속 기고함. 같은 잡지에 이후 『악마의 사전』에 실릴 글들을 발표하는 등 왕성한 집필 활동을 펼침. 7월 편집장이 됨.

1882~1886년 캘리포니아 주의 오클랜드, 오번 등 여러 도시에서 거주함. 『와스프』에 계속 기고함.

1887년 윌리엄 허스트가 소유한 「샌프란시스코 이그재미너」 신문의 논설위원이 되어 칼럼니스트로 활동함. 칼럼뿐 아니라 「신의 아들」(1888), 「치카마우가」(1889), 「아울크리크 다리에서 생긴 일」(1890) 등 남북 전쟁을 소재로 한 많은 단편 소설들을 여기에 발표함.

1888년 몰리와 별거함.

1889년 7월 데이 비어스가 삼각관계로 결투를 벌이다 17세의 나이로 사망함.

1891년 남북 전쟁을 소재로 한 단편들을 모아 최초의 소설집 『군인과 민간인 이야기』를 출간함. 이 작품집은 호평을 받으며 미국 내에서 큰 인기를 끌었으며, 1892년에는 영국에서 『삶의 한가운데』라는 제목으로 출간됨.

1892년 10월 독일 작가 리하르트 보스의 소설을 번역하여 다시 쓴 『수도사와 교수형 집행인의 딸』 출간(아돌프 단치거와 공동 작업). 11월 풍자적 시 작품집 『호박 속의 딱정벌레』 출간.

1893년 「이그재미너」에 실었던 초자연적 단편들을 모아 『그런 일이 가능할까?』 출간.

1896년 1~11월 허스트의 요청으로 워싱턴으로 가 「이그재미너」와 「뉴욕 저널」에 서던 퍼시픽 철도 회사와 그 후원자인 콜리스 헌팅턴의 부정부패 및 부도덕함을 고발하는 기사를 씀.
1898년 미국-스페인 전쟁에 관한 글을 「이그재미너」에 기고함. '프래틀' 칼럼의 이름을 '워 토픽'으로 바꿈.
1899년 『환상적 이야기』 출간.
1901년 3월 리 비어스가 폐렴으로 26세에 사망함.
1903년 산문 모음집 『흙의 형상』 출간. 웨스트버지니아 지방을 방문하여 군인 시절을 회상함.
1904년 12월 몰리가 이혼 소송을 제기함.
1905년 4월 몰리 비어스 사망. 허스트가 소유한 『코스모폴리탄』에 기고를 시작하여 1909년까지 이어짐.
1906년 『냉소가의 사전』 출간.(후에 『악마의 사전』으로 제목이 바뀜.)
1907년 테네시의 남북 전쟁 전장들을 여행함.
1908년 전집 발간을 위한 작품 정리 작업을 시작함.
1909년 『다이얼 위의 그림자와 다른 시론들』 출간. 닐 출판사에서 『비어스 전집』 제1권 출간.(1912년까지 총 12권이 출간됨.)
1910년 5~10월 캘리포니아에서 생활함.
1911년 뉴욕 주 롱아일랜드의 새그하버에서 여름휴가를 보냄.
1912년 6~10월 마지막으로 캘리포니아에 체류함.
1913년 10월 워싱턴을 떠나 채터누가, 치카마우가 등 남북 전쟁 격전지를 방문함. 11월 텍사스 주 러레이도에서 조카딸에게 편지를 쓴 후 멕시코로 건너감. 12월 판초 비야의 군대에 합류하기 위해 오히나가로 향할 것이라는 내용의 편지를 멕시코 치와와에서 비서에게 씀.
1914년 실종.
1923년 판초 비야 피살.
1962년 「아울크리크 다리에서 생긴 일」을 원작으로 프랑스의 로베르 앙리코가 감독한 단편 영화 「올빼미의 강」이 그해 칸 영화제와 다음 해 아카데미 영화제에서 수상.
1982년 시어 머스그레이브가 작곡한 오페라 「아울크리크 다리에서 생긴 일」이 런던에서 공연됨.

1989년 멕시코에서의 비어스의 말년을 소재로 한 카를로스 푸엔테스의 소설 『늙은 양키』(1985)를 루이스 푸엔소 감독이 영화화함.
1999년 『앰브로즈 비어스: 주석판 전기』(S. T. 조시, 데이비드 슐츠 저) 출간.
2003년 『대단히 오해받은 남자: 앰브로즈 비어스 편지 선집』(S. T. 조시, 데이비드 슐츠 저) 출간. 영화 「아울크리크 다리에서 생긴 일」(브라이언 이건 감독) 제작.
2006년 TV 영화 「앰브로즈 비어스: 남북 전쟁 이야기」(브라이언 이건, 돈 맥스웰 감독) 제작.
2010년 영화배우 조니 뎁이 「아울크리크 다리에서 생긴 일」을 소재로 영국 밴드 베이비버드의 노래 「언러버블」의 뮤직비디오를 제작함.

북군과 남군의 계급 체계 및 복식

19세기 중반 미국 육군의 편제

중대(Company): 분대와 소대 병력 1백 명으로 구성, 대위가 지휘.
연대(Regiment, 10개 중대): 병력 1천 명으로 구성, 대령이 지휘.
여단(Brigade, 4~6개 연대): 병력 4천 명으로 구성, 준장이 지휘.
사단(Division, 3~4개 여단): 병력 1만 2천 명으로 구성, 소장이 지휘.
군단(Army Corps, 3~6개 사단): 병력 3만 6천 명~7만 2천 명으로 구성, 중장이 지휘.
군대(Army): 몇 개 군단의 병력 10만 명 또는 그 이상으로 구성, 대장이 지휘.

출처: 『미국 남북 전쟁 공식 기록 지도』, 워싱턴: 정부인쇄소, 1891~1895(위는 북군, 아래는 남군).